Doppelkorn und Damenwahl
(2)

Das Buch

Der vom Dienst suspendierte Lehrer Felix Hohndorf wird Schlammfahrer. Er freundet sich mit dem Malocher Josef an und die blonde Sybille, die vielen Männern treu ist, will ihn verführen. Die rothaarige, üppige Laborantin Brigitte angelt sich den sexuell unterversorgten Felix zum Spielen und Johann, Heizer an den Röstöfen und Zeuge Jehovas, steht ihm bei seiner Eingewöhnung ins ungewohnte Proletarierleben zur Seite.

Während einer Reise an den Balaton trifft er unversehens Helene, die erste Frau, die er geliebt, die ihn verlassen hat und die er nicht vergessen kann. Nach erneuter Trennung von ihr spielt Felix mit dem Gedanken, das Land zu verlassen.

Der Autor

Andreas Pietzsch wurde 1937 in Dresden geboren. Er war Chemiearbeiter und Heizer, arbeitet auf dem Bau und in der Landwirtschaft. Er studierte Naturwissenschaften und Pädagogik und wurde Lehrer. Sein Buch „Doppelkorn und Damenwahl" ist der zweite Roman einer Trilogie um den unbotmäßigen und renitenten Felix Hohndorf.

Andreas Pietzsch

Doppelkorn und Damenwahl

Roman 2

Die in diesem Roman agierenden Personen sind vom Autor frei erfunden. Ähnlichkeiten mit lebenden oder verstorbenen Personen sind zufällig und nicht beabsichtigt.

Herstellung und Verlag:
BoD – Books on Demand, Norderstedt
ISBN

© copyright 2018 Andreas Pietzsch

I

Das giftige Rasseln des Weckers biss mir wie eine Sandviper ins Trommelfell. Ich hatte miserabel geschlafen, mich von einer Seite auf die andere gewälzt, mein Bettlaken war zu einem feuchten Strick zusammen gerollt, und das Kopfkissen lag als zerknüllter Klumpen an die Wand gepresst. Schwere Albträume hatten dafür gesorgt, dass meine Schweißdrüsen ihren Jahresplan in einer Nacht erfüllten.
Mir war kalt und elend und ich fühlte mich wie ausgekotzt.
„Reiß dich zusammen, Alter, bist selbst Schuld an der Kacke, in der du jetzt sitzt", knurrte ich, während ich mich aus meiner feuchtwarmen Koje schwang. Ich riss das Fenster weit auf, machte zwanzig Kniebeugen, ging rüber in die Küche und klatschte mir eiskaltes Wasser ins Gesicht.
„Rasieren fällt aus, Herr Proletarier!" Ich grinste mein Konterfei in dem halbblinden Spiegel über der Gosse an.
Felix Hohndorf, geexter Pädagoge, ein politisches Windei, für die Erziehung der jungen sozialistischen Generation vorübergehend ungeeignet. Zur Bewährung in die Reihen der Arbeiterklasse abgeordnet.
Schlammfahrer!
Mir fiel das Gespräch vom Freitag ein. Ich hatte vor der angelehnten Tür des Parteisekretärs gestanden.
„Was machen wir mit dem Knaben?", hatte eine Stimme gefragt.
„Schlammfahrer an den Filterpressen", knurrte eine andere Stimme.
Ich hatte an die Tür geklopft und war eingetreten. Hinter

einem verkeimten Schreibtisch saß ein bleichgesichtiger Mann mittleren Alters. Die Gesichtshaut war so grobporig und schwammig wie ein Kuheuter. Ein zweiter Mann saß kippelnd an der Wand. Er war massig mit breiten Schultern und einem viereckigen Schädel.

„Guten Morgen, Felix Hohndorf!"

Die Männer sahen mich schweigend an.

Arschlöcher, dachte ich, blieb stehen und sah aus dem offenen Fenster.

Nach einer Weile erhob sich Bleichgesicht und sagte: „Holzapfel, Parteisekretär", und streckte mir die Hand entgegen.

„Ganzauge", knurrte der Kippler.

Der Stimme nach schätzte ich ihn auf fünfzig.

Fünfzig Zigaretten pro Tag.

„Dein Meister", sagte Holzapfel.

„Du gehst zu den Schlammfahrern. Montag, Frühschicht."

Der Knurrhahn erhob sich. Ich stellte erstaunt fest, dass er nur wenig größer war als ich, aber den Körperbau eines Wasserbüffels hatte. Allein der Brustkorb, Himmel, Arsch und Zwirn.

Er ging Richtung Tür, blieb stehen, sah mich an und reichte mir die Hand. Es war ein Fehler, ihm die Hand zu geben, hätte seine Flosse besser übersehen sollen. Ich spürte jetzt noch das Knirschen meiner Handwurzelknochen.

Jedenfalls würde ich Schlammfahrer werden, was immer das auch sein mochte.

Ich goss mir eine Tasse Tee auf, biss in das Leberwurstbrot, das ich mir gestern Abend noch gemacht hatte, fuhr in Hose und Pullover, verbrannte mir die Lippe am heißen Tee und kippte ihn wütend in den Ausguss. Ein Glück, dass ich gestern noch nach meiner alten Tretmühle gesehen hatte.

Die Reifen waren fast platt gewesen.
Ich zerrte das Rad aus dem ehemaligen Schweinekoben und schwang mich auf den alten, knochenharten Ledersattel.
Zehn Kilometer. Ich hätte den Bus nehmen können, mit dem die meisten Arbeiter zur Chemiebude fuhren, aber ich hatte keine Lust auf blöde Fragen früh am Morgen.
Außerdem sollte Radfahren eine der gesündesten Sportarten sein.
Als ich an der Schule vorbeiradelte, packte mich urplötzlich so etwas wie Heimweh. Ein Glück, dass es erst kurz nach fünf Uhr war.
Kein Lehrer, kein Schüler.
Montag, 2. September. Das neue Schuljahr fing heute an.
Ich hatte lange überlegt, was ich machen sollte. Zurück nach Leipzig zu meinen Eltern. Nie und nimmer. Ich hatte ihnen nichts von meinem Rausschmiss aus dem Schuldienst gesagt, obwohl Vater mich verstanden hätte. Aber meine Mutter, nee, lieber nicht.
In eine ganz andere Stadt, ging kaum. Wohnungen waren Mangelware. Ich hätte einen Antrag auf Zuweisung einer Wohnung stellen müssen.
Warten.
Warten auf die Realisierung des Wohnraumvergabeplanes.
Wieder warten.
Dann die Absage.
Für ein Subjekt wie einen geexten und politisch unzuverlässigen Lehrer gab es garantiert keine Zuzugsgenehmigung.
Möbliertes Zimmer. Nie wieder!
Also blieb ich.
Und radelte.
Beim Pförtner nannte ich meinen Namen, da ich noch

keinen Betriebsausweis hatte. Der Mann sah mürrisch in eine Liste und sagte: „Meisterbereich sechs."
Ich blieb stehen.
„Hörst du schwer, du Kaffer", plärrte der Mann mich an.
„Nö", sagte ich freundlich lächelnd, „hab nur keine Ahnung, wo das ist, du Hottentotte."
Der Mann stand auf, kam aus seiner Pförtnerbude und ich sah, dass er humpelte. Holzbein, dachte ich. Als er vor mir stand, grinste er mich an und zeigte in Richtung Fabrikstraße, die das weitläufige Gelände in der Mitte zerteilte und sagte: „Dritte Seitenstraße links, du Kaffer."
„Danke, du Zulu."
„Zulu ist gut", lachte Holzbein. „Muss ich mir merken."
Er schlug mir leicht auf den Hintern, als ich mich umgedreht hatte und losmarschierte.
„Drittes Haus", rief er mir nach. Ich hatte das Gefühl, als hätten sich seine braunen Glubschaugen an meinem Hintern festgesaugt.

Gummistiefel, drei Paar graue Fußlappen, ein Säureanzug. Ich unterschrieb den Wisch, den mir der Meister auf den Tisch legte.
„Fünf vor sechs an den Filterpressen. Die Garderobe ist an der Straße, links, viertes Haus."
Scheiße, dachte ich, wie sollst du dich in diesem Gewirr aus Straßen, Seitenstraßen und Gebäudenummern jemals zurecht finden.
Irgendwie fand ich´s.
Das Haus war ein graues, total heruntergewirtschaftetes Gebäude, von dem an allen Ecken der Putz abbröckelte. Eine Treppe führte in ein Untergeschoss, eine andere Treppe führte nach oben. An der oberen Tür stand SPEISERAUM,

an der unteren Tür stand UMKLEIDE.
Umkleide!
Klang irgendwie nach Theater.
Puder, Parfüm und animalischer Duft erhitzter Frauenkörper.
Als ich die Tür öffnete, schlug mir ein Schwall warmer, infernalisch stinkender Luft entgegen und verschlug mir den Atem. Ich taumelte einen Schritt zurück und stieß gegen einen Burschen.
„Oh de Kolonsch", grinste der Kerl, der einige Jahre jünger als ich war.
„Eher Affenscheiße mit Elefantenpisse verrührt", muffelte ich.
Er schob mich durch die Tür.
„Bist du der neue Schlammfahrer?"
„Bin ich, Hohndorf, Felix." Ich atmete so flach ich konnte.
Der Gestank war umwerfend
„Josef." Er streckte mir die Hand entgegen. Ich bückte mich schnell und murkste an meinem Schnürsenkel herum. Mir tat meine Hand noch vom Freitag weh.
Josef schob mich durch den Raum. In der Mitte standen in Reihe sechs große, runde, steinerne Waschgelegenheiten mit einem Durchmesser von schätzungsweise anderthalb Metern. Oben an einer Säule befanden sich die Wasserhähne.
Die Männer von der Nachtschicht standen um die überdimensionalen Waschbecken herum, wickelten ihre saftstrotzenden, stinkenden Fußlappen von den Füßen und wuschen sich mit Kernseife ihre dampfenden Quanten.
Mir war so übel, dass ich schlucken musste.
Josef grinste und zog mich zu den Spinden auf der linken Seite.

„Nur eine Frage der Gewöhnung. Nach fünf Minuten riechst du das nicht mehr, und wenn du eine Weile hier gearbeitet hast, wird dieser Männerduft zu etwas Heimischen, wie der Geruch brennender Kerzen am Weihnachtsbaum."
Ich sah Josef an, als hätte er den Jagdschein erster Klasse.
Josef erwiderte ernsthaft meinen Blick, dann brach er in schallendes Gelächter aus.
„War`n Scherz, Kumpel. Der Gestank bleibt haften. Hab neulich `ne Alte abgeschleppt. Hab die Kirsche im Hausflur an die Wand gelehnt und grad so richtig ihre Titten massiert, da schiebt die mich weg und sagt, dass ich stinke. Die hatte recht. Wenn du nicht ausgiebig geduscht hast, kommt der Gestank aus der Haut gekrochen, sobald sich dein Blut erhitzt."
Josef zeigte auf einen Spind mit der Nummer 134.
„Deiner. Schloss musst du dir noch besorgen. Ist besser, die Brüder klauen dir sonst die neuen Fußlappen. Manchmal tauschen sie auch ihre kaputten Gummistiefel gegen die neuen in deinem Spind. Kannst dein Zeug nach der Schicht erst mal bei mir reinstellen."
Josef zog sich aus und stieg in seinen Säureanzug.
Der Mensch lernt am schnellsten durch Nachahmung, dachte ich, und tat das Gleiche.
Josef schlang die grauen Lappen, die mich an Scheuerhader erinnerten, um seine Füße und fuhr in die Gummistiefel.
Tat ich ebenfalls.
Josef grinste. „Wenn du das so machst, kannst du in einer Stunde nicht mehr laufen, Blödmann."
„Selber Blödmann", knurrte ich zurück.
„Heb deine Stelze!", fuhr mich Josef an.
Ich hob meinen Fuß und stellte ihn auf die Bank an der

Wand.
Josef schnappte sich einen meiner Fußlappen.
„Flosse hoch!"
Ich hob den Fuß.
Josef legte den Scheuerhader zurecht.
„Flosse runter!"
Ich stellte meinen Fuß auf den Lappen.
Josef schlug das vordere Teil über meine Zehen, schlang die Seiten über den Spann und zerrte die hintere Ecke um die Ferse.
„Halt fest und fahr in den Stiefel."
Tat ich.
Saß gut.
Links machte ich selbst.
„Riechst du noch was?", feixte Josef.
Tatsächlich, ich hatte mich dran gewöhnt.
Draußen bot ich Josef eine F6 an, dann marschierten wir Richtung Filterpressen.
„Damit du Bescheid weißt", mein Kompagnon war stehen geblieben, „die Blonde oben an den Pressen gehört mir."
„Seid ihr verlobt?"
„Verlobt? Meinst du, ob ich die schon gefickt habe?"
Ich sagte nichts.
„Hab ich noch nicht, aber `s wird bald soweit sein."
Wir gingen schweigend weiter.
Plötzlich sagte Josef: „Du bist doch der Beschäler von der Bäckerjule?"
Mir fiel die Kippe aus den Fingern.
War ich schon Stadtgespräch?
„Wie kommst du da drauf?"
„Hat sich rumgesprochen. Ist doch in Ordnung. Mir wäre die zu alt, muss ich sagen. Aber `ne Figur hat die Alte

schon, da wächst dir der Hammer in der Hose."
Und ich Idiot dachte, dass keiner was gemerkt hatte.
Wir gingen schweigend weiter.
„Hier", sagte Josef und zeigte auf eine Halle mit weit geöffneten Torflügeln. Schmalspurschienen führten von innen über die Fabrikstraße in Richtung eines hohen, sandfarbenen Berges. Unter den nebeneinander stehenden drei Filterpressen standen Kipploren. Zwei Frauen mit Schabern standen rechts und links an der ersten Presse und ließen den hellbraunen Schlamm in die unten stehende Lore klatschen.
Die Frauen trugen die selben steifen Anzüge wie wir. Eine war blond, hatte Schillerlocken und strahlend blaue Augen. Sie musterte mich vom Kopf bis zu den Gummistiefeln. Ihr Blick hatte trotz des strahlenden Blaus etwas Leeres, Glasiges.
Ich sah ihr direkt in die Augen.
Sie schob das Becken ganz leicht nach vorn.
Ich ließ meine Blicke langsam nach unten gleiten. Unter dem groben Stoff zeichneten sich ihre Brüste ab, die einiges versprachen.
Scheinbar unbewusst zog sie ihre Säurejacke vorn glatt.
Ich hatte mich nicht getäuscht. Da war `ne Menge Holz vor der Hütte. Bei der brauchst du nicht lange zu baggern, mein lieber Josef, dachte ich. Die legt sich schneller hin, als du die Hosen runter hast. Und nicht bloß für dich, Kumpel.
Die zweite Frau war ein grobschlächtiges Weib mit strähnigem grauem Haar, das zu einem Pferdeschwanz gebunden war.
„Glotz nicht so, Sibylle", fuhr die Alte die Junge an, „der hatt`n garantiert genauso zwischen den Beenen hängen, wie die ander`n Kerle och. Schab lieber das Tuch auf deiner

Seite ab."
Ein letzter Rest Schlamm klatschte in die darunter stehende Kipplore.
„Hol das Ding vor!", kommandierte Josef.
Ich zog die Lore nach vorn.
Josef hatte die unter der zweiten Presse vorgeholt und ich zerrte die dritte nach vorn. Josef schob jetzt die erste Kipplore in Richtung Ausgang. Ich schnappte mir die zweite und schob sie hinter Josef her zu einer Drehscheibe, in der drei Spuren ankamen, und von der nur eine Spur über die Straße zum Berg führte. Als alle drei Loren hintereinander auf den Feldbahnschienen standen, hing sie Josef aneinander.
„Ich geh jetzt hoch an die Winde. Wenn ich winke, sperrst du die Straße und stellst dich dann auf die letzte Karre. Klar, Pauker?"
Ich nickte.
Die sozialistische Arbeiterklasse schien noch nicht begriffen zu haben, dass die Verbindung von Prolet und Intelligenzler den wahren Kommunisten ausmacht, dachte ich. Wirst es nicht ganz leicht haben, Felix.
Oben am Berg sah ich Josef winken.
Ich hing den Seilhaken an die erste Lore und stellte mich mit ausgebreiteten Armen in die Mitte der Straße. Als die letzte Lore an mir vorbeirumpelte, stellte ich mich hinten auf den Eisenrahmen und ließ mich mit nach oben ziehen. Der Berg, schätzte ich, musste ungefähr vierzig Meter hoch sein.
Herrlich, so nach oben gezogen zu werden.
Jedenfalls wusste ich jetzt, was ein Schlammfahrer war. Und so übel, wie es klang, schien es nicht zu sein.
Oben koppelte Josef die letzte Lore ab.

„Du schiebst hinter mir her, bis an den Rand."
Josef schnappte sich die ersten zwei Karren und schob ab. Ich nahm die dritte Lore und schob hinterher. Am Ende der Feldbahnschienen kippte Josef die Loren, und der Schlamm klatsche den Hang hinunter. Als ich aufgerückt war, kippte ich die Wanne an. Ging nicht so leicht, wie ich dachte. Ich stemmte mich unter den Lorenrand und drückte die Seite hoch. Ehe ich begriff, was passierte, kippte die ganze Lore um und rollte den Hang hinunter.
„Blödmann", grinste Josef, „hättest du den Schwerpunkt nicht vorher berechnen können? Bist doch Mathepauker, oder?"
Das Grinsen in seinem Gesicht führte dazu, dass ich meine geballte Rechte in die Hosentasche steckte.
„Scheiße", sagte ich.
„`n Kasten Bier", sagte Josef.
„Was?"
„`n Kasten Bier, Blödmann, und ich sage, das Gleis war locker."
„Sauhund", sagte ich. Macht der wahrscheinlich mit jedem Anfänger.
„Blödmann", lachte Josef.
„Wenn du das noch mal sagst, hau ich dir paar auf die Fresse!" Ich war ganz dicht an dieses proletarische Arschloch herangetreten. Josef war eher klein und schmal.
„Is` ja gut, Blödmann."
Ich nahm die Faust aus der Hosentasche.
„War`s letzte Mal."
Wir fuhren mit den zwei verbliebenen Kipploren zurück zur Winde und wieder nach unten. Josef zerrte aus einem Anbau eine neue Lore und das Ganze begann von vorn. Nur mit einem Unterschied, ich musste den Berg hoch latschen und

Josef ließ sich ziehen.
Halb neun.
Frühstückspause. Mir knurrte mörderisch der Magen. Meine neuen Kollegen setzten sich in die Frühstücksecke. Uralte Eckbank, zerkratzter Tisch, zwei Holzkisten mit alten Decken. Über der Eckbank eine Sperrholzplatte mit Ansichtskarten: Thüringer Wald, Sächsische Schweiz, Lausitz, Riesengebirge, Balaton, Ostsee.
Die Oberkante der Tafel zierte der Spruch: „Deine Friedenstat – erfüllte Pläne."
Ich zog meine zerdrückte Schachtel F6 aus der Tasche.
„Erst wird was gegessen, Herr Lehrer", fuhr mich die robuste Alte an, „dann kannste von mir aus qualmen."
Das Problem war, dass ich nichts Essbares dabei hatte. Ich legte meine F6 auf den Tisch, erhob mich und studierte völlig hingebungsvoll die Postkarten an der Tafel. Das Grinsen meiner neuen Kollegen nahm ich nur aus den Augenwinkeln wahr und ignorierte es, bis mich die Alte anstieß. Sie hielt mir ihre Brotbüchse entgegen.
„Greif zu, du Hungerleider", grinste sie mich an.
Ich griff zu.
Zieren war hier nicht.
Leberwurst.
„Himmel, Arsch und Zwirn", lachte die Blonde, „der kaut ja überhaupt nicht." Sie hielt mir ihre Brotbüchse entgegen.
Fleischsalat.
Ich sah in ihre himmelblauen Augen und murmelte: „Danke."
Plötzlich schlurfte ein gebeugtes Männlein, das eine zweirädrige Karre hinter sich her zog, an unseren Tisch.
„Tschuldigung, bin spät." Er stellte vor jeden von uns eine Flasche Milch auf den Tisch.

„Macht nichts, Hansi, Hauptsache, du vergisst uns nicht ganz." Die Alte klopfte der gebeugten Gestalt auf den Rücken.
„Du bist lieb, Elli", murmelte Hansi und schlurfte weiter.
„Schwer unterbelichtet, der arme Kerl, stammt aus Dresden," klärte mich Elli auf. „War als Kind am 13. Februar verschüttet. Ist mit der Mutter nach den Fliegerangriffen in Neustadt bei Verwandten gelandet. Wird so mit durchgeschleppt. Armer Kerl, aber herzensgut."
Irgendwas berührte meine Wade. Ich blickte unter den Tisch. Ein Gummistiefel, Blondies Gummistiefel.
Elli warf ihrer Kollegin einen missbilligenden Blick zu, griff ihre Milchflasche, trank sie in einem Zug leer und erhob sich.
„An die Arbeit, Kollegen, so wie wir heute Schlamm schaben, werden wir morgen leben."
Den Spruch kannte ich etwas anders.

An der Rückwand der Bretterbude oben am Berg stand eine gepolsterte Holzkiste, deren Deckel man hochklappen konnte. Die Kiste hatte einen doppelten Boden. Josef zog gegen Mittag zwei Flaschen Bier aus der Kiste, drückte mir eine in die Hand, schloss den Deckel, und wir setzten uns in die Septembersonne.
„Prost, Felix."
„Prost, Josef."
„Du sollst politisch nicht ganz sauber sein, wird gemunkelt." Josef sah mich fragend an.
„Kommt drauf an, was man unter politisch sauber versteht."
Ich hatte nicht die Absicht, mich in irgend einer Weise vor irgendjemand zu rechtfertigen.
„Versteh ich nicht", bohrte Josef weiter. „Der ganze

politische Mist ist mir scheißegal, Hauptsache, meine Moneten stimmen am Freitag."
Ich nahm einen weiteren Schluck aus der Pulle und sah in den Himmel.
Schweigen.
Nach einer Weile nahm Josef das Gespräch wieder auf.
„Weißt du, warum dir Elli was von ihrem Frühstück angeboten hat?"
Ich schüttelte den Kopf.
„Die mag dich."
Ich sah Josef an und wischte mit der Hand vor meiner Stirn hin und her.
„Die hat ein Bild von dem Tschechen, diesem Dubcek oder wie der Kerl hieß, an unsere Ferienkartenwand geklebt, heimlich", fuhr Josef fort.
„Na und?" Ich tat völlig uninteressiert.
„Der Parteinik hat es genauso heimlich wieder abgemacht und zerknüllt."
„Und das war alles?"
„Weiter ist nichts passiert", sagte Josef.
„Hm …und wer hat dir das erzählt?" Ich war neugierig geworden. Komischer Parteinik.
Josef öffnete die Kiste erneut, kramte eine Weile darin herum und zog dann einen alten Feldstecher hervor.
„Damit kannste in die Weiberumkleide gucken."
„Und in die Frühstücksecke?"
„Kannste." Josef drückte mir das völlig verkeimte Fernglas in die Hand. „Guck in die Umkleide."
Tatsächlich, man sah durch die oberen, nicht weiß gestrichenen Scheiben den gesamten Waschbereich der Frauen ein.
„Altes Ferkel", grinste ich.

„Was meinst du, was du da alles mitkriegst", feixte Josef. „Die beiden Weiber von der Spätschicht hier sind lesbisch. Wenn die allein in der Umkleide sind, befummeln die sich und knutschen sich ab. Dabei ist Waltraud verheiratet."
„Alter Spanner", murmelte ich und richtete den Feldstecher auf das Bürogebäude.
Holzapfel, das Kuheutergesicht, saß an seinem Schreibtisch und telefonierte. Nach einer Minute legte er den Hörer auf die Gabel zurück, öffnete eine Tür des Schreibtisches und hielt eine Flasche in der Hand. Er ging zum Waschbecken in der Ecke, nahm ein Glas von der Ablage, goss ein und schluckte.
Daher die aufgedunsene Visage.
Schnapsdrossel, oder die Partei ist nur im Suff zu ertragen.
Ich gab Josef das Fernglas zurück.
„Elli hat gesessen."
„Was?" Ich hatte mich sicher verhört.
„Zwei Jahre Hoheneck, Weiberknast." Josef nahm einen Schluck und fuhr fort: „Elli stammt aus Ostpreußen, musste im Januar 45 mit ihrer Mutter vor den Russen fliehen. Waren aber nicht schnell genug. Die Mutter war im 7. Monat schwanger. Hat die Russen aber nicht gestört. Elli hat`s überlebt, die Mutter nicht."
„Und was hat das mit mir zu tun?" Vom Hörensagen kannte ich solche Geschichten. Frauen waren im Krieg immer übel dran. Auf beiden Seiten.
„Eigentlich nichts, nur, Elli hasst die Russen, und als die in Prag einmarschiert sind, ist Elli ebenfalls einmarschiert, aber in die Bahnhofskneipe, und hat sich die Kante gegeben. Soll ein Bild von diesem Dubcek an ihr Bierglas gestellt und „machs gut, Alex" gesagt haben. Der Wirt hat das Bild an sich genommen und unauffällig verschwinden

lassen."
„Und was hat das nun mit mir zu tun?", wiederholte ich meine Frage.
Josef sagte nichts, grinste mich nur an.
Buschfunk, dachte ich, die wissen alles über mich, siehe Jo.
„Elli hat früher in Leuna gearbeitet", fuhr Josef fort, „ihre Brigade sollte Kollektiv der sozialistischen Arbeit werden. Der Parteisekretär war der Meinung, dass dann alle Kollegen auch Mitglieder der Deutsch Sowjetischen Freundschaft sein sollten. Als er Elli das erste Mal daraufhin ansprach – sie war die Einzige, die nicht Mitglied in dem Verein war – ließ sie ihn einfach stehen. Beim zweiten Mal, als er sie zu agitieren versuchte, knallte sie ihm eine vor den Latz. Der Herr Parteisekretär fiel unglücklich und brach sich den Arm."
Wir tranken unser Bier aus.
„Hat Elli angezeigt. Tätlicher Angriff auf die Staatsmacht. Zwei Jahre Hoheneck."
Ich sah auf meine Uhr. Kurz vor eins. Mir taten inzwischen so ziemlich alle Knochen weh. Knappe Stunde noch. Zweimal hoch, zweimal runter.

***

In meiner Bude schmiss ich mich auf die Liege und war weg. Ich erwachte, als es draußen bereits dunkelte. Meine Beine, mein Rücken und meine Arme mussten irgendjemand Anderem gehören, denn sie gehorchten mir nicht. Ich legte mich auf die Seite und schob ganz langsam das linke Bein nach vorn, dann das rechte. Irgendwie schaffte

ich es in den Stand, schleppte mich in die Küche und holte mir ein Bier. Schmeckte nach Fußlappen. Der Gestank schien sich in meiner Nase festgefressen zu haben. Ich schmiss mich wieder hin. Eigentlich hatte ich Jo versprochen, heute Abend bei ihr aufzukreuzen, aber daraus würde wohl nichts werden. Jo, meine Lehrmeisterin in Sachen Sex, wollte wissen, wie mir der erste Arbeitstag bekommen war. Langsam kam ich mir wie verheiratet vor, was nicht so ganz meinen Vorstellungen von der Zukunft entsprach.
„Au!" Ich hatte mich auf die andere Seite gedreht.
Irgendwie roch alles was mich umgab nach Fußlappen, die acht Stunden bei Sonnenschein an dampfenden Füßen in Gummistiefeln gesteckt hatten.
Ich nahm noch einen Schluck Bier, aber die Brühe schmeckte immer noch nach alter Socke. Ich schlief wieder ein und träumte, wie mir die Blonde mit der Hand am Bein hoch fuhr.
Der Traum wurde genau an der Stelle unterbrochen, wo die warme Hand ihr Ziel erreicht hatte.
„Das stinkt ja wie im Affenhaus", riss mich eine Stimme aus meinem Traum.
Jo.
Sie riss das Fenster weit auf und setzte sich auf den Rand der Liege. Es war das erste Mal, dass sie mich in meiner Bude besuchte. War mir eigentlich nicht so ganz geheuer.
„Wolltest du nicht vorbeikommen, Felix?"
„Der Geist war willig ...", murmelte ich.
Jo kramte in ihrer Tasche und drückte mir eine eiskalte Flasche Radeberger in die Hand.
Ich stellte sie auf den Fußboden. „Schmeckt im Moment alles nach alten Lumpen."

Jo kramte weiter und hielt mir dann eine Schachtel Club entgegen. Meine Lebensgeister erwachten wieder. Ich griff zu, brannte mir eine an und drückte sie sofort wieder aus.
Jo sah mich verwundert an.
„Schmeckt nach alten, vergammelten Kartoffelsäcken."
Jo küsste mich.
„Wie schmeckt das?", flüsterte sie, obwohl hier niemand zuhörte.
„Gut, wie immer." Der Geruch, der von ihrem Ausschnitt in meine Nase stieg, belebte mich.
Zimt.
Jos Hand kroch ganz langsam unter meine Decke und dabei küsste sie mich weiter. Ich schob beide Hände unter ihre Bluse.
Der Zimtgeruch wurde stärker.
Jo nahm ihre Hand zurück und öffnete zwei Knöpfe. Ich hob den Kopf an, ließ ihn aber wieder sinken. Es knirschte zwischen meinen Halswirbeln. Jo beugte sich zu mir herunter und ihre warmen, duftenden Brüste berührten mein Gesicht.
Meine Turnhose spannte sich.
Plötzlich tat mir nichts mehr weh.
Wenn du eines Tages in die Grube fährst, dachte ich, und die trauernde Damenwelt kurze Röcke trägt, kann es durchaus passieren, dass sich der Sargdeckel hebt.
Ich strampelte die Decke ab.
Jo nahm ihn in die Hand und küsste ihn. Es gab für mich nichts auf der Welt, was diesem Gefühl auch nur annähernd gleich kam.
Als ich zu stöhnen begann, löste sie sich von mir, stand auf, schob ihren engen, schwarzen Rock nach oben bis zur Taille und stieg aus ihrem Slip. Sie setzte sich auf mich, mit

geradem Rücken wie eine Turnierreiterin und sah mich an. Ich griff ihre Brüste mit beiden Händen und fuhr mit den Daumen langsam über ihre Brustwarzen.
Jo schloss die Augen. Ich hob den Kopf und küsste ihre Spitzen. In Jos Unterleib kam Bewegung. Sie schob sich auf mir ganz leicht nach links und rechts. Ich ließ ihre Brüste los, packte ihr Hinterteil und presste sie fest auf mich. Jo wollte sich bewegen, aber ich hielt sie fest. Sie öffnete die Augen. Wir sahen uns an, bis ich meinen Griff lockerte. Jo stützte sich mit ihren Armen ab und begann mich zu reiten. Ich griff wieder nach ihren Brüsten, hob meinen Kopf und presste ihn dazwischen. Ihre Bewegungen wurden schneller und schneller.
Plötzlich roch ich wieder Fußlappen. Jo lag schwer atmend auf mir. Ich schob sie vorsichtig von mir runter, stand auf, ging in die Küche und drehte den Wasserhahn auf. Ich hielt meinen Kopf unter das eiskalte Wasser und der Gestank in meiner Nase verschwand. Dann ging ich zurück ins Wohnzimmer, setzte mich ans Fenster und brannte mir eine Zigarette an.
Die Lunte schmeckte wieder nach Tabak
Ich griff die Bierflasche und nahm einen Schluck.
Schmeckte ebenfalls wieder.
Ich legte mich neben Jo. Sie drehte mir den Rücken zu.
Es ging wieder.
Danach ließ ich mich auf den Rücken fallen und starrte an die Decke
„Probleme?", fragte Jo nach einer Weile.
„Nichts von Bedeutung:"
„Felix, Felix, irgendwas stimmt mit dir nicht."
Der sechste Sinn, Jo hatte ihn. Ich fühlte mich manchmal eingeengt und wurde das Gefühl nicht los, dass sie anfing,

zu klammern. Sie wollte immer öfter wissen, wo ich war, was ich machte, mit wem ich meine Zeit verbrachte, was ich dachte, wenn ich nicht dachte, und das beunruhigte mich allmählich. Dazu kam noch, dass sie mehrfach von einer Bekannten erzählte, die vor kurzem geheiratet hatte. Und dieser Besuch hier in meiner Rumpelbude? Unser fröhlicher Sex begann sich in Routine zu verwandeln, wurde zur Gewohnheit. Es war nicht so, dass es mir keinen Spaß mehr gemacht hätte, aber das brillante Sexfeuerwerk mit den in den Himmel aufsteigenden und in Goldregen zerplatzenden Raketen war allmählich in das leise Puffen von Knallerbsen übergegangen.
Sei ehrlich, Felix, und schieb es nicht auf Jo, rief ich mich zur Ordnung. Du Versager bist unzufrieden mit dir selbst. Bist nichts, kannst nichts, hast nichts aus dem Stroh gebracht bisher. Wolltest die Welt verändern, hast deine Zeit mit Saufen und Vögeln vertan und den Status eines Schlammfahrers erworben. Wenn du dich jetzt aufhängst, kräht kein Hahn nach dir und die Erde dreht sich weiter.
„Sag was", riss mich Jos Stimme aus meinen Gruftgedanken.
„Womit?", lachte ich und drückte mich an sie.
„Denk einfach, dass das Ding, das man im allgemeinen Seele nennt, ein Staubsaugerbeutel ist. Dreh`s um und schüttel den Dreck aus dem Fenster, Felix."
Wenn das so einfach wäre. Nur gut, dass bei mir solche depressiven Störungen nicht lange anhielten.
Ich trank das Bier aus und schlief wieder ein.

***

Die ersten zwei Wochen meines neuen Lebens vergingen wie im Flug, und ich hatte mich an Josef, Elli und Blondie Sibylle gewöhnt. Freitag bekam ich mein erstes Geld. Es war mehr, als ich erwartet hatte.
„Chemie hat gute Tarife", feixte Josef, als er mein verdutztes Gesicht sah. „Kannst du als Pauker nie verdienen, und wenn du ab und an noch ein paar Zusatzschichten machst, stimmt die Knete."
Wir waren nach der Schicht in die Bahnhofskneipe eingerückt, und ich hatte meinen Einstand gegeben. Gegen Abend kannte ich die Lebensläufe meiner neuen Kollegen.
Josef war Ungarndeutscher. Sein Vater, der bis zuletzt mit den Pfeilkreuzlern sympathisiert hatte, war nach fünfundvierzig zur Zwangsarbeit in der Sowjetunion auf Nimmerwiedersehen verschwunden. Josef war als Kind mit der Mutter von Südungarn in die sowjetisch besetzte Zone verfrachtet worden, hatte die Schule bis zur achten Klasse absolviert und war in der Chemiebude gelandet.
Elli erzählte nichts von sich, aber dafür hatte Josef geplaudert. Er hatte mir auf dem Klo auch von Sibylle erzählt.
Sibylle war mit acht Geschwistern irgendwo im Thüringischen Eichsfeld auf einem Bauernhof aufgewachsen. Fünf Jungen, drei Mädchen, der Vater bei Stalingrad gefallen. Sibylle war die Hübscheste. Sie hatte das Gesicht eines Engels und den Verstand eines Dackels. So war es für die beiden älteren Brüder kein Problem, Sibylle für ihre pupertären Fantasien zu benutzen. Sie hatten ihr eingeredet, dass der liebe Gott es gerne sah, wenn sich Bruder und Schwester nackt zusammen ins Bett legten. Sie hatten abwechselnd jede Nacht mit ihr gevögelt, manchmal hatten sie es auch zu dritt gemacht und dem Mädchen hatte es

gefallen. Der liebe Gott hatte ihr das, was er bei ihr an Verstand eingespart hatte, zwischen den Beinen mit auf den Lebensweg gegeben. Irgendwann hatte sie mitgekriegt, dass die Sache nicht ganz koscher war und sich auf den Weg zu einer weitläufigen Verwandten nach Neustadt gemacht.
Josef hatte glänzende Augen, als er von ihr sprach.
„Ich sag dir noch was, Felix, aber behalt`s für dich. Hab in der Nachtschicht mit ihr hinter den Lösegefäßen rumgefummelt. Die ist scharf wie `ne sibirische Sense, sag ich dir. Hat mich allerdings nur mit den Fingern rangelassen. Will`s nur mit Pariser machen, hat Angst, dass sie schwanger wird. Hab mir schon welche aus dem Automaten geholt."
Gegen zehn Uhr machten wir die Mücke.
Ich war besoffen. Wir nahmen Sibylle in die Mitte und schwankten heimwärts. Elli hatte den Bus genommen. Ich sah, wie Josefs Hand auf Sibylles rechter Brust lag. Ich hatte meinen Arm um ihre Taille gelegt.
Als wir am Lindenpark vorbeikamen, blieb Sibylle stehen, zeigte auf eine Bank und kicherte. „Soll ich mich hinlegen?" Sie sah erst Josef, dann mich an.
Ich war schlagartig wieder nüchtern.
„Leute, ich muss", sagte ich, „morgen früh ist die Nacht um."

***

„Prost, Felix!"
„Prost, Klaus!"
Morgenschoppen in Meisners Garten. Meisner, mein Freund

und Kollege war der Signaldraht, der mich noch mit der Schule verband.

„Wie läuft's denn so für den renitenten Herrn Pädagogen im Schoß der sozialistischen Arbeiterklasse?", grinste Meisner.

„Geht so. Vierzehn Tage Schlamm fahren, da ist dir egal, ob der Sozialismus siegt oder siecht", grinste ich zurück. „Der Klassenkampf spielt sich in der Lohntüte ab. Dabei ist der Prolet der größte Feind des Proleten. Wehe, einer hat zwei Mark mehr als der Klassenbruder, sofort wird er zum Klassenfeind. Marx hätte vielleicht ein Jahr als Schlammfahrer arbeiten müssen, wer weiß, wie das Manifest dann ausgesehen hätte."

„Felix, Felix, Ich fürchte, die Arbeiterklasse wird an ihrer Aufgabe, dir die Bedeutung der Sozialistischen Einheitspartei Deutschlands bei der Verwirklichung der Aufgaben der von Marx, Engels und Lenin klar aufgezeigten Ziele der revolutionären Arbeiterbew ..."

„Prost, Klaus, des kleinen Mannes Sonnenschein ist Vögeln und Besoffensein. Die Leute, die ich dort bis jetzt kennengelernt habe, interessieren sich einen Dreck für die politische Großwetterlege."

„Die sich gerade gravierend zu verändern scheint", unterbrach mich Meisner. „Die Schmuddelflecke auf dem Sternenbanner werden immer größer. Der Vietnamkrieg löst immer heftigere Proteste aus und das nicht nur in der größten DDR der Welt. Es gärt, die politischen Unruhen spitzen sich zu. Kennedy ermordet. King ermordet, Dutschke angeschossen und an den Unis ist der Teufel los ..."

„Aber nur im bösen Westen, denke ich."

„Dank der führenden Rolle der Sozialistischen Einheitspartei Deutschlands," grinste Meisner.

„Prost, Klaus. Wo ein Genosse ist, ist die Partei."
„Prost, Felix. Übrigens Genossen, du erinnerst dich doch noch an diese Anke, die Tripperschnalle, die Eichinger das Genick gebrochen oder besser gesagt, beinahe seine Pfeife in Brand gesetzt hat?"
„Na sicher, hätte ja auch mich erwischen können." Mir lief jetzt noch ein kalter Schauer über den Rücken, wenn ich daran dachte.
„Rat mal, was die jetzt ist."
Ich zuckte die Achseln.
„Stellvertrende Schulleiterin an der Maxim Gorki", grinste Meisner.
„Wundert mich eigentlich nicht, bei der nymphomanen Schnalle." Ich nahm noch einen kräftigen Schluck. „Hat wahrscheinlich einen Bedürftigen in der Abteilung erwischt und ihn von ihrer allseitig perfekt entwickelten Persönlichkeit überzeugt."
Meisner sah mich eine Weile an, ohne dass ich seinen Blick deuten konnte. Er goss noch mal aus der Doppelkornflasche nach, hob sein Glas und sagte: „Ich soll Aktivist werden, Felix."
Mir fiel das Schnapsglas aus der Hand.
„Du?" entfuhr es mir.
Meisner sah nicht sehr glücklich aus.
„Eigentlich hättest du das werden müssen."
„Ich?"
„Die wollen diese Projektarbeit von dir publik machen, und da ich mit drin hänge und meine Klasse bei der letzten Matheolympiade den ersten Platz belegt hat, bin ich auserkoren." Meisner sah mich ziemlich schief an.
„Hängt da noch was dran, Klaus?"
„Ich soll mich aktiver in der Zivilverteidigung an der Schule

beteiligen."
„Wirst du?"
„Hm."
„Was macht eigentlich Knochentussi?"
„Hat in den Sommerferien den neuen Pionierleiter geheiratet."
„Brettschneider, das versoffene Arschloch?"
„Brettschneider", bestätigt Klaus, „die sägen jetzt mit vereinten Kräften an Sockentrudes Stuhl. Wenn das Duo an die Spitze rücken sollte, wechsele ich die Schule."
„Nimm erst mal die Aktivistenknete mit und lad mich zu einer ordentlichen Sause ein."
„Worauf du dich verlassen kannst, Felix."
„Ich glaub, bei euch ist das Essen fertig." Aus Meisners Küchenfenster hing ein Handtuch. Utes Signal.
Ich erhob mich.
„Auf den Aktivisten des sozialistischen Bildungssystems."
„Mir ist nicht ganz wohl dabei, Felix."
War es mir auch nicht. Schließlich war es mein Projekt.

***

Scheißsonntag. Die Stadt war zum Tode verurteilt. Verlassene Straßen, geschlossene Geschäfte, und nach dem sonnigen Vormittag hatte ein leichter Nieselregen eingesetzt.
Grüner Heinrich oder Mittagsschlaf. Ich wählte Letzteres. Jo hatte mich zwar zum Essen bei sich eingeladen, aber ich hatte abgelehnt. Die Kiste wurde mir zu eng. Ich machte mir eine Sternchensuppe, trank noch ein Bier und schmiss mich

in die Koje.
Als ich erwachte, begann es bereits zu dunkeln. Der Sommer war vorbei, und das Elend eines grauen, trüben Herbstes stand mir bevor.
Jo oder nicht Jo, das war hier die Frage. Ich hätte ein geordnetes Leben. Der Sonntag würde mit einem guten Frühstück beginnen, dann wäre das Stück Garten hinterm Haus dran. Mittagessen, Mittagsschlaf. Am Nachmittag ein Spaziergang über die Hauptstraße, ein Eis im Eisgarten, Kaffeetrinken. Gegen Abend Kino oder Fernsehen. Vorm Schlafen ein Pflichtnümmerchen, und schon wäre Montag.
Garantiert nicht mein Ding. Ich wollte was Anderes, wusste aber nicht was. So trostlos konnte ich mir den Rest meines Lebens nicht vorstellen. Immer öfter quälte mich eine Sehnsucht nach Etwas, das ich nicht definieren konnte. Manchmal war es die große weite Welt, die ich erobern wollte, manchmal war es Sehnsucht nach Liebe, dann wieder das Gefühl, dass ich berühmt werden musste. Dieses Jedermannleben konnte nicht mein Leben sein. Fang wieder an zu schreiben, Felix, aber mir fiel nichts ein. Was mir im Moment einfiel, war der Grüne Heinrich. Ich brauchte morgen erst zur Nachtschicht.
Am Freitag war Knurrhahn Ganzauge, der Schichtmeister, an den Pressen aufgetaucht und hatte mich zu sich beordert.
„Du gehst ab Montag an die Röstöfen, Nachtschicht."
Ich hatte den Meister wie einen Außerirdischen angesehen.
„Karl ist krank, kann `ne Weile dauern."
„Ich hab keine Ahnung von Röstöfen."
„Macht nichts, du läufst zwei Schichten mit Johann mit." Er sah mich eine Weile an, zückte dann seine Schachtel Salem, bot mir eine an und knurrte: „Sollst dich ja ganz gut machen."

Mannomann, und das von diesem Knochen.
Also Nachtschicht ab Montag. Kannst du morgen ausschlafen, Felix. Musst nur noch den Abend totschlagen.
Im Grünen Heinrich war es rappelvoll.
Sonntagschönsaufen.
Ich stellte mich an die Theke. Nach dem dritten Bier drängelte sich Gummiarsch zwischen mich und Rolf, der im Bauamt arbeitete.
Gummiarsch war an die fünfzig, hatte noch verdammt stramme Titten, eine durchaus passable Figur und einen festen, prallen, runden Hintern. Eben Gummiarsch.
„Sonntagskoller ersäufen, Bruni?" Rolf klopfte ihr leicht auf das Hinterteil. Er wusste, dass sie diese derbe Art des Flirtens genoss, aber auch fuchsteufelswild werden konnte, wenn es einer tat, den sie nicht mochte.
„Was macht meine Genehmigung?"
„Ist in Arbeit, Bruni, aber das dauert."
„Verdammte Sesselfurzer in diesen Ämtern, hab ich recht, Herr Lehrer?"
Bruni sah mich abschätzend an. „Bist unter die Proleten gegangen, wie man so hört?"
Ich sagte nichts.
Von Rolf wusste ich, dass die Frau aus Böhmen stammte und im Januar 46 mit drei Kindern ihren Bauernhof und das Land verlassen musste. Den Mann hatte ein wütender Mob gleich nach Kriegsende erschlagen. Zwei der Kinder hatten Hunger und Kälte nicht überlebt. Die überlebende Tochter war kurz vor dem Mauerbau nach Dortmund gegangen. Brunhilde hatte einige Jahre später wieder geheiratet, aber der Mann war vor zwei Jahren an Nierenkrebs gestorben. Sie wurde umtriebig, hielt es in ihren vier Wänden nicht mehr aus und begann auf der Jagd nach Liebe durch die

Kneipen zu ziehen.
„Zigarette?" Bruni hielt uns eine Schachtel Marlboro vor die Nase.
Ich zog den Rauch so weit ein, dass wahrscheinlich noch der Dickdarm davon profitierte – oder geschädigt wurde.
„Zwei Schachteln, Rolf, wenn ich nächste Woche die Genehmigung habe."
„Vier", sagte Rolf, „zwei für meinen Chef."
„Eine Stange", sagte Brunhilde, „wenn du noch ..."
„Macht`s gut, Leute, ich hau ab." Was die beiden da miteinander kunkelten, interessierte mich nicht weiter.
Draußen nieselte es wieder, und es war ziemlich kühl geworden. Ich machte, dass ich in meine Bude kam.
Jetzt bei Jo.
Die Versuchung war groß.
Ich biss die Zähne zusammen und dachte an morgen Abend.
Röstofen.
Ich konnte mich ganz entfernt daran erinnern, dass wir im Studium über Röstöfen gesprochen hatten, aber das waren Drehrohröfen zur Gewinnung von Schwefeldioxid für die Schwefelsäureproduktion. Das Problem hier war nur, dass wir keine Schwefelsäure herstellten. Die kam in Kesselwagen an und wurde in riesigen, mit Blei ausgekleideten Vorratsbehältern neben den Bahngleisen gelagert. Die Alten in der Chemiebude erzählten immer wieder von einem Kollegen, der beim Anschließen der Stutzen an die Kesselwagen durch die Abdeckung gebrochen war, und von dem man später nur noch den goldenen Ehering gefunden hatte.
Mach dich nicht verrückt, Felix, morgen ist auch noch ein Tag. Ich machte mich bettfertig, holte mir noch eine Flasche Bier aus der Küche, schmiss mich in meine Kapsel und

begann zu lesen.
`Erziehung vor Verdun` von Arnold Zweig. Für das Buch hatte ich acht Mark vierzig ausgegeben, von meinem ersten Lohn als Prolet. „Die Erde ist eine gelbgrüne gefleckte, blutgetränkte Scheibe ..."
Eine Scheibe, mein lieber Herr Zweig, wenn das Aristoteles liest, der kommt zurück und dreht dir den Hals um.
Mir fielen die Augen zu. Mein letzter Gedanke war, das ich mir für solche trostlosen Abende einen Fernseher zulegen sollte.

***

Montag Abend halb zehn. Es war stockdunkel und es nieselte immer noch. Die funzlige Lampe vor dem Eingang zu den Ofen warf einen flackernden Lichtschein auf Knurrhahn Ganzauge und Johann Weinreich. Ich bot beiden eine Jubilar an. Johann lehnte ab.
„Du läufst zwei Nächte mit Johann mit", knurrte Ganzauge. „Ich zeig dir die Öfen."
Wir stiegen drei Treppenstufen nach unten und betraten einen hellen, warmen, langgestreckten Raum.
„Drei Röstöfen", begann Ganzauge, „jeder hat zwei Feuerungen. Die Öfen haben sechs Etagen, in denen der Ton erst entwässert und dann gebrannt wird. Deine Aufgabe ist es, die Temperatur bei 680 Grad zu halten. Kohle holst du dir drüben an den Schuppen. Für jede Kipplore gibt`s zwanzig Pfennig extra, Ton vierzig."
Ganzauge trat an den ersten Ofen und öffnete die Feuerungstür.

„Nach der Schicht entschlackst du die Roste."
Mir war übel. Diese Scheißöfen waren mindestens fünf Meter im Durchmesser und verdammt hoch.
„Wir gehen nach oben." Ganzauge stiefelte eine Treppe aus Riffelblech hoch und ich hinterher.
„In der Mitte dreht sich die Königswelle", erklärte Ganzauge, „an der Welle sind in jeder Etage gusseiserne Rührarme angebracht. Die schräg daran befindlichen Kratzer transportieren den Ton automatisch von Etage zu Etage. Kann dir aber egal sein. Du musst die Temperatur halten und einmal pro Schicht hier hoch und die Buchsen aus der Kartusche mit Staufferfett füllen. Vergiss das nicht, gibt sonst Ärger."
Wir stiegen wieder nach unten.
Ganzauge reichte mir die Hand: „Hals und Wellenbruch!"
Fort war er.
Ich setzte mich zu Johann auf die Holzbank und holte meine Zigaretten raus. Johann schüttelte den Kopf und bot mir einen Prim an. Ich spuckte das Ding nach zwei Minuten in den Kohlehaufen. Mein ganzer Mund war taub.
„Pfui Teufel", fluchte ich, „ist ja schlimmer wie ein Schluck Schwefelsäure!"
„Verpestet aber nicht die Lunge,", sagte Johann, stand auf, öffnete die erste Feuerung und warf einige Schaufeln Kohle in die Glut.
„Mach!"
Ich ging an die zweite Feuerung, riss die Tür auf und schmiss ebenfalls Kohle rein. Wenn`s weiter nichts ist, dachte ich, kannst du hier den Winter überleben.
„Komm, Junge, wir holen Ton."
Junge, der Alte war gut, ich ging stramm auf die dreißig zu.
Johann ging die Treppen hoch, schnappte sich eine Kipplore

und schob das Ding in Richtung der Schuppen, die unmittelbar an den Bahngleisen standen.
Der Ton in den Lagern klebte wie Sau. Nassen Ton zu schaufeln war die Krönung. Ich hatte nach der dritten Kipplore das Gefühl, als wäre mir das Kreuz gebrochen. Meine Handgelenke schmerzten und ich hatte Blasen an den Händen.
„Reicht für heute, Junge."
Mir reichte es tatsächlich.
Ich sah auf die Uhr über unserer Bank. Halb zwei.
Johann hatte meinen Blick gesehen.
„Wir gehen hoch fetten, dann kannst du dich `ne Weile hinhauen. Aber mach das nie, wenn du allein bist. Die Temperatur wird aufgezeichnet, und wenn die Öfen zu niedrig gefahren werden, reißt Ganzauge dir den Arsch auf."
Treppe hoch, Kartusche angesetzt, gedrückt, nächste Buchse, Treppe runter.
An Schlaf war nicht zu denken, war alles viel zu neu für mich. Ich schmiss noch zweimal Kohle in die Feuerung, riss gegen Ende der Schicht mit Johann die Schlacke von den Rosten und dann war die Schicht zu Ende.
In der Umkleide stank es nach wie vor nach Affenscheiße, aber es störte mich nicht mehr. Ich hing meine feuchten Fußlappen in den Spind. Würden morgen Abend bretthart sein, aber leichtes Walken machte sie wieder geschmeidig.
In meiner Bude fiel ich auf die Liege und war weg. Ich schlief bis in den späten Nachmittag hinein, machte mir eine Suppe, trank ein Bier, ging runter und nahm mir mein Rad vor. Weder das Vorderlicht noch das Rücklicht funktionierten ordnungsgemäß. Lockenschorsch, unser ABV, der mich von der Schule kannte, hatte mich bereits ermahnt, meine Beleuchtung in Ordnung zu bringen.

Wieder oben, versuche ich noch zu lesen, kam aber nicht allzu weit.
Der Mut des Armierungssoldaten Bertin in Arnold Zweigs Roman, der trotz Verbotes französischen Kriegsgefangenen sein mit frischem Trinkwasser gefülltes Kochgeschirr anbietet, beeindruckt mich.
Dann nickte ich wieder weg.

Die zweite Nachtschicht begann mit Kohleschippen. Die Spätschicht hatte geschlampt. Die Temperatur ging auf die 600° runter. Johann und ich schaufelten wie die Wilden und holten zwischendurch frische Kohle von den Schuppen. Bei der dritten Kipplore erwischt es mich. Die verdammte Karre sprang aus den Schienen.
Ich stiefelte zu Johann. „Mir ist die Lore aus den Schienen gesprungen."
„Nimm den Balken draußen und heb sie wieder rein", sagte Johann und kratzte sich leicht grinsend am Bauch.
Ich griff mir den Balken, schob ihn seitlich zwischen den Eisenrahmen der Kipplore und die Schienen und stemme ihn hoch.
Rums! Die ganze Karre kippte um. Die Kohle verteilte sich neben den Gleisen. Verdammte Scheiße. Ich hob die leere Kipplore wieder in die Schienen und schaufelte wie blöd.
Plötzlich stand Johann neben mir: „Du musst den Balken vorn ansetzen, Junge, und dann hinten. Von der Seite kippt das Ding um. Hat was mit Physik oder so zu tun."
„Scheißphysik", knurrte ich.
Johann griff seine Schaufel und schippte mit.
In der dritten Nachtschicht war ich allein. Das Betriebsgelände wirkte wie ausgestorben. Ohne Johann war mir nicht ganz wohl an diesen Ofenmonstern. Ich kontrollierte

die Temperaturen, holte Kohle und Ton und hielt die Öfen zwischen 660 und 680°. In den Pausen dazwischen las ich.
`Armierungssoldat Bertin wird gemaßregelt und zum Schandfleck der Kompanie gestempelt. Hat sich der Kerl doch nicht entblödet, französische Gefangene aus seinem Kochgeschirr trinken zu lassen. Großer Appell vor der ganzen Kompanie`.
Meine Gedanken schweiften ab.
Fahnenappell zur Eröffnung des neuen Schuljahres - ohne Felix Hohndorf. Mir fuhr ein leichter Stich durch die Herzgegend. Wer sich zu weit aus dem Fenster lehnt, muss damit rechnen, dass er rausfällt. Du bist gefallen Felix. Vielleicht ganz gut. Nachdem, was mir Meisner erzählt hatte, hätte ich sehr wahrscheinlich auf den Schulhof gekotzt. Pionierleiter Brettschneider hatte zu Beginn des neuen Schuljahres den Appell neu ausgerichtet – militärisch, versteht sich. Die Schüler mussten in Klassen und in geordneter Dreierreihe Aufstellung nehmen. Brettschneider war in Kampfgruppenuniform aufmarschiert, hatte wie auf dem Kasernenhof gebrüllt und eine Stunde Aufstellübungen mit den Schülern exerziert. Zwei Jungen aus der neunten Klasse hatten während seiner Kommandos gelacht. Brettschneider hatte sie nach vorn kommandiert und sie als unwürdige Mitglieder der Freien Deutschen Jugend abgekanzelt.
Sockentrude soll angewidert das Gesicht verzogen haben, hatte sich aber nicht eingemischt.
Himmel, Arsch und Zwirn. Es waren immer dieselben Typen, die sich Macht anmaßten, egal, ob sie Grassnik oder Brettschneider hießen. Die Masse kuscht vor jeder Art von Brutalität, sei sie verbaler oder physischer Art. Wer abduckt, wird nicht in den Kopf getroffen. Und fast immer sind es

Hohlköpfe, kleine Gernegroße, Leute, die, hätten sie eine Gehirnwindung weniger, als Huhn auf die Welt gekommen wären.
Ich hasste solche Typen wie die Pest, gehörte aber auch zu den Abduckern und bezahlte jetzt dafür, dass ich mich einmal nicht geduckt hatte. Wobei es mir jetzt finanziell wesentlich besser ging. Ich verdiente fast die Hälfte mehr als in meinem Beruf, fühlte mich dafür aber wie der berühmte Hamster im Rad.
War schon seltsam, was mir beim Lesen so für Gedanken kamen. Manchmal genügte ein Wort, und ich landete in einer ganz anderen Geschichte.
Ich klappte das Buch zu, legte noch einmal Kohle nach, ging hoch die Buchsen fetten, und als ich runter kam, stand Johann vor dem ersten Ofen und riss die Schlacke raus.
„Was machst du denn schon hier?", fragte ich verblüfft.
„Konnte nicht mehr schlafen", knurrte er mich an.
Ich guckte auf die Uhr: Kurz vor fünf.
Ich hätte mich noch mehr gewundert, wenn ich gewusst hätte, das Johann das zur Gewohnheit wurde. Er holte noch drei Kipploren Kohle und wollte, dass ich sie bei mir anschrieb.
„He, he, he, bei Geld hört die Freundschaft auf."
„Hab mehr davon, als ich ausgeben kann." Johann spuckte einen dunklen Strahl Primsaft in die Kohlen.
Später, als wir vertrauter miteinander wurden, erfuhr ich, dass Johann zu den Zeugen Jehovas gehörte und den Nationalsozialismus dank eines Lochs im Herzen überlebt hatte. Sie hatten ihn ausgemustert und in Ruhe gelassen. Sein Glück, denn er hätte den Kriegsdienst verweigert und wäre im Knast verschwunden oder an die Wand gestellt worden.

Im Oktober 1950 hatte sich das im Februar gegründete MfS seiner angenommen. Johann war nicht zur Wahl gegangen und in seiner Straße hatte ein Witzbold ein Wahlplakat verändert: Aus WÄHLT DIE KANDITATEN DER NATIONALEN FRONT war über Nacht WÄHLT DIE KANNIBALEN DER NATIONALEN FRONT geworden.
Alles lachte, nur die Staatsmacht nicht. Da man den Witzbold, der von staatlicher Seite als Kollaborateur eingestuft wurde, nicht ermitteln konnte, schob man es Johann in die Gummistiefel.
Ein Jahr und zwei Monate.
Als Johann wieder auf freiem Fuß war, begann er Kaninchen zu züchten. Deutsche Riesenschecken. Ihr ruhiger, sanfter Charakter besänftigte nach und nach sein aufgewühltes Gemüt. Johann fuhr von da an nur noch mit zwei Blecheimern am Fahrrad nach Feierabend durch die Gegend. Fünfzig große Karnickel fraßen schon was weg.
Um die Weihnachtszeit konnten sich die Leute aus Johanns Vorstadtsiedlung ihren Weihnachtsbraten bei ihm abholen. Schlachten mussten sie selber, da Johann nie im Leben ein Tier getötet hätte. Den Preis überließ er den Kunden. Wer kein Geld hatte, konnte sich trotzdem seinen Braten holen. Johann interessierte sich nicht für Geld. Jahre später, als er starb, fand man in seinem Haus knapp hunderttausend Mark in Scheinen aller Größenordnung in Schuhkartons.
Wir saßen noch eine Weile am Tisch, und jeder hing seinen Gedanken nach. Plötzlich sah mich Johann an und sagte: „Hast du das gehört, Junge, was die Amerikaner gemacht haben?"
Ich sah Johann verdutzt an.
„Die haben eine Rakete in den Himmel geschossen, anlässlich des Karnevals. Ist doch überhaupt noch nicht

Karneval."
„Du hörst RIAS?", lachte ich und hob meinen Zeigefinger.
„Hoch in den Himmel." Er schüttelte ablehnend den Kopf.
„Du meinst Apollo 7, Johann. Die ist nicht zum Karneval gestartet, sondern von Cap Canaveral, das ist ein Ort irgendwo in Florida, Amerika."
„Und was wollen die da oben?"
„Vielleicht wollen die deinen Jehova besuchen", entfuhr es mir.
„Du bist ganz einfach dumm, Junge", knurrte mich Johann an.
„War ein Scherz, Johann", entschuldigte ich mich.
„Ein ziemlich dummer, mit Jehova macht man keine Scherze."
„Die Russen werden stocksauer sein", lenkte ich ab.
„Geschieht dem Diebesgesindel ganz recht", sagte Johann.
Vor einigen Jahren war ihm fast seine gesamte Karnickelzucht geklaut worden. Mitten am Tag. Auf dem Boden vor den Ställen hatten Zigarettenkippen mit langem Pappmundstück gelegen.
Russen.
Johann hatte keine Anzeige erstattet.
Als die Nachbarn ihn aufhetzten, hatte er lapidar gesagt: „Die hatten eben Hunger."
Johann war jetzt immer, wenn ich Nachtschicht hatte, eine Stunde früher da, und wir redeten über Gott und die Welt.

***

Die Zeit verging. Der November blockierte das Leben und läutete das große Sterben der Natur ein. Da der Mensch aber ein äußerst erfinderisches Lebewesen ist, baute er Lebenswecker in das Elend der erstarrenden Jahreszeit ein.
Am 11.11. wurde ab 14 Uhr in der Kantine der Karneval eröffnet.
Ich hatte mich mit Josef verabredet. Wir setzten uns an einen Tisch in die Nähe der zur Theke umfunktionierten und mit Girlanden geschmückten Essenausgabe. Josef holte uns zwei Bier und zwei Pfeffi.
„Elli hat `ne Prämie gekriegt." Josef sah mich merkwürdig an.
„Ist doch prima", sagte ich.
„Weißt du wofür?"
„Erst mal Prost", sagte ich und schüttelte den Kopf.
„Die hat vorgeschlagen, den Schaber auf das Doppelte zu vergrößern."
„Und?" Ich sah Josef verständnislos an.
„Mensch, Felix", explodierte Josef, „die Loren sind dann schneller voll als vorher und von wegen oben mal in Ruhe in der Sonne eine Flasche Bier kippen, das kannst du vergessen. Rauf, runter, rauf, runter. So eine Scheiße, und dafür kriegt die noch `n Haufen Knete."
"So wie wir heute arbeiten, werden wir morgen leben", grinste ich Josef an.
„Schönen Gruß an Frieda Hockauf, die kann mich mal."
Plötzlich stand Elli vor unserem Tisch. „Darf man?"
„Aber sicher Elli." Josef rückte ihr den Stuhl zurecht.
Prolatarier aller Länder vereinigt euch, dachte ich.
Elli stellte vier Flaschen Bier auf den Tisch. „Sibylle kommt noch, macht sich hübsch."
„Was, noch hübscher?", lachte ich.

Josef sah mich sonderbar an und sagte dann: „Wir sind verlobt."
Das Revier ist abgesteckt. Armer Josef.
Auf dem Podium, von dem sonst die Reden der Werkleitung gehalten wurden, hatte Franz Platz genommen.
Franz mit der Ziehharmonika.
Franz war der geborene Unterhalter. Er spielte mehrere Instrumente, sang, zauberte und trank leidenschaftlich gern quietschsüße Liköre, am liebsten Eierlikör. Wenn sein Pegel erreicht war, wurden seine Lieder meist schlüpfrig oder politisch anrüchig.
Elli hatte erzählt, dass er einmal im Suff das `Polenmädel` gesungen hatte. Statt „aber nein, aber nein sprach sie, ich küsse nie ..." hatte er küssen durch ficken ersetzt. Ein anderes Mal soll er statt „wir lagen vor Madagaskar", wir lagen vor „Claras Mastdarm" gesungen haben.
Wenn Franz besoffen war, war Ärger vorprogrammiert. Allein die Lieder, die er dann sang, gehörten nicht ins Repertoire eines sozialistischen Bleilöters und Unterhaltungskünstlers.
Seine Kumpels aus der Bleibrigade holten ihn jetzt immer, bevor es zu spät war, von der Bühne, füllten ihn ab und brachten ihn in ihre Werkstatt, wo er seinen Rausch ausschlief.
Franz wurde durch ein Tonbandgerät ersetzt, was der Stimmung keinen Abbruch tat. Die war meist schon durch Schnaps und Bier auf einem Höhepunkt angelangt, von dem es dann nur noch abwärts gehen konnte. Mit der Moral, versteht sich.
Wir waren beim dritten Bier, als Sibylle durch die Kantine schwebte. Das kurze, abstehende Röckchen wurde von mehreren Peticoats gestützt und brachte Beine zur Geltung,

die Franz so aus der Fassung brachten, dass seine Quetschkommode einen langgezogenen Seufzer von sich gab und dann ein „Himmel, Arsch und Bein" zu hören war.
Sibylle blieb stehen, drehte sich zur Bühne um und lachte Franz an.
Franz brachte seinen Zerrwanst wieder in Bewegung, griff in die Knöpfe und sang: „Wenn die Sibylle nicht so schöne Beine hätt`"und wechselte dann in die schönen Beine der Dolores über.
Sibylle schwebte an unseren Tisch, gab Josef einen Kuss, drückte mir die Hand und griff sich ein Bier.
Drüben, in der Nähe der Tür, saßen die Laborantinnen. Durch den Zigarettenqualm in der Kantine war die Sicht leicht behindert, aber ich war mir sicher, dass die mit den rötlichen Haaren mich immer wieder verstohlen musterte. War mir schon mehrmals Nachmittags in der Kantine aufgefallen.
Gegen vier Uhr, wenn ich Spätschicht hatte und mir ein Mittagessen holte, saß die Rothaarige oft mit einer anderen Labormieze beim Kaffee. Alles an ihr war weich und rund. Die zartblasse Haut erinnerte mich an ein Marzipanschweinchen.
Irgendwas reizte mich an dieser Kirsche.
Plötzlich ging das große Licht an der Decke aus und die Kantine verwandelte sich in eine Muschebubugrotte.
„Damenwahl", verkündete Franz.
Ich sah aus den Augenwinkeln, wie die Rotblonde sich erhob und zielstrebig auf unseren Tisch zu steuerte.
„Darf ich bitten?" Sie sah mich auffordernd an.
Ich erhob mich. An Tanzen hatte ich heute allerdings nicht gedacht. Ich wollte einen Ordentlichen kippen und dann ab in die Koje.

„Felix", sagte ich.
„Brigitte."
Ihre Stimme war so weich wie ihr Körper.
Und so warm.
Franz spielte so etwas Ähnliches wie einen Tango. Ich nahm Brigitte fest in den Arm und schob mich mit ihr in die Mitte der Tanzfläche.
„Du bist Lehrer?" Brigitte sah mich an.
„War", sagte ich.
„Chemie?"
„Auch."
„Hättest doch im Labor anfangen können."
„Mir gefällt's an den Öfen, ist so schön warm in der kalten Jahreszeit."
Ich drückte ihren weichen Körper fester an mich.
Ich wollte den Tanz und diese Wärme, die sie ausstrahlte, genießen. Bei jeder Drehung berührte ich ihre Oberschenkel. Es schien ihr zu gefallen. Ihre Atmung wurde um eine Spur schneller, und meine Hose bekam Spannung.
Als der Tanz zu Ende war, geleitete ich sie zu ihrem Platz.
„Ich muss mal an die Luft." Sie sah mich auffordernd an.
Wir gingen die Treppe runter und schlenderten zum Löschteich.
Brigitte zeigte auf die Bank. „Ich würde gern eine rauchen, hast du Zigaretten?"
Hatte ich, aber leider nur Jubilar. Hätte ich das geahnt, hätte ich wenigstens Club gekauft.
Wir brannten uns eine an.
„Bist du verheiratet?" Brigitte sah mich an und stieß eine Rauchwolke aus.
„Nee, bin ich nicht und du?"
„Noch nicht", lachte sie, aber es klang irgendwie sonderbar.

Sie schmiss ihre Zigarette weg, sah mich an und sagte: „Küss mich."
Ich zertrat meine Kippe mit dem Schuh, nahm sie in den Arm, küsste sie und spürte sofort ihre Gier. Ich öffnete zwei Knöpfe ihrer Bluse, schob meine Hand hinein und zog den BH hoch. Ihre Brust war so, wie ich sie mir vorgestellt hatte, groß, weich und warm. Mit den Fingerkuppen strich ich behutsam über ihre Brustwarzen. Brigittes Kuss wurde heftiger, ihre Zunge wanderte weit in meinen Mund hinein. Ich nahm meine Hand aus ihrer Bluse und schob sie an der Innenseite ihrer Schenkel nach oben. Als meine Finger anfingen sich zu bewegen, zog Brigitte meine Hand unter ihrem Rock hervor, löste sich von meinem Mund und erhob sich.
„Komm, wir gehen wieder hoch." Sie nahm meine Hand und zog mich von der Bank.
Ich sah auf meine Hose. „Soll ich so in die Kantine zurück?"
Brigitte sah auf meine abstehende Hose und lachte. „Geh dich abkühlen!"
Ich lief ein Stück in Richtung Röstofen, umrundete die Kollergänge und ging zurück. Als ich am Eingang der Frauengarderobe vorbeikam, nahm ich aus den Augenwinkeln eine Bewegung wahr. Ich blieb einen Augenblick stehen, sah genauer hin und da stand Sibylle, an die Wand gelehnt, mit hochgeschobenen Pulli und ließ sich von Erwin aus der Bleilötertruppe ihre knallprallen Möpse vermessen.
Ich stieg die Treppe hoch, ging zu unserem Tisch, trank einen Pfeffi, spülte mit einem Schluck Bier nach, sah mich voller Unschuld um und fragte: „Wo ist denn Sibylle?"
„Ist für kleine Mädchen", grinste Josef.

Blödmann, dachte ich. Trau den Weibern nur, so lange du sie siehst. Treue reimt sich schließlich nicht umsonst auf Reue. Ich dachte an Helene und spürte einen kurzen, stechenden Schmerz.

„Prost!" Ich hob mein Bier. „Auf die Frauen!"

„Prost", sagte Elli, „auf die Liebe und den Suff."

„Ihr habt doch keine Ahnung, was Liebe ist", sagte Josef todernst.

Elli prustete ihren Schluck Bier über den ganzen Tisch.

Ich erhob mich und holte Brigitte zum Tanz.

„Abgekühlt?" Sie grinste mich an.

„Schmerzhafte Sache", sagte ich, „Verhärtungen dieser Art können schwere Entzündungen hervorrufen."

„Soll angeblich Wärme und Massage helfen." Sie legte ganz kurz im Gedränge ihre Hand auf meinen Schritt.

Ich drehte mich sofort seitlich. Mit abstehender Hose durch die Kantine musste nicht sein.

„Bringst du mich nach Hause?"

„Gleich?"

„Sagen wir in 10 Minuten, ich geh zuerst. Muss nicht jeder mitkriegen."

Es nieselte wieder. Wir schlenderten Arm in Arm die Bahnhofstraße entlang, am Waldpark zog mich Brigitte in die Büsche, lehnte sich an einen Baum und sah mich an.

Ich hatte es verdammt nötig. Das letzte Mal mit Jo war zwei Wochen her, und wie gesagt, Knallerbsensex. Jo war jetzt wieder öfter mit Edda zusammen. Was mir ganz recht war.

Ich nahm Brigittes Kopf in meine Hände und küsste sie. Unsere Zungen spielten miteinander fangen, und ich spürte, wie nicht nur mein Kopf heiß wurde. Ich zog den Reißverschluss ihrer Jacke auf, schob meine Hände unter ihre Bluse, streifte den verdammten BH nach oben und griff

mit beiden Händen zu.
Brigitte hatte die Augen geschlossen und atmete schwer. Ich rieb ihre Spitzen bis sie hart wurden, dann nahm ich eine in den Mund, umkreiste sie mit der Zunge und saugte daran. Meine Hand glitt automatisch unter ihren Rock. Als ich ihre Zündkapsel berührte, stöhnte Brigitte laut auf, griff nach unten, nestelte meine Hose auf und befreite den Gefangenen. Ich presste mich mit aller Kraft gegen ihren Unterleib. Brigitte schob mich leicht zurück, drückte mich dann aber wieder an sich.
Plötzlich erstarrte sie und schob mich von sich weg.
„Was wird das denn jetzt?" Ich war geschockt.
„Geht nicht, Felix, zu gefährlich."
„Und warum hast du die Granate scharf gemacht, wenn sie nicht explodieren darf?"
Brigitte sagte nichts, sah mich nur wieder komisch an.
„Bringst du mich trotzdem nach Hause?"
Ich verstaute den Grafen von Monte Christo wieder in seinem Chateau d`iF, knurrte „schöne Scheiße" in mich hinein und sagte: „Aber sicher."
Wir liefen die Bahnhofstraße fast bis ans Ende, bogen dann in eine Seitenstraße ein und waren da. Kleines Siedlungshaus mit Minivorgarten. Die Fenster waren dunkel.
„Meine Eltern schlafen schon", sagte Brigitte leise. „Wenn du noch mit in den Hausflur kommen willst?"
Wollte ich hundertprozentig nicht. Mir tat so schon untenrum alles weh.
Weiber, verdammte Weiber, zeigen dir ihr Schlüsselloch, und wenn du aufschließen willst, halten sie die Tür zu.

***

Ich hatte Spätschicht. Kurz nach vier machte ich mich auf zur Kantine. Die Öfen liefen bei 670°, und ich hatte eine gute halbe Stunde Zeit.
Kohlrouladen, handgefertigt, mit Salzkartoffeln. Die Küche arbeitete in drei Schichten wie wir. Es gab für jede Schicht Mittagessen, selbst in der Nachtschicht. Hilde, die Köchin, war diese Woche mit Spätschicht dran. Sie war etwa vierzig und fast so breit wie hoch.
„Sag mal, Hilde, hast du abgenommen?", oder: „Du hast aber wieder `ne schicke Frisur heute." Dabei sah Hilde um den Kopf herum meist wie eine alte Klobürste aus. Ich hatte immer einen Spruch für sie. Verdirb es nie mit der Küche, war ein Wahlspruch meines Vaters.
„Du blöder Heini", knurrte sie dann immer, aber man sah, dass es ihr gefiel. Hans, der Pförtner mit dem Holzbein, mit dem sie verheiratet war, verbrachte viel Zeit mit einem der Buchhalter aus dem Lohnbüro.
Man munkelte.
Ich schob meine Essenmarke über den Tresen.
„Eine?", fragte Hilde lachend.
„Hm", knurrte ich.
Hilde legte noch eine zweite Roulade auf den Teller.
„Zufrieden?" Sie sah mich grinsend an.
„Ich schließ dich in mein Nachtgebet ein und wenn du mir als Engel erscheinst, kriegst du einen dicken Kuss."
„Würd`ich auch als Nichtengel in Kauf nehmen."
Als ich gegessen hatte, brachte ich meinen Teller vor. Hilde fuhrwerkte in ihren Pfannen herum, sah mich an und sagte: „Hier ist doch tatsächlich noch so ein Wickel, willst du das Ding?"
„Aber sicher", lachte ich und reichte ihr meinen Teller.
„Wo frisst du Bohnenstange das bloß hin?", kicherte Hilde.

„Ein guter Hahn wird selten fett", ertönte eine Stimme dicht hinter mir.
Ich drehte mich um.
Hinter mir stand Holzapfel, der Parteinik. „Einen Kaffee, Hilde."
Holzapfel setzte sich zu mir.
„Na, Herr Pädadgoge, wie läuft`s denn so in der sozialistischen Produktion?"
„Geht so", gab ich zurück.
„Sollst dich ja ganz gut machen."
„Hm."
„Sind `ne Menge ungelernte Leute hier. Wir suchen jemand, der ab dem nächsten Frühjahr einen Kurs übernehmen könnte."
Ich hörte auf zu kauen und sah Holzapfel an.
„Könnte nicht schaden, wenn die Jüngeren wenigstens eine Art Teilfacharbeiter als Abschluss hätten."
„Denkst du dabei an mich? Ich bin, was die marxistisch-leninistische Linientreue betrifft, vom rechten Weg abgekommen."
„Deshalb bist du ja bei uns gelandet. Aber denk nicht, dass mich das stört. Unter den Menschen und Borsdorfer Äpfeln sind nicht die glatten die besten, sondern die rauen mit einigen Warzen."
Ich sah Holzapfel völlig verblüfft an. Der Mann zitierte Jean Paul, ein Parteinik, nicht zu fassen.
„Oder hast du vor wie der Leipziger Schulmeister Quintus Zebedäus Egidius Fixlein mit Anfang dreißig zu sterben?"
Holzapfel grinste mich unverschämt an.
„Dann würde doch mit Sicherheit Jean Paul Holzapfel mittels einer marxistisch-leninistischen Kneipkur das arme Dorfschulmeisterlein vor dem Dahinsterben retten", gab ich

lachend zurück.
Ich sah auf die Uhr. Verdammt, höchste Zeit für meine Öfen. Ich hatte inzwischen eine Ofenmacke. Bei mir ging die Temperatur nie unter 660 oder über 680°.
„Ich muss."
„Denk drüber nach. Würde dir gern so einen Truppe anvertrauen, nach Feierabend, versteht sich."
Ich legte einen Schritt zu, irgendwas stimmte mit den Öfen nicht.
Verdammter Mist, der dritte Ofen stand. Die Welle drehte sich nicht. Hatte ich die Buchsen nicht gefettet?
Ich raste die Treppe hoch und ging auf den Laufplanken Richtung Ofen drei. Die oberste Etage war blutverschmiert. Vor einem der Rührarme lag eine Gestalt im blauen Schlosseranzug. Die Gliedmaßen waren zerfetzt, der Schädel eingedrückt. An der linken Seite des Kopfes klebte eine graue Masse und über die gesamte Etage waren blutige Stofffetzen verteilt. Ich drehte mich zum Geländer und kotzte Kohlrouladen und Kartoffeln in hohem Bogen nach unten. Mir knickten die Knie ein und ich schrie, aber hier oben hörte mich keiner.
Als ich wieder denken konnte raste ich wie ein Blitz nach unten und in Richtung Kantine. Holzapfel stand gerade auf der untersten Stufe. Ich fuchtelte wie ein armer Irrer mit den Armen, zeigte Richtung Röstöfen und schrie: „Ein Toter, ein Toter."
Holzapfel packte mich an der Jacke, schüttelte mich wie einen feuchten Putzlappen, klatschte mir rechts und links eine ins Gesicht, sah mich an und sagte: "Entschuldige, aber komm zu dir!"
Langsam bekam ich wieder Luft.
„Ofen drei, da liegt einer, tot. Alles voller Blut."

Holzapfel zerrte mich die Treppe zur Kantine hoch, knallte mich auf einen Stuhl und rannte ans Telefon.
„Pass auf den Lehrer auf, Hilde", und fort war er.
Irgendwann ertönte lautes Tatü-Tata. Feuerwehr, Notarzt. Krankenwagen.
„Krankenwagen braucht der keinen mehr", sagte ich zu Hilde, die mir einen Kaffee und einen Weinbrand hingestellt hatte.
Ich war wieder da.

***

Die Öfen standen zwei Tage still.
Seifert, Richard Seifert, genannt der Zinker, war im Jenseits
Das Mitleid der Kollegen hielt sich in Grenzen.
Richard war der Oberdenunziant der ganzen Chemiebude gewesen. Im Oktober hatten Prozesse gegen die Leute begonnen, die zu lautstark den Frühling, und zwar den Prager Frühling, begrüßt hatten. Einige sollten verschwunden sein, man munkelte von Bautzen und Hoheneck, und die Stimmung im Betrieb war angespannt.
Überall dort, wo Seifert auftauchte, verstummten die Gespräche. Seifert war Reparaturschlosser und viel unterwegs im Betrieb. Seine Begabung, Leute auszuhorchen oder aus der Reserve zu locken, war allgemein bekannt. Trotzdem fielen Neulinge auf sein kumpelhaftes Getue herein.
Ich war durch Johann gewarnt. Erst vorige Woche hatte der Zinker oben an den Öfen einige Buchsen gewechselt, hatte sich dann zu mir gesetzt, mir eine Zigarette angeboten und Witze erzählt.

„Kennst du den von der russischen Delegation die nach Leipzig kommt?"
Ich hatte den Kopf geschüttelt.
„Kommt eine russische Delegation nach Leipzig und will sich bei den Arbeitern über ihre Einstellung zur Deutsch Sowjetischen Freundschaft informieren. Der Genosse von der Stadtbezirksleitung denkt, führst unsere Freunde einfach in die Betriebe. Am ersten Betrieb steht über dem Eingang: Es lebe die Deutsch Sowjetische Freundschaft.
Die Russen freuen sich.
Weiter geht`s.
Am zweiten Betrieb steht auf einem Spruchband: Von der Sowjetunioen lernen, heißt Siegen lernen.
Die Russen freuen sich noch mehr.
Weiter.
Am dritten Betrieb ein großes Plakat: Wir arbeiten lieber für zehn Russen als für einen Deutschen!
Die Russen sind begeistert.
Der Genosse von der Bezirksleitung steigt aus dem Bus, geht zum Pförtner und erkundigt sich, um was für einen Betrieb es sich handelt."
Seifert sah mich an.
Ich sagte nichts.
„War `ne Sargfabrik", lachte Seifert schallend.
Ich hatte ihn nur angesehen und den Kopf geschüttelt.
Und jetzt war er tot. Zermatscht durch die Rührarme.
Verhöre.
Kripo.
Stasi.
Johann verschwand für zwei Tage
Ich traf seit langer Zeit wieder auf Lederjacke oder besser gesagt, er auf mich.

„Na, Schulmeister, wie fühlt man sich so mitten im Dreck und Gestank?"
„Ausgezeichnet, kann nicht klagen", sagte ich grinsend.
„Schrecklicher Unfall. Soll irgendwelche Fettbuchsen kontrolliert haben und dann die Wärme da oben. Hatte wohl was mit dem Kreislauf, hoher Blutdruck und so."
Lederjacke sah mich aufmerksam an.
Aha, dachte ich. Seifert hatte aber die Buchsen erst vorige Woche kontrolliert. Mir fiel Christian Morgenstern ein. `Weil, so schloss er messerscharf, nicht sein kann, was nicht sein darf`.
„Keine schöne Art, mitten beim Aufbau des Sozialismus aus dem Leben zu scheiden."
„Kann man so sagen", sagte ich.
„Hast Glück gehabt, Schulmeister. Der Parteisekretär hat dein Alibi bestätigt. Scheinst `n Stein im Brett zu haben, bei dem Genossen."
Wozu brauchte ich ein Alibi bei einem Unfall?
„Man sieht sich." Lederjacke streckte mir die Hand entgegen.
Ich griff in meine Hosentasche, zog mein Taschentuch raus und murmelte: „Mach`s gut, Palmström."

***

Freitag.
Ich kam von der Spätschicht, ging die Treppe hoch und blieb oben wie vom Schlag getroffen stehen.
Auf der letzten Stufe saß Brigitte.
„Was machst du denn hier?"

„Ich warte auf Heiligabend."
„Bisschen früh", sagte ich.
„Man kann nicht früh genug auf die Bescherung warten", lachte sie, aber es war ein verhaltenes Lachen.
Ich schloss die Tür auf.
„Komm rein."
Ich schob sie ins Wohnzimmer, ging in die Küche, drehte den Wasserhahn über der Gosse auf und machte mich frisch.
Brigitte hatte eine Flasche Stierblut auf den Tisch gestellt. Ich nahm zwei Gläser aus dem Schrank, zog den Korken und schenkte ein.
„Prost, auf die Bescherung."
Wir tranken.
Brigitte erhob sich und zog ihren Anorak aus.
„Ganz schön warm bei dir."
Ich hatte heute Vormittag geheizt und jetzt schmiss der alte Kachelofen richtig Hitze.
Sie trug eine weiße Bluse zum engen schwarzen Rock.
Verdammt sexy, die Kirsche, dachte ich, aber Vorsicht! Macht dich scharf wie Nachbars Pfiffi, und das war`s dann.
Andererseits, wieso kreuzt die hier auf?
Wenn du es nicht versuchst, wirst du es nie erfahren.
Draufgänger ist immer besser als Blindgänger.
Ich erhob mich, um Wein nachzugießen, und warf einen Blick in ihre Bluse. Die ersten beiden Knöpfe waren offen.
Sie sah mich an, lächelte und öffnete den dritten Knopf.
„Sehr warm bei dir."
„Wie läuft`s so im Labor?" Dämliche Frage, was ging mich das Labor an.
„Die Alte ist, höflich ausgedrückt, zum Kotzen."
Die Alte war die Laborchefin, Diplomingenieurin. Ließ die Laborantinnen nach ihrer Pfeife tanzen. Alte Schabracke,

Lederhaut von zu viel Sonne, nicht verheiratet, aber ständig auf der Jagd. Hübsche, junge Weiber in ihrem Machtbereich hatten bei ihr nichts zu lachen.
„Und wie läufts bei dir an den Öfen?"
„Kann nicht klagen."
Ich griff ihre Hände, zog sie zu mir hoch und küsste sie.
Falls du aus Neugier wegen des Zinkers gekommen sein solltest, Mädel, da hast du Pech. Ich hoffte, dass sie meinetwegen da war. Hatte eine ganze Weile nichts Weibliches im Arm gehalten. Jo hatte sich nicht wieder gerührt, was mir durchaus recht war.
Ich brauchte unbedingt wieder einmal eine Unterkunft für Kleinfelix.
Es wurde ein langer Kuss. Ihr Körper strahlte eine unglaublich Hitze aus. Ganz vorsichtig streifte ich ihre Bluse ab. Sie schob mich leicht von sich weg, griff nach hinten und löste den Verschluss ihres BHs.
Halleluja, was für Möpse. So groß hatte ich die Granaten nicht in Erinnerung. Lag wahrscheinlich am Bier und am Schnaps an dem Abend.
Plötzlich ließ sie sich gegen mich fallen. Ihr Körper wurde so weich, als hätte man ihr das Knochengerüst herausgezogen. Ich ließ meine Hände weiter nach unten gleiten, öffnete den Reißverschluss ihres Rockes und schob ihn nach unten
Sie stieg leicht taumelnd aus dem Rock.
Ich zog ihr den BH von den Schultern.
Mannomann, was hatte ich für kleine Hände. Ihre Brust war trotz der Größe fest und elastisch.
Ich setzte mich und zog Brigitte ganz dicht an mich heran. Sie beugte sich zu mir herunter und fuhr mit ihren Kugeln über mein Gesicht. Ich packte sie an der Hüfte, legte sie auf

meine Ottomane und zerrte mir Hose und Turnhose herunter. Brigitte hatte ihr zartrosa Höschen schon abgestreift. Dann ging es so schnell, dass es mir peinlich war. Brigitte hatte kaum angefangen sich zu bewegen, da war bei mir der Schuss schon aus dem Rohr.
„Tut mir leid", sagte ich.
„Mir nicht", sagte Brigitte.
Ich brannte uns zwei Zigaretten an. Ein Glück, ich hatte gestern am Bahnhofskiosk zwei Schachteln Club erwischt. Konnte ich mir finanziell jetzt locker leisten.
Wir rauchten und sahen an die Decke.
Nach einer Weile sagte Brigitte: „Du hast ihn zuerst gefunden?"
„Hör bloß auf mit dem Scheiß, bist du deswegen gekommen?", fuhr ich sie an.
„Quatsch, aber das Gerede ist noch in vollem Gange. Soll ja eine zweite Arbeitsstelle bei Horch und Guck gehabt haben."
„Sieht ganz danach aus, interessiert mich aber nicht die Bohne. Erzähl lieber was von dir."
Brigitte drückte ihre Zigarette aus, stützte sich auf den rechten Ellenbogen, sah mich an und sagte: „Ich heirate nächste Woche."
Mir fiel die Kinnlade auf die Brust. Ich warf meine Kippe in den Kohleneimer und setzte mich.
„Was machst du?" Wahrscheinlich hatte ich mich verhört.
„Ich heirate", wiederholte sie.
„Und was willst du dann bei mir, ist doch nicht normal. Entschuldige, aber das haut mich um."
„Was zu erwarten war," lachte Brigitte, aber es klang nicht ganz echt.
„Erzähle!", sagte ich. Das Ding lag doch schief.

„Gieß mir noch was ein, aber ein Schnaps wäre mir lieber als diese Essigbrühe, die ich mitgebracht habe."
Ich stand auf, ging in die Küche und holte den Brennmeister, den ich für mein erstes Geld als Chemiearbeiter gekauft hatte.
Ich goss zwei Gläser voll, und wir tranken.
„Ist kein Witz, Felix, ich heirate nächsten Samstag."
Sie legte mir den Zeigefinger auf den Mund, da ich wieder einen Kommentar abgeben wollte.
„Mein Zukünftiger stammt aus Schöngrund."
Kannte ich, war mit dem Rad in einer guten halben Stunde zu erreichen.
„Seine Eltern haben dort so was, was man früher Kolonialwarenladen nannte."
Die Gemischtwarenbude. Hatte mir dort schon Bier und Zigaretten gekauft, wenn ich aus den Pilzen kam.
„Mein Vater und sein Vater sind alte Schulkumpels, und irgendwann sind sie auf die Idee gekommen, ihre Kinder miteinander zu verheiraten. Manfred hat mir auch ganz gut gefallen, aber in letzter Zeit plagen mich Zweifel."
Konnt ich mir irgendwie vorstellen. In einem der letzten Ramschläden der Republik auf dem Dorf zu versauern, war sicherlich nicht der große Traum einer lebenslustigen, jungen Frau.
„Und warum heiratest du ihn dann?"
„Weil ich blöd bin. Hab nie meinen Eltern widersprochen, mein Vater wäre todunglücklich, wenn ich abspringen würde. Manfred und mein zukünftiger Schwiegervater bauen bereits neben ihrem Laden ein Haus für uns. Mein Vater ist jede freie Minute da und greift mit zu.
Brigittes Unterlippe zitterte.
Bloß keine Heulerei, war das Letzte, worauf ich scharf war.

Wahrscheinlich war ich der Abschied von einem Leben, von dem sie insgeheim geträumt hatte. Romantische Liebesabenteuer, aufregender Sex, Tierärztin statt in blauer Nylonschürze saure Gurken verkaufen oder Sängerin in einer Band statt morgens und abends Hühner und Karnickel füttern.
Arme Kirsche, dachte ich. Wollte bestimmt, und wenn es nur für kurze Zeit war, mal ein richtiges Luder sein.
Ich küsste sie und begann behutsam ihre Brüste zu streicheln. Ihre Hand glitt nach unten und griff fest zu. Ich schob meine Hand zwischen ihre Schenkel, streichelte leicht ihren Lustpunkt und spürte, wie er sich vergrößerte.
Brigitte warf sich über mich, brachte ihren Körper in Reiterstellung und begann sich zu bewegen. Ich griff ihre Brüste, nahm eine ihrer Spitzen in den Mund und ließ meine Zunge darum kreisen. Ihre Bewegungen wurden heftiger. Sie hatte die Augen geschlossen, stieß kleine spitze Schreie aus und bewegte sich so wild und heftig, dass ich fürchtete, meine Liege würde durchbrechen.
Dann kam bei ihr die Erlösung. Sie biss mir wild in die Schulter. Verdammt, das tat richtig weh. Ich wurde schlaff und rutschte aus ihr heraus. Der Schuss blieb im Rohr.
Brigitte blieb auf mir liegen. Plötzlich tropfte etwas in mein Gesicht. Ich sah nach oben. Aus ihren geschlossenen Augen quollen zwei dicke Tränen.
„Hab ich was falsch gemacht?", flüsterte ich.
Sie sah mich an und sagte: „War mein erster Orgasmus."
Um Himmels willen, dachte ich, das kann ja heiter werden. Ihr Zukünftiger hatte wahrscheinlich genauso viel Erfahrung mit dem weiblichen Geschlecht wie ich, bevor ich bei Jo in die Lehre gegangen war.
„Kann ich dich ab und zu besuchen, auch wenn ich

verheiratet bin?" Sie sah mich bittend aus ihren großen, braunen Augen an.
Mannomann, wenn das jemand mitkriegt. Ich sah diesen Manfred mitsamt Vater und Schwiegervater mit riesigen Dreschflegeln vor meiner Tür stehen, und mir fuhr ein kalter Schauer über den Rücken.
„Ist dir kalt?" Brigitte drückte mich an ihren immer noch glühenden Körper.
„Hab nur an den Winter gedacht", sagte ich.

***

Der Dezember schlug mit erbarmungslosem Frost zu. Ton und Kohle holen wurde zu einer mörderischen Schinderei. Johann half mir immer noch beim Entschlacken und ging erst, wenn genügend Ton da war. Musste einen Narren an mir gefressen haben.
Sie hatten ihn zwei Tage und Nächte nach dem Tod von Seifert, dem Zinker, verhört, dann hatten sie ihn wieder laufen lassen.
Er hatte kein Wort darüber verloren, fuhr wie immer mit zwei Eimern an der Lenkstange seines Fahrrades durch die Gegend und sammelte alles ein, was seine Stallhasen fett machte.
Für Weihnachten hatte er mir ein Kaninchen angeboten, aber ich hatte abgelehnt. Ich hatte nicht die geringste Ahnung, wo und wie ich diese für einen Junggesellen schauerlichen Tage verbringen würde.
Für den zweiten Advent war ich bei Meisner eingeladen.
Ute ließ uns nach dem Kaffee allein. Klaus stellte Wernes-

grüner und eine Flasche Goldbrand auf den Tisch.
„Prost, auf die Aktivisten der sozialistischen Volksbildung!" Ich hob mein Glas.
„Prost, auf einen gewissen Felix Hohndorf, der es hätte werden müssen", sagte Klaus.
„Scheiß der Hund drauf!" Aber irgendwie wurmte es mich doch. „Was gibt`s Neues an der Front der pädogogischen Fußtruppen?"
Meisner sah mich lange an.
„Red schon, Klaus."
„Hartmann hat mich im November in die Abteilung bestellt."
„Aha." Der Herr Schulinspektor sucht wohl einen neuen Haken, an dem er sein Bild aufhängen kann, dachte ich. Andererseits war der Mann kein Dummkopf, obwohl er fest im Glauben war.
Von Knochentussi wusste ich, dass er schon in jungen Jahren mit den Kommunisten sympathisiert hatte. Kurz vor dem Krieg musste ihm der Arm amputiert werden. Schwere Blutvregiftung oder so etwas Ähnliches. Das hatte ihn vor der Front bewahrt.
Dafür hatte er zwei Jahre im Knast verbracht. Defätistische Äußerungen gegen das Tausendjährige Reich. Soll im April 1946 bei der Vereinigung von SPD und KPD im Berliner Admiralspalast dabei gewesen sein.
Klaus machte einen tiefen Zug aus seiner Zigarette.
„Hat mich gefragt, ob ich Interesse am Posten des stellvertretenden Schulleiters hätte?"
Ich sagte nichts.
„Die wollen diesen Brettschneider nicht."
„Kann ich mir gut vorstellen, mit dem versoffenen Hohlkörper wäre der Ärger mit den Eltern vorprogram-

miert."
„Da ist noch was, Felix."
„Spuck`s aus."
„Er würde es sofort einleiten, wenn ich bereit wäre, Genosse zu werden.
„Ach du Scheiße", entfuhr es mir.
„Du sagst es." Meisner brannte sich eine Zigarette an und goss Weinbrand in die Schwenker.
„Prost, Genosse Meisner", lachte ich, obwohl mir nicht zum Lachen zu Mute war.
„Hab lange mit Hartmann geredet", sagte Klaus, „die Bevölkerungsstrukturen haben sich in den letzten Jahren stark verändert. Da nach dem Krieg bis jetzt vorzugsweise die Kinder von Arbeitern und Bauern zum Studium zugelassen worden sind, wird die Anzahl akademisch gebildeter Eltern aus den unteren Schichten rasant anwachsen."
„Wie kann man den Westen am schnellsten in den Ruin treiben, Klaus?"
„Keine Ahnung."
„Indem man die Hälfte unserer Diplomökonomen rüber schickt."
„Könnte funktionieren. Aber im Ernst, Hartmann ist der Meinung, dass man Primitivos wie diesen Brettschneider nicht mehr auf die heutige Elterngeneration loslassen kann und da stimme ich mit ihm überein.."
„Also wirst du Schulleiter und Genosse?"
„Da ich nicht in die Genossenschaft eintrete, hat sich der Rest erledigt, Felix."
Ob das hält, dachte ich. Der Mensch ist ein unberechenbares Wesen, bestehend aus guten Vorsätzen und Egoismus, aus Gier und Edelmut, aus Habsucht und

Großzügigkeit, aus Geltungsbedürfnis und Toleranz und weiß der Teufel, was noch in uns alles verborgen ist.
Ich dachte kurz an das verlockende Angebot, das mir Lederjacke damals gemacht hatte. Komm zu uns und du bist wer. Ich hatte Großmannssucht und Eitelkeit in mir zwar mit dem Knüppel der Wut erschlagen, aber der Gedanke daran, zu einer privilegierten Oberschicht zu gehören, war schon verlockend gewesen.
Themenwechsel war angesagt.
„Was gibt's Neues im Westfernsehen?"
„Wird Zeit, dass du dir so 'ne Flimmerkiste zulegst, Felix. Es gärt in der Welt. Die Jugend revoltiert gegen die verlogene Sexmoral der Altvorderen. Hippies und Gammler torpedieren die kleinbürgerliche Welt des Wohlstandsdenkens und die Proteste gegen diesen Vietnamkrieg werden immer heftiger, vor allem, seit bekannt wurde, dass die Amis Napalm eingesetzt haben. Proteste, Aufruhr, Revolten, wohin du guckst."
„Welch ein Glück, dass wir die Mauer haben", grinste ich.
„Der Gedanke scheint mir manchmal gar nicht so abwegig. Muss an den Schulen drüben nicht zum Besten stehen. Es lebe die antiautoritäre Erziehung. Ich fürchte nur, dass das irgendwann nach hinten losgeht."
„Prost, Klaus, auf die Selbstbestimmung und Handlungsfreiheit des Individuums und auf die freie Liebe."

***

Die Zeit verging wie im Flug. Ich hatte Weihnachten Doppelschichten gemacht. Die Öfen mussten durchgehend laufen, und Hermann, der zwei kleine Kinder hatte, war froh, dass ich seine Schichten über Heiligabend und die Feiertage übernommen hatte.

Silvester hatte ich frei. Ich fuhr nach Leipzig zu meinen Eltern.

Von Silvesterstimmung keine Spur.

Seit ich denken konnte, feierten meine Eltern den Jahreswechsel immer mit Onkel Hugo und Tante Susanne. An Susannes nackten Oberkörper in unserem Bad konnte ich mich noch erinnern, als wäre es gestern gewesen.

Jetzt hatte Susanne rotgeweinte Augen, und meine Mutter sah nicht viel besser aus. Mein Vater saß mit Onkel Hugo in der Küche vor einer Flasche Nordhäuser Doppelkorn.

Ganz langsam bekam ich mit, was passiert war.

Mein Cousin Heinz hatte in Greifswald Medizin studiert und dort Helga kennen gelernt. Die Liebe war am Anfang grenzenlos, Helga wurde schwanger, die Liebe kühlte ein wenig ab, und der Freiheitsdrang meines Cousins brach wieder mit Wucht durch.

Heinz hatte schon als Kind auf seine besondere Art die Welt erkundet. Mit sechs Jahren hatte er sich auf den Weg gemacht, war in eine Straßenbahn gestiegen und an das andere Ende von Leipzig gefahren. Gegen Abend brachten ihn zwei Volkspolizisten wieder nach Hause. Mit acht Jahren war er in den Zug nach Dresden gestiegen und wieder von der Volkspolizei aufgelesen worden. Das setzte sich trotz aller Ermahnungen, angedrohter Strafen und guten Zuredens fort.

Und wie ich erst jetzt erfuhr, war es mit Heinz nicht besser geworden.

Meine Eltern hatten nie mit mir darüber gesprochen, dass Heinz nach dem Westen abgehauen war. Wahrscheinlich hatte meine Mutter Angst, dass Westflucht eine ansteckende Krankheit sein könnte.
Eines schönen Tages standen jedenfalls zwei Sicherheitsnadeln bei Onkel Hugo vor der Tür, und die Eltern erfuhren, dass Heinz die Republik verraten hatte.
Keiner wusste genau wie und wann.
Heinz hatte in den Semesterferien eine Woche Urlaub mit dem Zelt auf Rügen gemacht, und dort verlor sich seine Spur.
Helga hatte einige Tage später einen Anruf aus Bornholm erhalten. Heinz teilte ihr mit, dass er sie liebe, er habe aber das Eingesperrtsein im Ghetto DDR nicht mehr ertragen können und sei auf dem Weg nach Hamburg.
Für Helga brach eine Welt zusammen. Sie erlitt einen solchen Schock, dass es um ein Haar zu einer Frühgeburt gekommen wäre. Sie vertraute sich ihrem Vater, dem Genossen beim Rat der Stadt Greifswald an, und der informierte sofort, um seinen guten Ruf als Genosse und Abteilungsleiter fürchtend, seine Brüder im Geiste.
Als Helga nach einem kurzem Krankenhausaufenthalt wieder einigermaßen hergestellt war, beschwor sie Heinz, zu ihr zurück zu kommen. Da Heinz wusste, was ihm bei einer Rückkehr erwartete, fand er viele tröstende Worte. Und dabei beließ er es.
Im November kam ein gesunder Junge zur Welt. Helga schickte Heinz Bilder seines Sohnes und das hochheilige Versprechen ihres Vaters, dass er nicht eingesperrt würde und sogar weiter studieren dürfe, wenn er zurück käme.
Heinz war von Natur aus ein Vertrauender, der seinen Mitmenschen weder Arglist noch Täuschung zutraute, und

genau das sollte ihm zum Verhängnis werden.

Kurz und nicht gut, er kam zurück und die Samariter der Sicherheitsorgane erbarmten sich seiner von kapitalistischer Ideologie verseuchten Seele. Sie versorgten seine Wunden, die er sich selbstverschuldet zugezogen hatte, als ihm klar wurde, was ihn in Wirklichkeit erwartete. Sie transportieren ihn fürsorglich in seine neue Herberge nach Hohenschönhausen und legten sein weiteres Wohlergehen für knapp drei Jahre in die Hände seines Herbergsvaters.

Die Silvesterstimmung war, vornehm ausgedrückt, im Arsch. Ich machte mich, sobald es ging, auf und davon. Dieter, mein alter Kumpel aus der Schule, wusste, dass ich komme und hatte über irgendwelche Beziehungen Silvesterkarten für das Ring-Cafe organisiert.

Herrengedeck war nicht ganz so nach meinem Geschmack, aber es war Mode, Bier mit Sekt zu vermanschen, und man wurde nicht ganz so schnell besoffen wie von Bier und Schnaps.

„Guck dir mal die Schwarze dort drüben an." Dieter zeigte unauffällig zu einem Tisch.

„Nicht von der Bettkante zu weisen", sagte ich. Wie es schien hatte sie noch keinen Maker, saß mit einer farblosen Freundin am Tisch und schien sich zu langweilen.

„Hol die mal zum Tanz"; sagte Dieter.

„Mach du doch, Feigling, ich denke, die gefällt dir."

„Weiß nicht", knurrte Dieter,.

Der Kerl hatte immer noch das Selbstvertrauen einer Maus im Fuchsrevier .

Ich holte die Dame zweimal zum Tanz. Es war unglaublich, wie sie sich meinen Schritten anpasste. Sie war eine ausgezeichnete Tänzerin. Es war ein absolutes Vergnügen, mit ihr übers Parkett zu schweben.

Nach Mitternacht war Damenwahl.
Meine Tanzpartnerin kam zielstrebig auf unseren Tisch zu.
Ich erhob mich.
Die Dame verbeugte sich leicht vor Dieter und grinste mich hinterhältig an.
Das neue Jahr fing wirklich gut an.

***

In der ersten Januarwoche hatte ich Frühschicht. Am Freitag kam Parteinik Holzapfel kurz vor Mittag zu den Röstöfen, setzte sich und bot mir eine F6 an.
Nach den ersten tiefen Zügen sah er mich an und sagte: „Du gehst ab Montag an die Lösegefäße."
„Warum denn das?", entfuhr es mir. Ich hatte mich hier an den Öfen eingewöhnt. Die Arbeit gefiel mir, es war immer schön warm, und der Geruch nach Kohle und Asche hatte inzwischen etwas Heimisches für mich.
„Da fällt einer aus, und wir brauchen Ersatz. Du läufst zwei Tage mit Wolfsohn mit."
„Mir gefällt`s aber hier", warf ich ein.
„Eben", sagte Holzapfel.
„Was soll das denn heißen?"
„Du sollst den ganzen Betrieb kennen lernen."
„Und wozu?"
„Vielleicht bleibst du."
„Halte ich für sehr unwahrscheinlich."
„Verdienst aber wesentlich mehr bei uns."
„Dafür komm ich mir vor wie der Hamster im Rad."
„Deshalb sollst du ja verschiedene Räder kennen lernen."

„Rad bleibt Rad", konterte ich.

„Also ab Montag Spätschicht an den Lösegefäßen."

Holzapfel erhob sich, grinste mich an, klopfte mir auf die Schulter und knurrte: „Du schaffst das schon."

„Und warum sagt mir das der Meister nicht?" Das kam mir schon spanisch vor.

„Ist mit Ganzauge abgesprochen."

Mir war absolut unklar, was der Herr Parteisekretär mit mir vorhatte. Kuli in dieser Chemiebude auf Lebenszeit, das konnte er glatt vergessen. Ich sehnte mich jetzt schon nach der Schule zurück.

Was soll`s, Felix? Abwarten und Tee trinken. Ich versorgte die Öfen und ging in die Kantine.

Schnitzel, Salzkartoffeln und Mischgemüse. Das Essen war unglaublich gut. Hilde legte ein zweites Schnitzel auf meinen Teller und häufte das Gemüse darüber. Der Stein, den ich bei Hilde im Brett hatte (wobei man im Zusammenhang mit ihr nicht von Brett sprechen konnte) war seit der Weihnachtsfeier gewaltig angewachsen. Ich hatte sie zweimal zum Tanz aufgefordert. Trotz ihrer zwei Zentner Lebendgewicht war Hilde eine grandiose Tänzerin. Der zweite Tanz war ein Walzer, und wir waren das perfekte Tanzpaar. Die Kollegen hatten einen Kreis um uns gebildet und geklatscht. Ich nahm an, dass das zu einem der Höhepunkte (von denen Hilde sicherlich nicht viele hatte) in ihrem Leben zählte.

Wir liebten uns, platonisch, versteht sich. Ich ihre Küche und sie ihre Träume, in denen sie mit mir alles machen konnte, was ihr mit ihrem Holzbeinpförtner nicht möglich war. Den sah man in letzter Zeit immer öfter mit diesem Schlipsheini aus dem Lohnbüro.

Nach dem Essen versorgte ich meine Öfen für die

Übergabe. Ganzauge, der Schichtmeister, hatte mich in einer Brigadeversammlung als besten Mann am Röstofen gelobt. Meine Öfen fielen nie unter 650° und stiegen nicht über 680°. Das brachte mir zwar ein gewisses Maß an Häme bei den Kollegen ein, aber das ging mir am Arsch vorbei. Ich war nur einmal ausgerastet, als Willi, der die Nachtschicht hatte und mitkriegte, dass Johann für mich Kohle holte, eine Bemerkung machte, die auf meinen Arsch anspielte, der von Johann befeuert würde. Ich hatte den Idioten am Schlafittchen gepackt und gegen die Ofenwand geknallt.
Johann war Gott sei Dank dazwischen gegangen. Ich hatte nicht geahnt, dass er über solche Kräfte verfügte. Er hatte meine rechte Hand gepackt und hielt sie wie in einem Schraubstock. Er gab sie erst frei, als ich wieder ruhig atmete. Er sah Willi an und sagte ganz leise: „Sieh dich vor, Arschloch."
Ich brannte mir noch eine Lunte an und marschiert Richtung Umkleide. An der Tür stand Josef und sah in den Himmel.
„He, Alter, lebst ja immer noch", grinste ich. „dachte schon, deine Kirsche hätte dir längst das gesamte Mark aus den Knochen gesaugt." Sah irgendwie schlecht aus, der Junge.
„Blödmann", knurrte Josef, „haste 'ne Stunde auf ein Bier?"
Hatte ich.
In der Bahnhofskneipe bestellte Josef zwei Bier und zwei Korn.
„Prost, Felix."
„Prost, Josef. Red!"
„Scheiße mit der Alten." Er sah mich an, als könne ich etwas für sein Elend.
Ich schwieg.
„Hab sie erwischt, das Luder. Nach der Spätschicht hat sich

die verdammte Nutte im Waldpark von einem Kerl aus der Tonerde nageln lassen."

Josef atmete schwer.

„Im Stehen."

Ich sah, wie seine Augen feucht wurden.

„An einem Baum."

„Sauerei", sagte ich, „hätte sich wenigstens hinlegen können."

Josef sah mich an, als wollte er mir eine ballern.

Leuten, die das Bedürfnis hatten, ihre Seele auszukotzen, sollte man den Finger in den Hals stecken.

Eine Weisheit von Meisner.

War was dran. Je schneller die Seele leer war, um so schneller ging die Genesung voran.

„Und? Was hast du gemacht?"

„Hab mich mit dem Idioten geprügelt."

„Hast du gewonnen?"

„Verloren"

„Kacke."

„Und weiter?"

„Hab sie rausgeschmissen aus meiner Bude."

„Sag nicht, Sibylle hat bei dir gewohnt?"

„Hat sie."

„Wie geht's weiter?", bohrte ich.

„Wohnt seit gestern wieder bei mir."

„Bist du bescheuert, Josef?"

„Wahrscheinlich, ja. Kann ohne das Weib nicht leben. Schon wenn ich Sibylle rieche, geht mir einer ab. Ich brauch nur ihre Hände zu berühren, schon krieg ich 'n Ständer. Ist furchtbar, Felix. Als sie ausgezogen war, wollte ich mich aufhängen. War aber zu feige. Als sie gestern vor meiner Tür stand, hab ich das erste Mal, seit sie weg war, wieder

das Gefühl gehabt, dass ich noch lebe. Hab die ganze Nacht mit ihr gevögelt und mich wieder als Mensch gefühlt."
„Oh, oh, oh. Armer Hund."
„Ist mir jetzt scheißegal, Felix, was sie macht, wenn sie nicht bei mir ist. Hauptsache, sie liegt in der Nacht bei mir, und ich kann ihre Haut spüren, ihren Duft riechen, ihre Titten streicheln und mich auf ihr austoben."
Josef holte tief Luft.
„Irgendwann lässt das garantiert nach", fuhr er fort „und dann kann sie sich zum Teufel scheren."
Armer Hund stimmt nicht, schlauer Hund trifft es besser, dachte ich.
Josef wollte noch einen ausgeben, aber ich schwang mich auf mein Rad und strampelte heimwärts. In meiner Bude schmiss ich mich auf's Bett, griff Arnold Zweigs Roman `Erziehung vor Verdun` und begann zu lesen: „Der Krieg hatte seinen Höhepunkt erreicht; alle Vorzeichen, bisher den Deutschen günstig, wandten sich unmerklich. Für ein Volk, das erst so kurze Zeit eine staatliche Form gefunden hatte, verrichteten die Deutschen Wunder."
Die Deutschen und Wunder, dachte ich, dass ich nicht lache. Haben aus dem ersten Krieg nichts gelernt, haben sich in einen zweiten zwingen lassen und auch den, Gott sei Dank, verloren, und jetzt haben sich die alten Teutonen spalten lassen und ziehen gegeneinander zu Felde. Noch mit Worten und drohenden Gebärden, aber wie lange noch nur mit Worten und Gebärden. Lassen sich von den Siegermächte manipulieren, als hätten sie keine eigene Geschichte, verkünden die Parolen ihrer einstigen Gegner, als wären es die ihren und sind kurz davor, sich in ein neues, noch schlimmeres Chaos stürzen zu lassen.
„Ihm, dem Römerschreck des Teutoberger Waldes", las ich

weiter, „gehörte, so meinte er, die Zukunft, die er jetzt in die Gegenwart zwang. Kaum ein paar Dutzend Menschen auf der Erde wussten, dass dieser Riese unter seinem Helm ein schwaches Hirn trug ..."
Ein Vakuum war unter diesem Helm, wie sonst ließ sich Ost und West derart unter Vormundschaft nehmen, hetzte, intrigierte und bedrohte sich wechselseitig und würde liebend gern Einer dem Anderen den Garaus machen.
Armes Deutschland. Ich spürte noch, wie mir Arnold Zweig aus den Händen glitt, dann war ich weg.
Ein bösartiges Klingeln riss mich aus dem Schlaf. Draußen war es fast dunkel. Ich rappelte mich auf und ging zur Tür.
Brigitte. Duftend wie eine Frühlingsblume und rosig wie ein frisch geschlüpftes Ferkel.
„Darf ich?"
Ich trat zur Seite.
Brigitte drückte mir eine Flasche Klostergeflüster in die Hand.
Am Ringfinger ihrer rechten Hand glänzte ein Ring.
Hat sie doch geheiratet, dachte ich.
Ich ging in die Küche und holte Gläser.
Brigitte saß in einem der Polstersessel, die ich relativ preiswert bei Möbel-Walter erstanden hatte. Nicht gerade der letzte Schrei, aber mir gefielen sie.
Ich goss Wein in die Gläser und sah auf Brigittes Ringfinger.
„Hab geheiratet, Felix."
„Schön für dich", sagte ich. Was hätte ich sonst sagen sollen?
„Hab vorher einen Riesenkrach inszeniert."
„Warum?"
„Manfred, sein Vater, kurz, die ganze Familie war überzeugt

davon, dass ich den Rest meines Lebens zwischen Heringsfässern, Bonbongläsern und Seifenpulver verbringen würde. Den Zahn hab ich ihnen gezogen, ohne Betäubung. Lebendig begraben unter Wischtüchern und Kittelschürzen wie Manfreds Mutter? Nie und nimmer. Eine Woche war Funkstille zwischen den Familien, dann kam mein Schwiegervater mit der weißen Fahne."
„Und?" Ich war neugierig, was dabei heraus gekommen war.
„Ich bleibe im Labor und helfe meiner Schwiegermutter, wenn ich Zeit dazu habe."
„Wie war die Hochzeitsnacht?"
Brigitte verzog das Gesicht.
„Entschuldige, blöde Frage."
„Manfred war um zehn so blau, dass ihn seine Kumpels die Treppe hochtragen mussten. Ich hab ihn ins Bett verfrachtet und an was Schönes gedacht."
Brigitte sah mich mit einem Blick an, dass ich keine weitere Frage stellte. Ich erhob mich, zog sie aus ihrem Sessel und küsste sie. Ihr Körper war so warm und weich, wie ich ihn in Erinnerung hatte. Ich war schon wieder ziemlich ausgehungert und bekam sofort eine Erektion. Brigitte spürte, was mit mir los war, drückte ihren Unterleib gegen meine Härte und rieb sich daran.
Geh`s langsam an, Felix, trink noch ein Bier und möglichst einen Schnaps dazu, sonst ist der Spaß vorbei, ehe er begonnen hat. Ich wollte diesen herrlich weichen Frauenkörper mit allen Sinnen genießen.
„Muss noch mal in die Küche."
Ich holte den Weinbrand und ein Bier und sah Brigitte fragend an.
„Ein Schnaps wäre nicht schlecht."

Ich goss ein.

„Prost, auf alle glücklichen Ehefrauen dieser Welt."

„Prost, auf alle unglücklichen Junggesellen dieser Welt."

Brigitte stand auf, drückte mich auf mein Bett und legte sich neben mich. Ich knöpfte ihr die Bluse auf und küsste ihre Brustansätze. Diese verdammten BH-Verschlüsse brachten mich noch zur Verzweiflung. Irgendwie ging das Ding dann doch auf und ich fuhr mit meiner Hand über diese wunderschönen Hügel. Brigitte hatte inzwischen mein Hemd abgestreift, küsste meine rudimentären Brustwarzen, ließ ihre Hand nach unten gleiten und griff zu. Ich drückte sie auf den Rücken und begann an ihren Augenbrauen zu knabbern, küsste dann ihre geschlossenen Augen, ihre Nase und ihren Mund. Ich richtete mich kurz auf und strampelte Hose und Unterhose von mir. Brigitte streifte ihren Rock und das rosafarbene, mit Spitzenhöschen ab.

Ich nahm ihre beiden Brüste in die Hände, drückte sie gegeneinander und fuhr mit der Zunge abwechselnd über ihre Knospen. Brigitte begann zu stöhnen und sich unter mir zu winden. Ich rutschte tiefer, bohrte meine Zunge in ihren Nabel, küsste ihren Unterleib, die Innenseiten ihrer Schenkel und drückte meinen Mund auf ihre nach Lavendel duftende Blume.

Das Stöhnen über mir wurde lauter, ging dann in ein leises Wimmern über. Bei jeder Berührung vibrierte ihr Körper.

Plötzlich bäumte sie sich auf und zog mich nach oben.

Es wurde so heftig, dass das Lattenrost meiner Liege krachend brach.

Wir starben beide zur gleichen Zeit den kleinen Tod.

***

Es war das erste Mal, dass ich so etwas wie Angst bekam. Angst vor einer chemischen Reaktion, wie ich sie in dieser Größenordnung noch nie erlebt hatte. Meine Experimente im Labor während des Studiums und die in der Schule waren ein Witz gegenüber dem Vulkanausbruch, den ich hier erlebte.
Die Lösegefäße waren schätzungsweise drei Meter breit und etwa zwei Meter fünfzig tief. Sie bestanden aus Holz und waren innen mit einem Bleimantel ausgekleidet. In der Mitte befand sich ein Rührwerk.
Wolfsohn hatte das erste Gefäß bereits mit Ton gefüllt. Es war der Ton, den ich in den Öfen geröstet hatte und der dann im Kollergang zu Staub gemahlen wurde.
Die Arbeit am Koller war eine Art Himmelfahrtskommando. Der Staub war so dicht, dass man auf zwei Meter nichts erkennen konnte. Vorschrift waren Atemschutzmasken, die aber keiner trug. Man schwitzte darunter wie ein Schwein.
Die Leute starben an Staublunge.
Ein elender Tod.
Sie erstickten im letzten Stadium.
Ich war einmal im Kollergang gewesen, das hatte gereicht. Die Arbeit hätte ich garantiert abgelehnt.
Der zu feinem Staub gemahlenen Ton kam in die Lösegefäße und wurde mit Schwefelsäure versetzt.
„Achtung!", rief Wolfsohn und drehte das Rad für die Säure auf. Die Schwefelsäure schoss in einem dicken Strahl in den Tonstaub hinein. Nachdem die Säure einen bestimmten Punkt am Bleimantel erreicht hatte, drehte Wolfsohn das Ventil zu. Ich sah über den Rand des Bottichs.
Es passierte nichts.
Plötzlich begann die Suppe zu brodeln. Blasen stiegen auf.

Es dampfte, dann kam Bewegung in die Brühe. Das Ton-Schwefelsäure-Gemisch schien zu explodieren und schoss in Sekundenschnelle nach oben.
Ich machte drei Schritt zurück.
Wolfsohn blieb seelenruhig stehen, drehte das Wasserventil auf, sah mich an und grinste.
„Den Punkt solltest du keinesfalls verpassen, Felix, sonst schwimmt die Bude in Schwefelsäure."
Er drehte das Wasser zu und stellte das Rührwerk an.
Ganz wohl war mir nicht bei dem Gedanken, dass ich ab Mittwoch allein hier stehen würde.
Wolfsohn drückte mir eine Schaufel in die Hand.
„Wir müssen Gefäß zwei sauber machen. Hat sich zu viel Schlamm angesammelt, der muss raus.
Wir schaufelten fast den ganzen Vormittag die schlammigen Rückstände aus dem Lösegefäß. So allmählich bekam ich einen Überblick, wie das hier ablief. Der Ton wurde geröstet, im Koller zu feinem Staub gemahlen, mit Schwefelsäure versetzt, und es entstand die so genannte Lauge, die chemisch gesehen allerdings keine Lauge war. Die Säure löste aus dem stark aluminiumhaltigen Ton das Aluminium heraus, und es entstand eine Aluminiumsulfatlösung.
An den Filterpressen wurde der Schlamm von der Lösung getrennt. Ziemlich einfache Sache, schien aber äußerst rentabel zu sein, denn der Betrieb suchte ständig neue Arbeitskräfte.
Am Dienstag ließ mich Wolfsohn die Sache allein machen. Mir war zwar etwas mau, als die Brühe wie verrückt zu kochen begann, aber ich drehte rechtzeitig das Wasser an, und Ruhe war.
Wir setzte uns auf unsere Eckbank, und ich bot Wolfsohn

eine Club an.

Wolfsohn lehnte ab.

„Ich denke, du hast studiert, Felix?"

„Hab ich." Ich sah Wolfsohn irritiert an.

„Dann müsstest du aber wissen, dass diese elende Qualmerei schädlich ist."

„Auf keinen Fall aber schädlicher als die Arbeit am Koller", lachte ich.

„Die Leute, die das machen, verdienen ihren Lebensunterhalt damit."

Da hatte er allerdings recht.

„Hast du Kinder?", fragte ich.

„Hm."

„Wenn du nicht drüber reden willst, vergiss die Frage."

„Einen Sohn."

Ich sagte nichts.

„Studiert in Amerika."

„Willst du mich verarschen?"

„Stanford."

„Und wieso arbeitest du dann hier als Schlammkuli?"

„Abducken und sich ruhig verhalten, dann sind die Überlebenschancen am größten, Felix. Unser Volk weiß das seit Jahrhunderten."

„Bist du Jude?", entfuhr es mir.

„Bin ich", nickte Wolfsohn.

„Und wie hast du überlebt?"

„Wie gesagt, abducken und tot stellen."

„Das ist ja, Gott sei Dank, vorbei."

„Zumindest sieht es im Moment danach aus, aber denk ja nicht, dass das in den ersten Jahren nach dem Krieg einfach war. Juden wurden auch nach dem Krieg diffamiert. Es gab Schauprozesse in Ungarn, Bulgarien und bei den Tschechen

gegen angebliche jüdische Konterrevolutionäre und zionistische Agenten."
„Aber hier im Osten Deutschlands wart ihr doch sicher", warf ich dazwischen.
„Das denken viele, Felix, aber das war nicht so. Juden wurden nach und nach aus der Partei ausgeschlossen und aus dem Staatsapparat entfernt, einige starben in russischen Lagern. Das hörte erst mit dem Tod des großen Generallissimus auf."
Ich schüttelte irritiert den Kopf.
„Kannst mir glauben, Felix. Bis in die 50er Jahre war es für uns hier nicht leicht. Mancher Gemeindevorsteher verschwand unter nichtigem Vorwand hinter Gittern. Will natürlich jetzt keiner mehr wahrhaben. Ein nicht geringer Teil von uns ging in den Westen."

Das war das Letzte, was ich von Wolfsohn hörte.
Er kam aus dem Urlaub nicht zurück. Hinter vorgehaltener Hand wurde gemunkelt: Ist in den Westen verkauft worden, ist über irgendein Nachbarland abgehauen, die Amis haben ihn über Westberlin in die Bundesrepublik geschleust und und und.
Was mir mehr zu schaffen machte als dieser verschwundene Wolfsohn, war der nur langsam zu Ende gehende Winter. Schneegriesel, Nieselregen, drei Tage Puderzucker über dem Land, der sich dann in grauen Matsch verwandelte und wieder gefror.
Der Himmel ein trostloser Kuhfladen, und nur ganz langsam wurden die Tage länger.
Scheißwetter, ich brauchte die Sonne. Die Abende waren das Schlimmste. Wenn ich Spätschicht hatte, rückte ich noch für ein knappes Stündchen im Grünen Heinrich,

meiner Stammkneipe, ein, trank zwei, drei Bier und schmiss mich dann in die Koje.
Nachtschicht war sowieso Kacke. Ich schlief bis zum späten Nachmittag und vertrödelte dann die Zeit bis zur Schicht.
„Such dir endlich 'ne Frau, Felix", hatte Meisner vor einiger Zeit gesagt. „Der Mensch besteht nach wie vor aus zwei Teilen."
Meisner hatte recht, aber seit der Sache mit Helene hatte ich einen Knacks auf der Strecke weg. Mit Helene hätte es etwas werden können, wir hätten vielleicht sogar Kinder, aber es hatte nicht sein sollen.
„Scheiß der Hund drauf", knurrte ich mich an, „Hauptsache, du hast ab und zu was Warmes im Bett." In Wirklichkeit wusste ich, dass es mich nicht befriedigte, aber was sollte ich machen. Der Hauch von Frühling, der manchmal jetzt durch mein Zimmer wehte, machte mich noch kribbliger, und ich reagierte mich wie ein Eber in der Rauschzeit an Brigitte ab.
Bis ich die Sache schlagartig beenden musste.

Josef fehlte seit zwei Tagen bei der Arbeit. Wir hatten immer wieder mal ein Bier in der Bahnhofskneipe getrunken und waren über die Weiber hergezogen. Seit zwei Tagen hatte ich Josef nicht gesehen, obwohl wir beide Frühschicht hatten. Ich passte Sibylle ab.
Josef lag im Krankenhaus. „Irgendwas untenrum", war alles, was ich aus ihr heraus brachte.
Ich fuhr ins Krankenhaus.
Josef lag im letzten Bett am Fenster.
„Siehst etwas mitgenommen aus, Alter"; sagte ich.
„Seh nicht bloß so aus, Blödmann."
Blödmann war ein Zeichen, dass es Josef schon wieder

besser ging.
Sein rechtes Auge war verschwollen und schillerte in den Farben des Regenbogens.
„Sibylle hat gesagt, du hättest es untenrum. Wieso kriegt man von dicken Eiern blaue Augen?", grinste ich Josef an.
„Oberblödmann", grinste Josef einäugig zurück.
„Erzähl", sagte ich.
„Ist nicht viel zu erzählen. Bin nach der Spätschicht nach Hause, am Waldpark vorbei wie immer, und plötzlich springen drei Kerle aus dem Gebüsch und zerren mich in den Park. Einer hat mir den Mund zugehalten, die anderen beiden haben mir die Hose runtergezogen."
„Schwule Hunde", entfuhr es mir.
„Hab ich auch gedacht, aber das wars nicht."
Josef sah eine Weile aus dem Fenster.
„Die haben mir eine Nadel durch den Pimmel gestochen."
„Ach du Scheiße." Mir lief ein kalter Schauer über den Rücken.
„Dann hat mir einer noch ein Ding auf's Auge verpasst, und weg waren die Sauhunde."
„Bist du zum Arzt?"
„Ich hab die Nadel selber rausgezogen. Geh mal mit so was zum Doktor."
„Und?"
„Die Scheiße hat sich entzündet, und da musste ich dann doch gehen. Hat mich ins Krankenhaus überwiesen."
„Was hast 'n Sibylle gesagt?"
„Hab was mit den Eiern. Was sollte ich der sagen?"
„Hast du`s der Polizei gemeldet?"
„Nee."
„Und warum nicht?"
„Hab so`n komisches Gefühl dabei. Vielleicht hing das mit

Sibylle zusammen."
„Wie kommst du denn da drauf?"
„Viele Grüße von Brigitte hat der Jüngere von den Kerlen gesagt, bevor sie abgehauen sind. Die haben wahrscheinlich die Namen verwechselt."
Mir war plötzlich sauschlecht.
Josef sah mich verwundert an. „Mann, Felix, du bist ja ganz grün im Gesicht. Mach dir mal keine Sorgen, das wird schon wieder mit mir."
Verdammt, verdammt, das Ding hatte mir gegolten. Mir brach der Schweiß aus, und ich machte, dass ich aus dem Krankenhaus kam.

***

Armer Josef, musstest für meine verdammten Weibergeschichten deine Männlichkeit massakrieren lassen. Die Sache mit Brigitte war damit zu Ende.
Wer weiß, was die Idioten sonst noch anstellten, und irgendwann würden die mich erwischen. Volltrottel, dieser Manfred, hätte seine Alte übers Knie legen sollen, der Idiot, oder besser, die hätten zusammen im Bett „Mann und Frau intim" von Schnabel lesen sollen .
War zwar bedauerlich für Brigitte, aber bevor die mir die Eier nadelten, würde ich Schluss machen.
Schade, Brigitte im Bett war schon `ne Wucht. Dieser warme, weiche Körper, der alles aufsaugte wie ein trockener Schwamm, würde mir fehlen. Aber kommt Zeit, kommt Weib.
Ich hatte zwar noch keine Ahnung, wie ich die Chose

beenden sollte, aber da musste ich mir was einfallen lassen. Ich wollte nicht unbedingt als Feigling dastehen, wollte aber auch Brigitte nicht weh tun dabei.

Ich musste auch ein paar andere Dinge ändern.

Dieses in den Tag Hineinleben war der letzte Husten. Dabei war es nicht so, dass mir die Arbeit keinen Spaß gemacht hätte. Aber das Einerlei war geisttötend. Dazu brauchte man nicht unbedingt ein funktionierendes Gehirn. Ich denke, dass ich jederzeit durch eine Maschine hätte ersetzt werden können.

Am Freitag nach der Frühschicht fuhr ich ins Zentrum zu Möbel-Walter und kaufte mir einen Schreibtisch, eine dazu passende Lampe und ein ordentliches Bücherregal.

Übers Wochenende mistete ich meine Büchersammlung aus und schmiss einen großen Teil meiner angefangenen Manuskripte in den Müll. Nur die Geschichte von Nanuk, dem Eskimojungen und die Afrikastory hob ich auf.

Am Sonntag traf ich mich mit Meisner zum Morgenschoppen im Grünen Heinrich. Wir suchten uns einen Tisch ganz hinten in einer Nische, wo wir ungestört schwatzen konnten.

Meisner machte den ersten Zug und setzte mich damit komplett matt.

„Damit du Bescheid weißt, Felix, ich bin Kandidat geworden."

„Was bist du?"

„Du kannst Genosse zu mir sagen." Das Grinsen, das Meisner versuchte, sah nach schweren Zahnschmerzen aus.

„Hast du sie noch alle, Klaus?"

„Mann, Felix, ist doch kein Verbrechen. Die hätten uns glatt diesen Alki Brettschneider vor die Nase gesetzt. Da mach ich's doch lieber."

Klaus brannte sich eine Zigarette an.
Das Bier schmeckte plötzlich modrig. Ich brachte kein Wort hervor. Klaus Meisner, mein bester Freund, wird Genosse der Sozialistischen Einheitspartei. Mein Kumpel Klaus, der jedes Jahr neu in die Deutsch Sowjetische Freundschaft eintrat und damit nur einmal im Jahr Beitrag zahlte, der seine Mainelke aus Wut über die Ablösung Dubceks durch Gustav Husak samt der Solimarke im Lehrerzimmer im Papierkorb versenkt hatte, wurde Genosse.
„Schöne Scheiße." Mehr fiel mir im Moment nicht ein.
„Sieh`s doch einfach einmal anders, Felix. So dreckig geht`s den Leuten ja schließlich nicht, dass man sich schämen müsste, Genosse zu sein. Arbeitslosigkeit ist hier ein Fremdwort, die Kriminalität ist im Westen schätzungsweise vier- bis fünfmal höher als bei uns. Für alle Kinder gibt`s Kindergartenplätze, und die Frauen können arbeiten gehen. Es geht doch allen ziemlich gut hier. Zugegeben, das Niveau ist bescheiden, aber es muss keiner hungern, und die Mieten sind für alle bezahlbar. Nach diesem Scheißkrieg doch eigentlich ein Wunder, oder siehst du das anders?"
Ich holte ganz, ganz tief Luft. „Hast du von Wehage und Zinke gehört?"
„Hab ich", sagte Meisner. „Eine geplante Flugzeugentführung ist allerdings kein Kavaliersdelikt, Felix."
„Ist es nicht, aber warum haben die das gemacht? Das waren doch keine wildgewordenen Berufsverbrecher, das waren Leute wie du und ich, Klaus, Leute, die ganz sicher ausgereist wären, wenn man sie gelassen hätte. Ich frage mich immer wieder, wer gibt irgendjemand das Recht, ein ganzes Volk einzusperren, eine Mauer zu bauen, Wachtürme, Stacheldraht, Bluthunde, Schießbefehle, Selbstschussanlagen und Minenfelder gegen die eigene

Bevölkerung zu richten. Dass Mauern gebaut werden, ist nichts Neues in der Geschichte. Haben die Chinesen schon im 7. Jahrhundert vor Christus praktiziert, aber die Mauer galt dem Schutz des Kaiserreiches gegen die wilden nomadischen Reiterhorden aus dem Norden. Die hier richtet sich gegen das eigene Volk, ist doch Scheiße, Klaus."
Klaus bestellte noch zwei Stonsdorfer und sah eine Weile gedankenverloren der Kellnerin nach.
Dann sah er mich an. „Was die Mauer betrifft, Felix, geb ich dir Recht, aber was willst du machen, wenn dir das eigene Volk in Scharen davonläuft?"
„Nachdenken, Klaus, nachdenken und zwar darüber, was da falsch läuft."
„Scheißpolitik. Trinken wir lieber auf Willy und Willi. Prost Felix."
„Prost, auf Erfurt. Vielleicht bringen Brandt und Stoph ein Stück Normalität im Umgang zwischen Ost und West zustande.

***

Im Verlauf der nächsten Woche beschäftigte mich die Sache mit Klaus mehr, als ich mir eingestehen wollte. Vor allem der Satz: „So dreckig geht`s den Leuten ja schließlich nicht, dass man sich schämen müsste, Genosse zu sein."
War schon was dran. Schlecht ging es keinem, wenn er sich ein-und unterordnete. Wer gegen den Strom schwamm, musste auch damit rechnen, dass er untergehen konnte. War bei den Nachbarn wahrscheinlich nicht anders.
Klaus würde jedenfalls Genosse, und ich dachte nicht, dass

er sich dafür schämen sollte. Holzapfel war mit Sicherheit einer, der fest an seinen Sozialismus glaubte, auch Silberblick von der Patenbrigade glaubte daran. Ich sollte der Letzte sein, der richtete, denn damals, als Lederjacke mir das Angebot machte, als sie Helene eingebuchtet hatten, war ich schon ins Grübeln gekommen.

Am Mittwoch kam endlich mein Schreibtisch, und ich begann mein neues Leben. Wie lange es halten würde, stand in den Sternen. Ich setzte mich an das glänzende Möbelstück, legte Papier und Stift zurecht, knipste meine neue Leselampe an und dachte nach. Schreib über deine Erlebnisse nach dem Krieg, Felix, schreib nur über etwas, was du erlebt hast oder was du genau kennst.

Mir fiel mein Freund Ecki ein und unsere nicht sehr rühmliche Pferdegeschichte.

Ich schrieb die ersten Zeilen:

Das Pferd tat mir leid. Aber was willst du machen? In den Nächten biss uns der Frost und am Tage der Hunger. Richtiger Hunger, der dir die Eingeweide zerfrisst. Hunger eben, wie ihn nur die kennen, die das Jahr 1947 erlebt haben.

„Was ist", fragte Ecki, „machen wir rüber zur Villa?"

„Klarer Fall", sagte ich.

In der Villa, die bis Kriegsende der Familie Hellen-dorf, „Guss und Stahlerzeugnisse", gehört hatte, saßen jetzt russische Offiziere.

„Der Graue wird schon warten", sagte ich.

„Hoffentlich hat der sein Brot noch nicht gefressen", murmelte Ecki.

In dem Stall, der am Ende des riesigen Parks stand, waren drei Pferde untergebracht, um die sich kaum einer der Russen kümmerte. Nur gefüttert wurden die Gäule regel-

mäßig – und nicht gerade schlecht. Möhren, Rüben, Kohlstrünke und altes Kommissbrot. Die Möhren und das Brot mussten sie mit uns teilen. Sozusagen als Deputat für geleistete Unterhaltung in Form von Mähne streicheln und Hals klopfen. Wobei das kleinere, zottige und zutrauliche Panjepferd immer besser wegkam als die beiden stumpfsinnigen, schweren Ackergäule.

„Wenn man nicht genau wüsste, dass das ein Pferd ist, würde ich auf Hund tippen"; sagte ich, als wir über die Brücke mit dem breiten Eisengeländer marschierten. Irgendwo in der Mitte musste noch ein Stück Haut von meiner Zunge hängen. Mutprobe bei fünfzehn Grad minus in der vierten Klasse. Obwohl das fast vier Jahre her war, konnte ich mich an den Schmerz noch gut erinnern.

„Ist schon merkwürdig, wie der auf dich zu warten scheint", lachte Ecki, „wie die Braut auf den Bräutigam."

Manchmal dachte ich, Panje lässt sein Brot extra für uns liegen. Ohne die Futterreste wäre unser Kohldampf nicht auszuhalten gewesen. Dafür bekam er eine Extrastreicheinheit. Und wie es aussah, schien ihm das Geschäft zu gefallen. Wir besuchten die Pferde fast jeden Tag, ohne dass die Russen was merkten. Ein paar Schrauben an der Rückwand des Schuppens gelöst, und eine Sperrholzplatte ließ sich herausnehmen.

Heute hatten wir getrödelt. Draußen war es bereits schummrig, und es fiel eine Art Eisregen aus dem fast schwarzen Himmel. Panje begrüßte uns mit einem freudigen Wiehern. Die Ausdünstungen der Pferde und die animalische Wärme des Stalls umfingen uns nach der feuchten Kälte draußen wie ein mit einer Wärmflasche angewärmtes Bett.

Ich fuhr Panje mit der Hand über die feuchten Nüstern und

blies ihm meinen Atem in die Nasenlöcher. Panje atmete tief ein, machte den Hals lang und rieb seinen Kopf an meiner Schulter.
„Und jetzt küssen", feixte Ecki.
„Nur kein Neid", sagte ich, „wer hat, der hat."
„Hauptsache schön warm, sagte der schwule Beduine bei Karl May und stellte sich dicht hinter sein Kamel."
„Selber schwul", knurrte ich.
Ecki sammelte inzwischen nicht oder nur mäßig angeknapperte Möhren und halbwegs erhaltene Brotstücke zusammen. Ich ging zu den Ackergäulen, strich ihnen über die Kruppe und klopfte ihren Hals.
Keine große Gegenliebe. Panje schaute argwöhnisch herüber.
Bevor wir mit unserem Futtersack verschwanden, drückte ich meine Wange noch einmal an seinen Kopf.
„Mach`s gut, Alter", sagte ich leise in sein Ohr.
„Man kann`s auch übertreiben", grinste Ecki.
Als wir an der Brücke waren, hörten wir ein Geräusch hinter uns. Wir drehten uns um. Da kam Panje mitten auf der Straße hinter uns hergelaufen. Wir hatten vergessen, die Sperrholzwand wieder festzuschrauben und diese Gelegenheit hatte er sich für einen Ausflug nicht entgehen lassen.
„Schöne Scheiße", sagte Ecki.
„Ich bring ihn zurück", sagte ich.
„Bist du blöd oder was", fuhr Ecki auf mich los. „Wenn dich die Russen mit dem Gaul erwischen, bist du dran. Diebstahl von Militäreigentum! Sibirischstes Sibirien! Todsicher! Im wahrsten Sinn des Wortes!"
„Was machen ... "
Es klingelte.

Mist.

Ich war voll im Gange. Die Sätze sprudelten nur so aus mir heraus aufs Papier. Würde zwar kein Schwein drucken, aber mir gefiel es.

Ich erhob mich. Seit Jo mich überrascht hatte, schloss ich meine Bude ab. Während ich zur Tür ging, sah ich die Szene vor mir, wie Panje geschlachtet wurde.

„Brigitte? Mit dir hab ich allerdings um diese Zeit nicht gerechnet."

„Darf ich trotzdem reinkommen."

Ich trat zur Seite.

Brigitte ging ins Wohnzimmer und sah sich um.

„Mann, Felix, das sieht ja wie ein richtiges Arbeitszimmer aus. Klasse."

Sie beugte sich über den Schreibtisch, aber ich drehte mein Geschreibsel um.

„Geheime Liebesbriefe?"

„So was Ähnliches", sagte ich, „nur dass meine Angebetete ein Pferd ist."

Brigitte sah mich an, als hätte ich nicht mehr alle Tassen im Schrank. „Wodka oder Stonsdorfer?"

Ich hauchte sie an. „Was Alkohol betrifft, bin ich sauber."

Brigitte zog ihre Jacke aus und setzte sich. Ihr Rocksaum befand sich über den Knien, und mein inneres Auge sah die Endstation. Ihre Bluse war ziemlich weit offen und gab den Blick auf zarte Spitze frei.

Mir wurde leicht schwindelig.

Was für ein Weib. Alles an ihr war rosig und weich und warm.

Brigitte sah die Gier in meinen Augen, erhob sich und trat dicht an mich heran.

Ihr Lavendelduft raubte mir die Sinne.

Ich streckte meine Arme aus und sah im selben Moment Josef mit einer Nadel im Pimmel vor mir.
„Setz dich", sagte ich ziemlich förmlich, „ich muss dir was sagen."
Brigitte wurde blass. Sie merkte, dass etwas nicht stimmte.
„Willst du Schluss machen?" Ihre Stimme vibrierte.
„Wir müssen uns vorübergehend trennen. Tut mir sehr leid, Brigitte." War das Einzige, was wirklich stimmte.
„Sag`s schon, du willst mich nicht mehr?"
„Es geht zur Zeit nicht, Brigitte."
„Bist du impotent geworden?" Sie lachte ein verkrampftes Lachen.
„Hab mir in Leipzig was eingefangen." Die Lüge ging mir glatt von den Lippen.
Brigitte wurde schneeweiß im Gesicht.
„Brauchst keine Angst zu haben, war nach unserem letzten Beisammensein."
Sie bekam wieder Farbe. „Ist es was Schlimmes."
„Tripper, halb so schlimm. Krieg Spritzen."
„Wird das lange dauern." In ihrer Stimme keimte Hoffnung.
„So ein halbes Jahr oder länger, keine Ahnung." Hatte ich tatsächlich nicht.
„Musst du da nicht melden, mit wem du was hattest?" Wieder war Angst in ihrer Stimme.
„Hab ich schon. War nur eine alte Bekannte aus Leipzig. Du kommst jedenfalls nicht in Betracht."
Brigitte atmete tief ein und aus.
Ich staunte, wie perfekt ich lügen konnte, ohne rot zu werden.
Brigitte erhob sich. Ich brachte sie zur Tür.
„Du meldest dich, wenn du wieder in Ordnung bist?"

„Mach ich."

***

Lenin.
Es gab nur noch Lenin.
Lenin als Briefmarke.
Lenin als Kampfmedaille.
Lenin aus Meißner Porzellan.
Leninbildbände.
Leninmünzen.
Leninbriefmarkenblöcke.
Medien und Politik überschlugen sich.
Ostberlin stand voll im Zeichen des 100. Geburtstages von Wladimir Iljitsch.
Die ganze Republik war zum Feiern verdonnert.
Ich hatte Frühschicht, als Holzapfel mich an den Lösegefäßen besuchte.
„Machst dich ziemlich gut, Felix, sagt Ganzauge."
Da kommt doch noch was, dachte ich.
Holzapfel schob mir seine F6-Schachtel über den Tisch.
Ich griff zu, obwohl ich Club lieber mochte.
„Du gehst ab Montag in die Tonerde."
„Muss das sein?" Ich hatte mich hier eingewöhnt, hatte oft Doppelschichten übernommen, wenn Not am Mann war, und Schweinegeld verdient.
„Muss sein," knurrte Holzapfel.
„Warum?" Der Herr Parteinik sollte endlich die Katze aus dem Sack lassen.
„Machst nur Frühschicht und übernimmst ab Mitte Mai den

Chemiekurs für unsere jüngeren Leute, die keinerlei Abschluss haben."

„Hm."

„Kriegst du bezahlt, die Doppelstunde 20 Mark."

Das sah allerdings nicht schlecht aus. „Hab keine Ahnung, ob ich überhaupt Unterricht geben darf?"

Holzapfel grinste. „Hier darfst du das, was die Partei für richtig hält, und die Partei hier bin ich."

„Oh"

„Ist so, Felix. Hier interessiert keinen, was die Sesselfurzer in eurer Abteilung denken."

Schweigen.

Holzapfel stand auf. „Eure Wandzeitung scheint ein wenig veraltet."

Die verkeimte Tafel über unserer Sitzecke als Wandzeitung zu bezeichnen, dazu gehörte eine gehörige Portion guter Wille. Postkarten aus Urlaubsorten der Republik, eine uralte Mitteilung des FDGB und ein Artikel aus dem ND von 1968 über die Aufnahme des NOK der DDR als gleichberechtigtes Mitglied in das internationale Olympische Komitee.

„Mittwoch sieht das wie eine richtige Wandzeitung aus, ist das klar? Und denk dran, wir feiern den hundertsten Geburtstag Lenins."

Mir lag ein bestimmtes Wort auf der Zunge, aber ich schluckte es runter.

Holzapfel ging Richtung Tür, drehte sich noch einmal um und sagte: „Freitag nach der Frühschicht ist Brigadeversammlung. Es geht um Auszeichnungen zum 1. Mai."

Ich brannte mir eine Club an und stellte mich vor das Wandzeitungsbrett. Sah wirklich beschissen aus, aber wenn du so ein Ding einige Male gesehen hast, siehst du es nach

einer Weile nicht mehr.
Betriebsblindheit.
Ich würde die Wandzeitung machen, aber auf meine Art.

Freitag, 14.00 Uhr. Ganz schöner Betrieb in der Kantine. Fast die gesamte Chemiemannschaft war vertreten. Die Leute aus der Keramischen machten ihr Ding sowieso für sich.
Es gab Kaffee und Streuselkuchen. Weißwange, der fahlgesichtige Werkleiter, hielt eine kurze Ansprache über die Rolle der Bedeutung, wie ich sie aus unzähligen Veranstaltungen aus der Lehrerzunft kannte.
Fazit: „Wir sind die größte DDR der Welt, und nur durch die Erfüllung unserer Normen und die Bereitschaft, die Errungenschaften der Deutschen Demokratischen Republik mit der Waffe in der Hand zu verteidigen, wird der Weltfrieden gerettet."
Er übergab an Holzapfel. Der wiederholte noch einmal mit anderen Worten die Worte seines Vorredners.
„Hat jemand Fragen?"
Keiner hatte Fragen.
„Wir kommen zu den Auszeichnungsvorschlägen zum 1. Mai."
Keine Reaktion.
Das kannte ich. Motto: „Feigling verdammter, lass mich hinter`n Baum."
Ganzauge erhob sich, räusperte seine Raucherkehle frei, hustete zwei Mal und sagte: „Für die Straße der Besten schlage ich vor ..."
Ich döste vor mich hin. Mir fielen die Augen mehrmals zu. Ich hatte wieder die halbe Nacht geschrieben und dann den größten Teil davon im Papierkorb entsorgt.

Plötzlich schreckte ich hoch. Mein Name war gefallen.
„... und außer den vielen Sonderschichten, die Kollege Hohndorf an den Öfen übernommen hat, wobei die konstante Einhaltung der notwendigen Rösttemperatur seinesgleichen sucht, hat er als einziger der Brigade eine Wandzeitung zum 100. Geburtstags unseres hochverehrten Genossen Wladimir Iljitsch Lenin angefertigt. Deshalb schlägt die Parteileitung vor, dass Kollege Hohndorf als Vertreter unseres Betriebes zur Einweihung des großen Lenindenkmals nach Berlin fährt."
Zögernder Applaus.
Erwin von den Bleilötern, Zinker 2 genannt, meldete sich zu Wort. „Ich möchte den Vorschlag des Genossen Ganzauge unterstützen. Der junge Mann, aus den Reihen der Intelligenz stammend, Lehrer von Beruf, hat sich hervorragend in die Brigaden unseres sozialistischen Betriebes eingearbeitet. Nur, Genossen, eine Bemerkung sei mir gestattet. Die Wandzeitung, wenn man sie genau betrachtet, wird unserem hochverehrten Genossen Lenin und seinen Verdiensten um die Arbeiterklasse wohl doch nicht ganz gerecht."
Pause.
Hat`s doch einer gemerkt, dachte ich. Erwin, der schöne Erwin, der so gern was geworden wäre, der sogar mal studiert haben sollte, hat´s gemerkt. Was für ein Schlaumeier.
„ ... aufmerksam betrachtet, scheint mir in dieser Darstellung unser Genosse Lenin mehr der Bourgeoisie als dem Proletariat zugewandt zu sein. Vater Mathematik-und Physiklehrer, die Mutter hat ebenfalls das Lehrerinnenexamen. Jurastudium des jungen Lenin. Tätigkeit als Rechtsanwalt. Die Familie in den Adelsstand erhoben und

so weiter. Nicht, dass ich das für falsch halte, Genosse Holzapfel, aber ich frage mich besorgt, wo bleibt der proletarische Bezug Lenins zu unserer Arbeiterklasse in dieser Wandzeitung."
Erwin setzte sich.
Drei oder vier Leute klatschten.
Holzapfel verzog keine Miene. „Unser Genosse Erwin Seyfarth hat das sehr gut beobachtet."
Pause.
Ich sah ein vergnügtes Funkeln in den Augen Holzapfels.
Da kommt noch was.
Und es kam.
„Leider vermisse ich den proletarischen Bezug Lenins zu unserer Arbeiterklasse in der Wandzeitung zum 100. Geburtstag unseres Genossen Lenin bei der Brigade der Bleilöter ebenfalls. Oder besser gesagt, es gibt überhaupt keine Wandzeitung."
Die ersten Lacher.
„Zweitens, mein lieber Erwin, erscheint mir die Herausarbeitung der Verbundenheit des Genossen Lenin mit dem Proletariat nicht als vordringlich, da die Arbeiter-und Bauernklasse der DDR sich längst mit dem Marxistisch-Leneinistischen-Gedankengut vertraut gemacht hat."
Pause.
„Notwendiger scheint mir, manchen unserer Intelligenzler bewusst zu machen, dass er sein Studium einzig und allein der Arbeiterklasse zu verdanken hat und nach Lenins Vorbild seine ganze Kraft und Intelligenz für das Wohlergehen der Arbeiter und Bauern unserer Deutschen Demokratischen Republik zur Verfügung zu stellen hat."
Stille.
Der Schlag hatte gesessen. Werkleiter Weißwange war noch

eine Spur fahler geworden. Jeder im Saal kannte die gespannte Situation zwischen dem zur Arroganz neigenden Weißwange und dem Proll Holzapfel. Der Werkleiter war weder Fisch noch Fleisch, hatte aber einen Bruder in Berlin, der nahe am Genossen Mielke dran war.
Weißwange erhob sich, dankte dem Parteisekretär für seine Ausführungen und verschwand.

***

Gott sei Dank war meine Berlinreise ran. Mir taten nach einer Woche Tonerde alle Knochen im Leibe weh.
Treffpunkt der Lenindenkmaleinweihungsdelegierten aus der Provinz war Samstag sechs Uhr dreißig am Bahnhof. Ich hatte drei Flaschen Wernesgrüner und zwei Weinbrandpullis als Proviant in der Reisetasche.
Es wäre besser gewesen, ich hätte das Zeug schon vor Reiseantritt getrunken. Als ich am Bahnhof aus dem Bus stieg, traf mich der Schlag. Vor dem Eingang stand die Gruppe, die Lenins steinerner Berlingeburt die Ehre erweisen sollte. Und, oh Elend, der Anführer war mir wohlbekannt.
Brettschneider.
Das Arschloch stand mit einem Schild in einer Gruppe von cirka sieben oder acht Leuten, alle im Blauhemd. Auf dem Schild, das Brettschneider hoch über seinem Kopf hielt, stand: NEUSTADT EHRT LENIN!
Himmel, Arsch und Zwirn, da wäre ich doch lieber in der Tonerde geblieben.
„Wird Zeit, dass du kommst", plärrte mich Brettschneider

an, „wundert mich überhaupt, dass du dabei bist. Wo hast'n dein FDJ-Hemd?"
„In der Wäsche", sagte ich.
Die Gruppe feixte. Es waren vier junge Frauen, zwei junge Burschen und ein vierzigjähriger Jüngling von der FDJ-Kreisleitung.
„Los!", kommandierte Brettschneider, „der Zug nach Leipzig geht in fünf Minuten." Wir liefen zum Bahnsteig drei und stiegen in den Personenzug nach Leipzig. Von dort gings dann im D-Zug nach Berlin.
Wir hatten ein Abteil für uns.
Raucher.
Brettschneider ließ eine Schachtel Cabinett rum gehen.
Alle qualmten.
Der FDJ-Opa zog eine große Flasche Brennmeister aus der Tasche, nahm einen kräftigen Hieb und reichte sie Brettschneider.
„Prost", nuschelte der.
„Auf Lenin", sagte ich.
Die Damen kicherten.
Brettschneider sah mich an. Er hatte rotentzündete Augen.
„Wie meinst'n das?"
Er nuschelte stärker. Ich nahm an, dass er von gestern noch nicht ganz nüchtern war.
„Hat er sich doch wohl verdient", sagte ich.
„Wer?"
„Na Lenin."
„Ach so."
Mir war klar, dass der Kerl schon wieder ganz schön besoffen war.
Bis Leipzig war die Flasche leer. Die Mädchen, außer der etwas älteren Rothaarigen mit den Sommersprossen, hatten

mit geschluckt. Zwei davon stammten aus der Kreisleitung, eine war aus einem Betrieb, und die Rothaarige war Lehrerin an einer EOS.
In Leipzig holte Brettschneider noch eine Flasche Doppelkorn an einem HO-Kiosk. Wir hatten wieder ein reserviertes Abteil für uns. Nach zehn Minuten konnte man die Luft in Tabakwürfel schneiden.
Brettschneider saß neben der Rothaarigen.
Er bot ihr die Kornflasche an, aber sie schüttelte den Kopf.
„Hab dich nicht so, Roswita." Er legte seine freie Hand auf ihren Oberschenkel. Die Rothaarige verzog leicht angeekelt das Gesicht und stand auf.
„Ich geh mal raus Luft schnappen."
Die Mädchen folgte ihr und nach einer Weile gingen auch die Jungen raus.
Brettschneider und der FDJ-Knacker soffen weiter.
Mir tropfte allmählich der Zahn. Brettschneider hielt mir die Kornflasche hin.
„Danke", sagte ich, „mag keinen Korn."
Ich stand auf, nahm meine Tasche und ging zur Toilette.
Der Fußboden war nass und in der Schüssel klebte Papier und Scheiße. Ich knallte den Deckel wieder runter, nahm ein Pulli aus der Tasche und desinfizierte meine Kehle.
Im Gang standen die Mädchen an einem runtergezogenen Fenster und kicherten. Von den Jungen war nichts zu sehen.
Ich ging zurück zum Abteil.
Die Rothaarige stand an einem offenen Fenster.
Als ich an ihr vorbeiging, drehte sie sich zu mir. Ich streifte in dem engen Gang ihre Brust.
Sie verzog keine Miene.
Im Abteil hing Brettschneider allein in der Ecke am offenen Fenster und schnarchte.

Ich tippte ihm leicht auf die Schulter. Er grunzte und schlief weiter.
Warte, du Pfeifenwichs, dachte ich, nahm das Leninplakat und schmiss es aus dem Fenster.
Als ich mich umdrehte, stand die Rothaarige an der Tür und grinste.

Berlin Ostbahnhof.
Der FDJ-Opa, der von irgendwo wieder aufgetaucht war, rüttelte Brettschneider wach.
„Wir sind da, Karl-Heinz. Wo hast`n das Plakat.?"
Brettschneider sah sich um, tastete die Gepäcknetze ab, sah unter die Sitze.
Nichts.
„Wenn ich richtig gesehen habe", sagte ich, „hast du das Ding an dem Kiosk in Leipzig stehen lassen."
„Verdammte Scheiße", knurrte Karl-Heinz, „wir wollten doch damit in die Aktuelle Kamera. Mist verdammter. Kann denn keiner von euch auf unser Zeug aufpassen? Saufen wie die Großen und ..." Der Rest war nicht mehr zu verstehen.

Die Truppe wohnte in irgendeiner Jugendherberge in Friedrichshain. Ich hatte privat ein Hotel gebucht. Allein das Wort Jugendherberge jagte mir einen eiskalten Schauer über den Rücken.
Das Elend als Lehrer mit Jugendweihe- oder Abschlussklassen in diesen Massenunterkünften hatte ich genossen. Die Nächte hatten es in sich. Bier, manchmal Schnaps, die Jungen bei den Mädchen oder umgekehrt, Türengeknalle, Geschrei und ab und zu kotzte einer den Gang voll.
Klar war das die Gelegenheit, mal die Sau rauszulassen. Die Eltern weit weg und das Schönste, die ganze Truppe auf

einen Haufen. Wann bot sich schon mal so eine Gelegenheit. War zu meiner Zeit keinen Deut anders gewesen. Wenn es nicht sein musste, konnte ich darauf verzichten.
Blöd war nur, dass ich keine Ahnung hatte, wo das Hotel, das ich gebucht hatte, lag und wie ich hin kommen sollte. Ich war noch nie in Berlin gewesen.
„Kriegt man hier irgendwo `n Taxi?", fragte ich Roswita.
„Wozu brauchst du eine Taxe?"
„Hab keinen Schimmer, wo mein Hotel liegt. War noch nie in Berlin."
Ich hielt ihr die Adresse des Hotels hin.
„Friedrichshain, nicht weit weg von dieser Jugendherberge, ich bring dich hin."
Vor der Jugendherberge verabschiedet ich mich von der Truppe.
„Der Herr Lehrer ist sich wohl zu fein für unsere Unterkunft?", pflaumte mich Brettschneider an.
„Geht dich das irgendwas an?"
Er sah aus, als hätte ich ihm in die Eier getreten, drehte sich um und verschwand in der Herberge.
Die anderen folgten ihm, bis auf Roswita.
Der FDJ-Opa drehte sich an der Tür um und fragte: „Wohnst du etwa auch woanders?"
„Ich bring Felix zum Hotel, der kennt sich nicht aus."
Wir liefen die Karl-Marx-Allee entlang, bogen irgendwo rechts und dann einmal links ab und standen vor dem Hotel, das mich stark an meine erste Hotelübernachtung in Neustadt erinnerte, wo mich die Wanzen gebissen hatten. Die Dame an der Rezeption schien die Schwester von der Alten aus dem Bahnhofshotel zu sein. Nur das die hier von der Bemalung her einem Indianerstamm auf dem Kriegspfad alle Ehre gemacht hätte.

Ich nannte meinen Name und erhielt einen Schlüssel.
„Du kannst gern noch mit hochkommen, Roswita."
Die Alte fuhr wie von der Tarantel gestochen zu uns herum.
„Damenbesuche sind hier nicht gestattet."
„Das finde ich durchaus in Ordnung, aber meine Schwester wird mich wohl auf mein Zimmer begleiten können."
Die Indianerin sah mich misstrauisch an, sagte aber nichts mehr.
Roswita schüttelte leicht den Kopf und wandte sich zum Gehen. An der Tür drehte sie sich um und sagte: „Wenn du heute Abend nichts vor hast, Felix, könnten wir ein Stück bummeln gehen."
„Um sieben?", sagte ich.
„Um sieben, ich hol dich ab."
Das Zimmer war wesentlich besser, als ich es erwartet hatte. Doppelbett, ein solider Schrank, ein Tisch mit zwei Stühlen und, nicht zu fassen, eine Duschecke.
Aus dem Fenster sah man ins Grüne.
Ich packte meine Tasche aus und legte die paar Klamotten in den Schrank, der mit sauberem Papier ausgelegt war. Dann setzte ich mich an den Tisch, machte mir ein Bier auf, trank ein Pulli leer und spülte mit Bier nach. Ich legte mich aufs Bett, griff nach dem Traven, den ich in unserer Buchhandlung erwischt hatte und begann zu lesen. Die brutale, lebendige Sprache des Romans fesselte mich, doch die Reise, das Bier und der Weinbrand forderten ihren Tribut.
Ich erwachte gegen halb sieben.
Roswita. Ob da was laufen würde? Sah verdammt knackig aus das Weib, obwohl sie nicht mehr ganz taufrisch war. Ich schätzte so Mitte dreißig.
Als ich runter kam, saß sie bei einer Tasse Kaffee. Gott sei

Dank hatte sie das Blauhemd gegen eine weiße Bluse ausgetauscht. Für mich gab es nichts Bekloppteres, als diese Berufs-FDJler, denen die grauen Altershaare bereits aus Ohren und Nase wuchsen und in denen jeder Zweijährige seinen Opa erkannte.
Ich ging auf sie zu und gab ihr einen Kuss auf die Wange.
Ein einfaches, unverdächtiges Küsschen zwischen Bruder und Schwester für das schwarzumrandete Augenpaar hinter dem Tresen.
Man konnte nie wissen, wozu eine Schwester alles gut war.
„Wir würden zur Feier unseres Wiedersehens gern eine Flasche Sekt trinken", wandte ich mich an die Wirtin.
Ich hatte mir vorgenommen, die zwei Tage zu genießen. Geld war kein Thema mehr, seit ich in der Chemiebude arbeitete und so ziemlich jede Schicht übernahm, wenn Not am Mann war. Zum Wochenende, wenn ich nichts weiter vor hatte, ging ich Ton ausladen. Eine Sauarbeit, aber gut bezahlt.
Also was soll`s. Bei keiner Bank kriegst du für dein Geld so viel Prozente wie beim Alkoholkauf.
Die Wirtin brachte eine Flasche und zwei Gläser.
„Bringen Sie doch bitte noch ein Glas für sich", bat ich die Wirtin. „Sie trinken doch sicher ein Glas mit uns."
Da das Restaurant im Moment noch so gut wie leer war, setzte sich die Wirtin zu uns.
Ich erzählte von der Freude, dass ich endlich meine Schwester gefunden hatte. Unsere Eltern hatten sich frühzeitig scheiden lassen, und wir waren getrennt aufgewachsen. Erst nachdem meine Mutter schwer erkrankt war, hatte sie mir erzählt, dass ich eine Schwester hatte, die bei ihrem und meinem Vater in Magdeburg aufgewachsen war. Ich hatte sie ausfindig gemacht, und nun hatten wir uns hier

in Berlin zum ersten Mal getroffen.
Die Wirtin hatte Tränen in den Augen und wir tranken auf unser Wiedersehen.
Als wir dann draußen waren, bog sich Roswita vor Lachen.
„Du bist vielleicht ein Kaliber, solltest Geschichten für den Eulenspiegel schreiben, Felix."
„Sag mal, was hast du deiner Truppe erzählt, wo du hin bist?"
„Bin eine Freundin besuchen. Die Jüngeren sind gleich nach dem Zimmerbezug abgedampft, und Brettschneider und der FDJ-Maker sind in 'ner Eckkneipe verschwunden."
Wir bummelten Richtung Volkspark, tranken unterwegs einen Kaffee und einen Weinbrand und machten uns wieder auf den Rückweg. Vor dem Hotel blieb Roswita stehen.
„Würde mich freuen, wenn du noch auf einen Sprung mit hoch kommst", sagte ich.
„Die Frage ist nur, was du unter einem Sprung verstehst?", lachte sie.
„Als meine Schwester, versteht sich."
„Wäre eine Alternative zu dem Abend in der Jugendherberge."
Ich gab Roswita den Zimmerschlüssel und stellte mich noch auf ein Bier an den Tresen.
Die Wirtin sah Roswita nach..
Ich bestellte zwei Cordial Medoc.
„Prost, Frau Schulze, auf das Lenindenkmal."
"Prost, Herr Hohndorf, auf ihre hübsche Schwester." Sie verzog keine Miene dabei.
Dennoch vermutete ich, dass sie mich durchschaut hatte.
„Könnte ich bei Ihnen vielleicht für den Abend eine Flasche Wein erstehen?"
„Rot oder weiß?"

„Rot wäre mir lieber."
„Dumme Frage von mir, schließlich hat Ihre Schwester ja rote Haare. Wie wär`s mit einer Flasche Rosenthaler?"
Das war schon ein Angebot. Rosenthaler gehört zu den Bück-dich-Artikeln.
Ich legte zum Gaststättenpreis noch zwei Mark drauf.
Roswita saß am offenen Fenster und rauchte.
Ich stellte den Rotwein und die Gläser, die mir die Wirtin noch gereicht hatte, auf den Tisch.
Roswita drückte ihre Zigarette aus und sah mich an.
„Du kannst gern hier übernachten", sagte ich.
„Als deine Schwester?"
„Es gibt Entscheidungen, die muss jeder für sich allein treffen."
„Wenn du mir versprichst, noch ein paar solcher Geschichten, wie du sie der Wirtin erzählt hast, von dir zu geben, könnte ich schwach werden. Das Dumme ist nur, ich habe weder Zahnbürste noch ein züchtiges Nachthemd dabei."
„Ohne Zahnbürste kann so was natürlich sehr gefährlich werden."
Ich nahm Roswita in den Arm und küsste sie.
Sie schob mich schnell von sich weg.
„Ich stinke, junger Mann." Sie beugte ihre Nase Richtung Achselhöhle, schnupperte und rief: „Pfui Teufel!"
Ich zeigte auf die Duschecke. „Du oder ich zuerst oder wir?"
„Ich", lachte Roswita. „Inzest ist bekanntlich strafbar. Kannst du mir wenigstens ein Hemd von dir leihen?"
Ich gab ihr mein kariertes Hemd, das ziemlich weit war, setzte mich ans Fenster und brannte mir eine an.
Ist schon eigenartig, dachte ich. Eine Ewigkeit bist du auf

der Suche, und plötzlich fällt dir eine reife Frucht in den Schoß. Reif war sie auf jeden Fall, ob sie mir oder ich ihr in den Schoß fallen würde, musste sich erst zeigen. Und ob überhaupt …?
„Du kannst." Roswita stand in meinem Hemd, das gerade den Brennpunkt bedeckte, vor dem Bett.
Ich duschte ausgiebig und bekam bei dem Gedanken, was mich erwarten könnte, eine gewaltige Erektion. Ich bekämpfte sie mit einem eiskalten Wasserstrahl.
Roswita hatte die Gläser gefüllt und je eins auf die Nachttische gestellt. Ich kroch unter meine Bettdecke und wir stießen miteinander an. Wir stellten die Gläser zurück, und ich beugte mich zu Roswita und küsste sie. Sie reagierte ziemlich verhalten. Meine Hand kroch unter ihre Bettdecke. Ich legte sie leicht auf ihre Brust und begann dann ihr Hemd zu öffnen. Als meine Lippen sich um ihre Brustwarze schlossen, schob sie mich von sich weg.
„Sei nicht böse Felix, aber das geht mir zu schnell. Hab dein Angebot angenommen, damit ich nicht in diesem Massenquartier schlafen muss und mir dieser dämliche, versoffene Brettschneider nicht an die Wäsche gehen kann."
Verdammt, dachte ich, das kann eine harte Nacht werden. Im wahrsten Sinn des Wortes.
„Kein Problem, Roswita", log ich, obwohl es bei mir unten herum wie in einem Bienenstock summte." Ich stand auf und goss Wein nach.
„Erzähl was von dir", sagte Roswita.
Ich erzählte, wie ich in den Reihen des Proletariats gelandet war und dass es mir ganz gut gefiel.
Roswita gähnte. „Entschuldige, Felix, bin todmüde." Sie beugte sich zu mir herüber und küsste mich auf die Wange. Ich sah, dass sie vor Müdigkeit einen leichten Silberblick

hatte und murmelte: „Schade."
„Tut mir leid, wenn ich dir falsche Hoffnungen gemacht habe, Felix."
„Werd`s überleben."
Wir machten die Nachttischlampen aus.
Ich wälzte mich von einer Seite auf die andere. Der Gedanke, dass neben mir ein warmer, weicher Frauenkörper lag, machte mich wild. Ich stellte mir vor, wie ich ihre Brüste streichelte, über ihren glatten Bauch nach unten fuhr, meine Finger in ihren krausen Haaren …
Irgendwann musste ich doch eingeschlafen sein.

Ich wurde halbwach, weil irgendwas meinen Bauch kitzelte. Ich schob meine Hand dahin und traf auf eine zweite Hand, die aber nicht zu mir gehörte.
Als ich die Augen öffnete, sah ich Roswitas Gesicht direkt über mir.
„Es ist acht Uhr, Felix, Lenin wartet."
„Dann sollten wir uns beeilen." Ich tat so, als wollte ich aus dem Bett steigen, hatte aber begriffen, dass das garantiert nicht in Roswitas Sinn war.
„Könnten wir Lenin noch etwas warten lassen?", grinste sie.
„Ich könnte sogar unter bestimmten Umständen ganz auf ihn verzichten," sagte ich.
Roswitas Hand war inzwischen weiter nach unten gewandert. Mein Freund hatte ebenfalls ausgeschlafen und reckte sich den Freuden des neuen Tages entgegen.
„Ganz auf ihn verzichten möchte ich nicht, aber mit einem kleinen Lenin wäre ich durchaus zufrieden."
Ich spürte, wie ihre Hand das Ziel erreichte.
„Müssen ja nicht gleich neunzehn Meter sein, aber aus Granit ist er jedenfalls."

Ich nahm Roswitas Kopf in meine Hände und küsste sie. Ihre Gier verblüffte mich. Sie schob ihre Zunge in meinen Mund, dass mir die Luft wegblieb. Ich packte ihre Hüften und zog sie in mein Bett.
Roswita war nackt.
Ihre Haut fühlte sich heiß an und in der Halsbeuge züngelten rote Flecken nach oben. Sie presste ihren Körper an mich, ohne dabei den kleinen Lenin frei zu geben. Ich drehte sie auf den Rücken und begann sie von oben an mit meinen Lippen zu erkunden, knabberte an ihrem Ohrläppchen, biss ihr leicht in die Schulter und nahm dann die Spitze ihrer weichen Brust in den Mund.
Ich schob mich wieder nach oben und küsste sie auf den Mund. Dann züngelten wir. Wenn die Dinger etwas länger und dünner wären, dachte ich, könnte man sie miteinander verknoten.
Ich musste mich ablenken, sonst würde der kleine Lenin vorzeitig aus sich herausgehen und nichts wäre mehr mit Granit.
Roswita schob mich zur Seite, drückte mich auf den Rücken und ließ jetzt ihre Lippen auf mir spazieren gehen. Als ihre Zunge unterhalb meines Nabels über meinen Bauch fuhr, begannen das Blut in den Adern Lenins heftig zu pulsieren.
Roswita legte ihren Kopf auf meinen Bauch. Sie begann, heiße Luft über Lenins kahles Köpfchen zu blasen.
Ich wusste jetzt, woher ein bestimmter Begriff kam.
Roswita kam wieder nach oben. Ich schob meine Hand zwischen ihre Beine. Als ich sie berührte, zog sie mich auf sich. Ich wollte mich bewegen, aber sie flüsterte mir ins Ohr: „Bleib ganz ruhig liegen, keine Bewegung."
Ich tat, wie mir geheißen.
Roswita nahm meinen Kopf in ihre Hände und sah mir

unverwandt in die Augen. So lagen wir einige hundert Jahre still, bis ich unten etwas spürte. Sie hatte meinen Kopf jetzt an ihre Schulter gezogen und in ihrem Unterleib kam Bewegung. Es war, als würden sich Gummiringe um den kleinen Lenin spannen, die sich dann wieder lockerten. Die Intervalle zwischen den Kontraktionen wurden immer kürzer. Roswitas Atem ging jetzt stoßweise. Ihr ganzer Körper geriet in Wallung.

Plötzlich schrie sie: „Jetzt!"

Ich gab klein Lenin die Sporen, und wir flogen gemeinsam bis Wolke sieben und fielen dann zurück zur Erde.

Wir lagen schwer atmend nebeneinander.

Von Weitem drang eine Stimme an mein Ohr: „Ich hab ganz fürchterlichen Hunger."

Ich sah auf die Uhr.

Halb zehn.

„Lenin erwartet uns 10.30 Uhr", sagte ich.

„Schaffen wir nie und nimmer", sagte Roswita.

Ich kroch aus dem Bett, ging an meine Tasche und kramte eine Packung Kekse aus.

Meine Notverpflegung.

„Wenn wir uns beeilen, könnten wir es noch schaffen", sagte ich.

„Bist du so scharf auf den steinernen Lenin?", grinste mich Roswita an.

„Im Grunde tut`s der Kleine auch", lachte ich.

Wir aßen die trockenen Kekse und spülten mit dem Rest Rotwein nach, der noch in der Flasche war.

„Was sagst du, wenn dieser Berufs-FDJler dich fragt, wo du zur Großkundgebung warst." Wir brauchten auf alle Fälle plausible Ausreden.

„Bin in die falsche S-Bahn gestiegen, hab mich leicht

verspätet und überall nach dem Genossen Brettschneider gesucht."
Ich hatte Montag Spätschicht und würde mir früh das ND kaufen. Stand garantiert alles drin.
Roswita erhob sich und ging unter die Dusche.
Dann ging ich.
Als ich raus kam, lag sie wieder im Bett.
„Lenin oder ich?" Ihre dunklen Augen blitzten.
„Lenin um jeden Preis! Wir enthüllen ihn hier."
Ich hatte ein Handtuch um die Hüften geschlungen. Roswita griff danach und zog es weg. „Armer kleiner Lenin, was bist du doch winzig. Dabei hab ich mir einen Vollblutrevolutionär immer groß und stattlich vorgestellt."
Ich beugte mich über das Bett und nahm ihre Brüste in meine Hände.
„Sieh an, er wächst", lachte sie.
Als ich wieder zu mir kam und auf die Uhr sah, war es für die große Großkundgebung definitiv zu spät.
„Armer Lenin", sagte ich.
„So schlecht war die Enthüllung aber nicht", grinste Roswita, „Mehr Aufmerksamkeit hätten wir ihm wohl kaum bieten können."
„Du kannst zumindest in der Schule ausgiebig davon berichten", lachte ich.

***

Anfang Mai teilte mir Ganzauge mit, dass ich ab nächster Woche zum Kalklöschen abkommandiert wäre.
„Holzapfel?", sagte ich.

Der Schichtmeister nickte.
„Was soll der Scheiß?" Langsam wurde ich sauer. „Kaum hab ich mich in einer Abteilung eingelebt, schubst ihr mich in eine andere. Das kotzt mich langsam an." Ich war richtig stinkig.
Ganzauge grinste und sagte: „Mach das mit Holzapfel aus, Felix."
Irgendwas stimmte hier nicht. Ich wusste, dass zwischen dem Parteisekretär und dem Ignoranten von Werkleiter Krieg herrschte. Der Krieg wurde in Grabenkämpfen ausgefochten, denn die Geschlossenheit der Partei musste nach außen gewahrt bleiben. Doch es gibt keinen feineren Seismographen als das Ohr des Proletariats, wenn es um die unterirdischen Machtspiele der von "Oben" geht.
Weißwange genoss keinerlei Sympathie bei den Arbeitern.
„AAW kommt", hieß es, wenn der Herr Werkleiter sich einmal im Quartal herabließ, eine Runde durch den Betrieb zu machen. Ich hatte gleich zu Anfang Josef gefragt, was AAW heißt.
„Arrogantes Arschloch Weißwange", hatte Josef gelacht.
Im Moment musste die Kacke zwischen Holzapfel und Weißwange ziemlich am Dampfen sein. Der Werkleiter hatte ohne Absprache mit dem Parteisekretär den Tonlieferanten gewechselt. Der neue Ton war billiger, enthielt aber zu viel Eisen. Es gab jede Menge Beschwerden der Tonerdeabnehmer.
Wollte Holzapfel mich zum Antipoden für Weißwange machen? Schickte er mich deshalb durch alle Abteilungen, damit ich den gesamten Betriebsablauf beherrschen sollte.
Und bleiben würde?
Als Verbündeter des Parteisekretärs?
Nicht mit mir. Ich wollte zurück an die Schule, aber ich

hatte noch ein reichliches Jahr vor mir, bis ich zurück konnte.
Hoffte ich.
Den Samstagabend verbrachte ich bei Roswita. Wir waren nach der großen Enthüllung des kleine Lenins in Verbindung geblieben. Roswita hatte zwei Kinder, einen Jungen von dreizehn und eine Mädchen von zehn Jahren. Sie war seit drei Jahren geschieden. Der Mann, Architekt, hatte viel in Leipzig gearbeitet, ein Verhältnis mit einer Sekretärin angefangen, war auf den Geschmack gekommen und hatte sich quer durch Leipzig gevögelt. Als ihm das Leipziger Pflaster zu heiß wurde, hatte er seine Fühler nach Berlin ausgestreckt und war beim Bau des Fernsehturms gelandet.
Die Kinder verbrachten ein Wochenende bei ihrem Vater.
Und ich meins bei ihrer Mutter.
Roswita war total ausgehungert. Sie hatte in den drei vergangenen Jahren ein einziges, sehr kurzes Verhältnis mit einem verheirateten Kollegen gehabt. Wir liebten uns, als würde morgen der dritte Weltkrieg ausbrechen. Gegen Mitternacht lag ich wie ein geprellter Frosch in ihren Armen und bettelte um Gnade.
Was mir lange nicht passiert war.
Roswita stand auf und holte eine Flasche Goldbrand und zwei Bier. Ich sah verblüfft, wie sie, ohne eine Miene zu verziehen, einen Doppelten kippte und mit einem Schluck Bier nachspülte.
Roswita sah meinen erstaunten Blick.
„War mal ziemlich weit unten, Felix, damals, als ich merkte, dass Harald nur noch hinter anderen Weibern her war. Hab mich mit vielen Flaschen Goldbrand getröstet, was letzten Endes glatt für die Katz war. Ich hätte damals leicht

abrutschen können. Wenn die Kinder nicht gewesen wären ..."

Ich sah den feuchten Schimmer in ihren Augen. „Du hast es aber geschafft."

„Hab ich. Und jetzt trinke ich nur noch, wenn es mir so richtig gut geht. Und dann in Maßen."

„Und was machst du, wenn es dir so richtig schlecht geht?"

„Dann schreibe ich Gedichte."

„Was machst du?"

„Ich schreibe Gedichte."

„Machst du Witze?" Ich konnt`s nicht fassen. Eine verwandte Seele.

„Ist aber so."

„Nur so für dich?"

„Nicht ganz. Ich bin Mitglied in einem Zirkel Junger Autoren."

Gegen drei Uhr morgens wussten wir ein Menge voneinander. Roswita hatte bereits einige Gedichte in verschiedenen Zeitschriften veröffentlicht. Ich hatte ihr von meiner Eskimogeschichte und dem angefangenen Afrikaroman erzählt. Die Russenpferdestory behielt ich für mich.

Roswita meinte, dass ich einfach mal zu einer Veranstaltung mitkommen sollte.

Irgendwann schliefen wir ein.

Ich erwachte wieder von einer Hand, die meinen Bauch kitzelte. Als ich die Augen aufmachte, blendete mich eine strahlende Morgensonne. Nach einem Blick auf die Uhr stellte ich fest, dass es die Vormittagssonne war.

„Geh dich frisch machen, schöner junger Mann", grinste Roswita.

Ich ging ins Bad, putzte mir die Zähne mit auf den Zeigefinger geschmierter Zahnpasta, machte meinen leicht

wunden Freund frisch, und schlüpfte wieder unter die Bettdecke.
Auf meinem Nachttisch stand eine Tasse Kaffee und ein kleiner Weinbrand.
„Prost, Felix, war eine schöne Nacht mit dir."
Ich nahm ihr das Glas aus der Hand und küsste sie. Roswita ergriff meinen Kopf, hielt ihn fest und sah mir in die Augen.
„Du bist mir gegenüber zu nichts verpflichtet, Felix. Ich stelle keine Ansprüche, aber wenn es eine Weile so bleiben könnte mit uns wäre ich sehr froh."
Sie zog meinen Kopf herunter und küsste mich.
Zart, weich und behutsam.
Wir ließen Mund und Hände sanft über unsere Körper gleiten, küssten unsere intimsten Stellen, rieben uns aneinander, sahen uns in die Augen und schoben uns dann langsam ineinander. Wir lagen lange ohne jede Bewegung und genossen einer die warme Haut des Anderen.
Ganz leise, mit vor Erregung zitternder Stimme zitierte Roswita Goethe: „Werd ich zum Augenblicke sagen: Verweile doch! du bist so schön! Dann magst du mich in Fesseln schlagen, dann werd ich gern zugrunde gehen!"
„Fesseln wäre mal eine Idee", flüsterte ich.

***

Frühschicht am Montag. Ich hatte mir am Freitagnachmittag das Kalklöschen angesehen. Richard, der für zwei Wochen in Urlaub ging, hatte mich vor Steinen gewarnt. Wenn die das Rührwerk verklemmten, war die Kacke am Dampfen. Im wahrsten Sinn des Wortes. Die

Masse würde zu einem dicken Brei erstarren, und man musste die ganze Pampe per Hand ausschaufeln.
„Da steh ich nun, ich armer Tor, und bin so klug als wie zuvor", murmelte ich Goethes berühmte Gedichtzeile in meinen nicht vorhandenen Bart. Ich dachte an die Nacht mit Roswita. Sie würde heute vor ihren Schülern stehen und vielleicht Faust behandeln. Ich stand vor zwei eisernen Bottichen mit ungefähr einem Meter zwanzig Durchmesser und einem Meter Tiefe. Am Boden befand sich eine zehn Zentimeter große Öffnung, die mit einem konischen Deckel verschlossen war. Dieser Deckel hatte oben einen eisernen Ansatz mit Loch. Wenn der Löschprozess beendet war, musste mit einer unten gebogenen Eisenstange, die mich an meine Ofenkrücke erinnerte, das Loch am Deckel gesucht und gefunden werden. Dann wurde der Verschlussbolzen angehoben und die graue, dicke, dampfende Pampe lief nach unten ins Lager.
Also los, Felix. Ich füllte den ersten Bottich reichlich zur Hälfte mit Branntkalk und drehte das Wasser auf. Ich wusste natürlich, dass die Reaktion von gebranntem Kalk mit Wasser stark exotherm verläuft, aber wie heftig das hier abging, war erschreckend. Im Bottich begann es zu brodeln, Dampf stieg auf, große Blasen platzten, und die ersten Löschkalkfladen klatschten gegen Holzwand und Schuppendecke.
Verdammt, das Rührwerk.
Ich drückte den Knopf.
Nichts.
Ich rüttelte am oberen Gestänge.
Nichts.
Ich stülpte mir den Gesichtsschutz auf, nahm einen Knüppel und drückte gegen das Rührwerk.

Endlich. Das verdammte Ding sprang an.
Die Pampe beruhigte sich, aber es flogen immer noch große kochende Kuhfladen durch die Gegend.
Ich behielt den Gesichtsschutz auf, ging an den Bottich und drehte das Wasser noch einmal kurz auf. Ein kleiner Fladen erwischte meinen Handrücken, schätzungsweise 130°. Ich hielt meine Hand unter den Wasserstrahl. Was für eine schöne Brandblase!
Ich stellte das Rührwerk ab und suchte mit der Eisenkrücke das Loch in der Lasche, um den Deckel zu heben.
Wer sucht, der findet. So ein Mist. Ich fand das Loch nicht.
Leider keine Haare dran, hätte Josef gesagt.
Inzwischen fing die Pampe wieder an zu kochen, und die ersten dicken Blasen platzten.
Rührwerk an.
Wasser drauf.
Rührwerk aus.
Wasser aus.
Krücke.
Loch suchen.
Endlich. Ich zog den Bolzen hoch, und mit einem gurgelnden Geräusch verschwand die Pampe nach unten ins Lager.
Und den Spaß sollte ich in einer Schicht 28 Mal machen.
War die Norm.
Nach dem fünften Ansatz war der Kalkvorrat verbraucht.
Die Brocken lagen im Nebenraum und mussten rüber gekarrt werden. Der verdammte Kalk-staub machte mir zu schaffen. Ich hatte es mit dem vorgeschriebenen Mundschutz versucht, aber da wäre ich wahrscheinlich schneller erstickt, als mich der Kalkstaub hätte auffressen können.
Kurz vor Mittag schob sich etwas Dunkles die Laderampe

entlang, genau vor die große Öffnung des Kalkschuppens. Ein Waggon Branntkalk. Auf der Rampe kam Meister Ganzauge angestiefelt.
„Muss sofort entladen werden, Felix."
„Und meine 28 Ansätze?", widersprach ich.
„Erst wird der Kalk entladen. Die Standkosten für die Waggons sind enorm hoch."
„Überstunden?"
„Kriegst du bezahlt."
Ich rammelte die schweren Schiebetüren des Waggons auf. Die ersten Branntkalkbrocken kamen mir entgegen geflogen.
Karre voll schaufeln.
In den Schuppen fahren.
Abkippen.
Zurück.
Schaufeln.
Ich schwitzte wie ein Schwein. Schweiß und Kalkstaub waren die reinste Kosmetik. Zwischen den Fingern ging die Haut ab. Die neue Haut würde sehr zart sein.
Irgendwann tauchte Holzapfel auf. Der Herr Parteisekretär machte jeden Tag eine Runde durch den Betrieb.
„Schöne Arbeit", grinste er.
„Schöne Scheiße", knurrte ich zurück.
„Kommt da noch wer?" Holzapfel sah mich fragend an.
„Der Meister will noch jemand schicken."
Holzapfel ging in den Schuppen, griff die zweite Schubkarre und stellte sie neben meine.
„Du lädst, ich fahre, dann wechseln wir."
Halb zwei ließ ich die Schaufel fallen. Mir brannte das Gesicht wie Feuer. Dort, wo der Hemdkragen am Hals scheuerte, war alles wund.

„Kann nicht mehr", stöhnte ich.
„Setz dich in den Schatten, spül den Staub ab und ruh dich eine Weile aus."
Ich trank das Wasser direkt aus dem Hahn und brannte mir eine Zigarette an.
Kurz vor zwei Uhr kam Friedrich.
Gegen halb fünf Uhr war der Waggon leer.
Holzapfel hatte nicht eine Pause gemacht. Seine Hände und sein Gesicht waren krebsrot.
Mir war klar, warum der Kerl im Betrieb einigermaßen beliebt war.
„Um fünf in der Kantine, Felix."
Ich ging duschen. Meine Haut brannte unter dem heißen Wasser wie Feuer.
Holzapfel saß schon am Tisch und verspeiste sein verspätetes Mittagessen. Hilde knallte mir eine ganze Schüssel voll mit Makkaroni und Gulasch, sah mich schief an und fragte, ob ich inzwischen zum Stamme der Siox gehörte.
„Noch eine blöde Bemerkung", krächzte ich, „und ich nagel dich an den Marterpfahl."
„Von dir würd ich mich schon ganz gern mal nageln lassen, Felix", lachte Hilde.
Würde ich wahrscheinlich wie in einem großen Daunenbett versinken, dachte ich.
Ich setzte mich zu Holzapfel, und wir löffelten unsere Schüsseln leer. Holzapfel stand auf und brachte seine Schüssel zur Ausgabe. Als er zurückkam, hatte er zwei Kaffeetassen in der Hand.
Er schob eine Tasse zu mir.
„Prost, Felix, war ein schöner Tag heute."
Ich sah ihn an, als hätte er nicht mehr alle Tassen im

Schrank. Wahrscheinlich fehlten die zwei, die er auf den Tisch gestellt hatte.
Ich nahm einen Schluck und hustete. Das war kein Tee, das war Schnaps, Weinbrand, guter Weinbrand, wahrscheinlich armenischer Kognak.
„Ich denke, Alkohol gibt's nur zu Betriebsfesten?"
„Davon sollte man ausgehen", grinste Holzapfel.
„Also, ohne lange Vorrede Felix. Ab ersten September beginnt endlich der Lehrgang für die Leute, die keinerlei Abschluss haben. Sind inzwischen über zwanzig. Drei sogar aus der Keramischen."
„Ich denke, dass daraus nichts wird", erwiderte ich.
„Und ich denke, du bist einverstanden?"
„Aber nicht nach einer solchen Schicht wie heute."
„Davon ist auch nicht die Rede. Du gehst ab August in die Fällung, nur Frühschicht."
Ich atmete tief durch. Das Kalklöschen hätte ich wahrscheinlich nicht all zu lange überlebt.
„Noch was, Felix. Die Laborleiterin geht nächstes Jahr in Rente. Wenn du hier bleiben willst, könntest du das Labor übernehmen."
Ein schlauer Hund, dieser Parteisekretär. Wenn in der Produktion was schief läuft, kriegt es zuerst das Labor mit. Besetze die Brennpunkte mit deinen Leuten, und du bist immer gut informiert.
„Ich denke, dass ich zurück in die Schule will."
Ich erhob mich.
„Denk einfach mal drüber nach Felix, und, nebenbei bemerkt, die hübsche, mollige, hieß die nicht Brigitte oder so, hat gekündigt. Will wohl lieber in diesem Laden ihrer Schwiegereltern arbeiten, als sich von der Lederhaut im Labor kujonieren zu lassen."

Um ein Haar hätte ich meine Tasse fallen lassen.
Ich sah Holzapfel an, aber der Kerl verzog keine Miene.

***

Josef lud mich auf ein Bier ein.
Nach der dritten Runde ließ er die Katze aus dem Sack.
„Mit Sibylle ist Schluss."
„Wieder mal", sagte ich.
„Endgültig! Die Schlampe geht wieder mit dem Kerl von den Bleilötern."
„Ich dachte mit dem aus der Tonerde?", entfuhr es mir.
Sibylle würde noch vielen Männern treu sein. Das hätte ich Josef voraussagen können.
„Du hast gut lachen, Felix, dir rennen die Weiber ja nach, wie man so hört."
Jetzt war ich verblüfft. „Hast du mich deswegen zum Bier eingeladen, damit ich dir eine von meinen vielen Weibern ablasse?"
„Ach was, wir hatten für August eine Reise an den Balaton geplant, Sibylle und ich. Hab`n Zelt gekauft, Benzinkocher, Luftmatratzen, Vorzelt und den ganzen Scheiß, und jetzt sitz` ich auf dem Mist."
„Oh", sagte ich.
„Hab mir außerdem Anfang des Jahres einen gebrauchten 311er Wartburg gekauft, und mit dem wollten wir fahren."
„Was hast`n bezahlt?"
„Frag nicht nach Sonnenschein, für das Geld hätt ich `n Neuen gekriegt, aber `n Neuen kriegst du ja überhaupt nicht."

Josef machte eine Pause, nahm einen Schluck Bier, sah mich an und sagte: „Willste mitfahr`n."
„Was?"
„Ob du mit an den Balaton fahren würdest?"
„Mit dir?"
„Na mit Sibylle bestimmt nicht."
„Mensch, Josef, das kommt etwas überraschend."
„Ist ja bloß ein Angebot, kannst drüber nachdenken. Verpflegung und Benzin geht durch zwei."
Das war der Hammer. Ich hatte seit Jahren keinen ordentlichen Urlaub gemacht. Die Tage mit Jo mal nicht mitgerechnet. Einen FDGB-Platz als Junggeselle zu kriegen, war aussichtslos.
Balaton, das Urlaubsparadies der DDR-Urlauber
„Abgemacht!"
Ich hielt Josef die Hand hin.
Josef schlug ein.

Es ging alles so schnell, dass wir am Balaton waren, ehe ich richtig zum Nachdenken kam. Josef hatte einen Campingplatz gefunden, der zwar überfüllt war, aber nachdem ein Geldschein, der nicht aus unserer Währung stammte, den Besitzer gewechselt hatte, durften wir das Auto abstellen und unser Zelt aufbauen.
Ich fühlte mich wie siebzehn. Das war das wahre Leben. Wir schliefen bis in den Vormittag, das Frühstück bestand aus einer halben Büchse Bückling in Öl, Weißbrot und einer halben Flasche Wein. Der Balaton war flach und herrlich warm und wir gondelten auf unseren Luftmatratzen übers Wasser.
Gegen Abend machte Josef Konserven auf seinem neuen Brenner warm, und danach guckten wir, wo was los war.

Ich fühlte mich wie Gott in Frankreich. Ein wahnsinniges Gefühl von Freiheit erfüllte mich, ich wusste allerdings nicht, woher das kam. Es war einfach da. Luft, Sonne, Wasser, Wein und unglaublich schöne und offenherzige Mädchen und junge Frauen.
Das wahre Leben eben.
Bis mich eines Nachmittags der Blitz traf.
Ich lief Richtung Wasser, als plötzlich eine junge Frau vor mir stand. Ich wollte höflich lächelnd an ihr vorbei, als mein Name fiel, leise und wie gehaucht. Ich blieb ruckartig stehen. Die Frau trug ein himmelblaues Kleid, einen leichten Sommerhut und eine Sonnenbrille.
Als der Klang ihrer Stimme über den Gehörnerv mein Gehirn erreichte, bohrte sich blitzartig ein rasiermesserscharfer Dolch in mein Herz. Mir wurde schwarz vor den Augen, und bevor ich es verhindern konnte, saß ich im Sand.
Helene!
Die Welt um mich begann sich zu drehen, schnell, immer schneller, das Wasser des Sees vermischte sich mit dem Himmel und die Sonne wurde plötzlich dunkel. Dass ich nach hinten in den Sand fiel, spürte ich nicht mehr.
Ein nasses Taschentuch auf meiner Stirn holte mich zurück.
„Helene?", murmelte ich.
„Ich bin`s wirklich, Felix."
Die Stimme hätte ich unter Millionen anderer Stimmen erkannt.
Ich versuchte mich in eine sitzende Haltung zu bringen. Helenes Hand stütze mich im Rücken. Plötzlich schlang die Frau vor mir ihre Arme um mich und küsste mich. Das war nie und nimmer Helene. Irgendjemand spielte mir hier einen bösen Streich. Ich schob die Frau von mir weg, nahm ihr die

Sonnenbrille und den Hut ab und starrte sie an.

„Helene!" Ich schrie den Namen so laut, dass sich die ersten Badegäste nach uns umschauten.

Helene drückte meinen Kopf wieder an ihre Brust und machte leicht schaukelnde Bewegungen, wie es meine Mutter mit mir gemacht hatte, wenn ich mir das Knie aufgeschlagen hatte.

Allmählich kam ich wieder zu mir, befreite mich aus ihren Armen, umklammert ihre Schultern und drückte sie an mich.

Als die ersten Leute in unserer Umgebung lachten, gab ich sie frei.

„Wie kommst du hierher?" Ich war wieder da.

„Ist eine lange Geschichte, Felix. Ich schlage vor, wir gehen einen Kaffee trinken, und ich erzähls dir."

Helene hatte, nachdem sie von mir nie eine Antwort auf ihre Briefe erhalten hatte, Kontakt zu meiner Mutter aufgenommen. Die hatte ihr von meiner Balatonreise geschrieben. Helene wusste, dass der Balaton einer der wenigen Urlaubsorte war, wo sich Ost und West treffen konnten.

Sie hatte sofort die Initiative ergriffen und ein Hotel am Balaton gebucht. Hatte bei ihrer Pharmafirma, für die sie als Vertreterin arbeitete, Urlaub eingereicht, hatte sich in ihren VW-Käfer gesetzt und war losgefahren. Drei Tage hatte sie wilde Zeltplätze und reguläre Campingplätze abgeklappert, um mich zu finden.

Jetzt saßen wir uns gegenüber, hielten uns an den Händen und aller Kummer und alles Elend, das mir durch Helene widerfahren war, war weg. Wir sahen uns in die Augen, und ich spürte, wie sich in meinen Augenwinkeln etwas sammelte.

„Ich brauche dringend einen Schnaps", sagte ich, um mein seelisches Gleichgewicht bemüht.
Helene winkte dem Kellner.
„Zwei große Palinka, bitte."
Wir tranken den nach Aprikosen schmeckenden Obstschnaps, kippten den Rest Kaffee hinterher und ich wollte zahlen. Helene schüttelte den Kopf. „Ich wohn in dem Hotel, die sind auf mein Geld scharf, Felix."
Klar, hatte ich ganz vergessen, dass es hier eine Zweiklassengesellschaft gab: Die mit Westgeld und die armen Schweine aus der DDR mit ihrem Papierrubel. Das war so, und man musste sich damit abfinden. Schließlich konnten wir froh sein, dass die Ungarn uns hier einen Hauch von Freiheit schnüffeln ließen.
Der Kellner verbeugte sich bei dem Trinkgeld, das er von Helene bekam und sagte: „Merci Madam, immer zu Ihren Diensten."
War ein hübscher, junger Kerl, der Kellner. Hatte was von einem Filmtorero an sich. Ich konnte mir gut vorstellen, dass manche allein reisenden Damen mit harter Währung gern den Stier gespielt hätten, um unter seinen Degenstößen zu verröcheln.
Wir schlenderten nach dem Kaffee Arm in Arm am See entlang, setzten uns auf eine Bank in die Sonne und rauchten. Helene hatte für mich Marlboro mitgebracht, und ich inhalierte wieder so tief, dass ich fürchtete, der Qualm könnte aus meinen Zehen rauskommen.
„Erzähl von dir, Felix."
Ich erzählte von meiner Prager-Frühlings-Story und wie ich jetzt als Prolet an der Basis den Sozialismus aufzubauen half.
Und das es mir sogar gefiel.

So ein Quatsch, dachte ich. Das interessiert doch keinen Hund. Ich nahm Helene in den Arm und küsste sie und hatte nicht die Absicht, sie je wieder loszulassen.
„Hilfe", röchelte sie nach einer Weile, „willst du mich ersticken?"
Ich erhob mich, zog sie mit mir hoch und nahm sie in den Arm. Ich musste ihren ganzen Körper an mich drücken, ihre Wärme spüren, ihren Duft einsaugen und sie ganz einfach festhalten.
Für den Moment erfasste mich ein Schauer, der meinen ganzen Körper durchpulste. Du wirst sie wieder verlieren, Felix. Mir wurde so schlecht, dass ich das Gefühl, mich übergeben zu müssen, nur mit Mühe unterdrücken konnte.
„Ist dir wieder schlecht, Felix?"
Ich riss mich mit aller Macht zusammen, grinste Helene schräg an und sagte: „Ich dachte nur daran, dass auf jedes Wiedersehen ein Abschied folgt."
Helene legte mir ihren Zeigefinger auf den Mund. „Versprich mir eins, Felix, und schwöre es! Ab sofort gibt es nur uns zwei auf diesem Planeten. Der wird zwar eines Tages sterben, aber kannst du feststellen, dass das hier irgendjemand interessiert?"
Helene zeigte auf ein Pärchen am Strand, das ganz dicht beieinander lag und sich küsste.
Wir schlenderten weiter am Ufer des Sees entlang. Als es dunkelte, gingen wir zurück. Ich führte Helene zu unserem Zelt. Josef saß vor dem Eingang und trank ein Bier.
„Mensch, Felix, wo treibst du ..."
Plötzlich bemerkte er Helene. „Wo hast`n die Kirsche aufgegabelt?"
„Blödmann", knurrte ich.
Helene lachte und sagte: „War wohl eher umgekehrt."

„Hab ich doch schon immer gesagt, der Kerl hat einen Schlag bei den Weibern, dass man vor Neid erblassen könnte", feixte Josef.

„Das ist Josef", und auf Helene deutend, „das ist Helene, eine alte Freundin von mir."

„Das würde ich mir nicht gefallen lassen, Fräulein, das `alte ´ muss er zurücknehmen."

Josef als Kavalier, das war neu. Helene musste ihn schwer beeindruckt haben.

„Was ist, soll ich die Makkaroni warm machen? Reicht auch für drei."

Ich schüttelte den Kopf, aber Helene sagte, dass sie gern mit uns essen würde.

Josef warf den Brenner an, machte zwei Büchsen Nudeln mit Tomatensoße auf und gab sie in den Aluminiumtopf. Ich ging zum Auto und holte drei Flaschen Wernesgrüner. Josef hatte irgendwie einen ganzen Kasten organisiert und vor der Abreise im Auto verstaut.

Wir prosteten uns zu. Josef bat Helene, die Nudeln umzurühren, da er kurz mit mir was zu besprechen hatte.

Er zog mich etwas zur Seite und fragte: „Wenn du mit der Kirsche hier im Zelt pennen willst, Felix, schnapp ich mir meinen Schlafsack und verpiss mich."

„Musst du nicht, Josef, die wohnt im Hotel, und ich bring sie nach dem Essen hin. Trotzdem danke."

Da wir nur zwei Plasteteller hatten, aß Josef aus dem Topf, das heißt, er quatschte mehr als er aß. So aufgedreht hatte ich ihn lange nicht gesehen. Wäre schön, wenn er hier jemand kennenlernen würde, dachte ich, um von diesem Feger Sibylle wegzukommen.

Ich trank mein Bier aus und sah Helene an. „Ich bring dich."

Wir schlenderten schweigend zum Hotel. Mein Innenleben glich einer soliden Wohnung, die von Einbrechern heimgesucht worden war. Ich hatte keine Ahnung, wie ich die Nacht ohne Helene überleben sollte. Vielleicht eine große Flasche Palinka und ein halber Kasten Bier?
„Wir sind da", sagte Helene.
„Geh mit mir zurück zum Strand", sagte ich.
„Geh mit mir auf mein Zimmer", sagte Helene.
„Wie soll das denn gehen, die schmeißen mich hochkantig raus."
„Komm." Helene zog mich zum Eingang. „Setz dich da hinten in die Ecke."
Sie ging an die Rezeption. Es wurde ein kurzes Gespräch, bei dem ein Geldschein diskret seinen Besitzer wechselte. Der ältere Herr sah mich freundlich an und nickte mir zu. Ich stand auf und schlenderte so weltmännisch durch das Vestibül, wie ich mir vorstellte, dass einer schlendern würde, der in den Hotels dieser Welt zu Hause war.
Helene grinste abscheulich.
Dafür kniff ich sie vor den Augen des Rezeptionisten in den Hintern.
Das Zimmer war ein großes Doppelzimmer mit einem großen Doppelbett.
Wieder befiel mich ein Angstgefühl, das meinen Bauch in eine eiskalte Eisenkugel verwandelte.
Reiß dich zusammen, du Idiot. Irgendwann wird die Erde sterben, na und? Interessiert doch keinen.
Ich nahm Helenes Gesicht in meine Hände und sah sie unverwandt an. Helenes Augen wurden feucht, dann begann sie zu weinen. Ihr Schluchzen erschütterte unser beider Körper, und ich spürte, wie jetzt auch bei mir die Tränen liefen.

Wir standen eine Ewigkeit dicht aneinander gepresst und heulten wie die Schlosshunde.

„Wie kann man nur so blöd sein", gluckste Helene halb lachend, halb weinend. „Jetzt, wo ich dich im Arm halte, flenne ich wie eine alte Heulsuse." Sie schob mich von sich weg, griff das Telefon auf ihrem Nachttisch und bestellte eine Flasche Tokajer.

„Geh ins Bad, Felix, und mach dich noch schöner, als du schon bist", lachte sie.

„Hab keinen Schlafanzug dabei."

„Brauchst du neuerdings so was?", grinste sie.

Sie kramte in ihrem Schrank und warf mir so was Ähnliches wie ein Hemd zu. Ich duschte, putzte mir die Zähne wieder mit dem Zeigefinger, nur an Rasieren war nicht zu denken.

Als ich aus der Dusche kam, hielt sich Helene die Hand vor den Mund. Ich sah in den Spiegel. Das Hemd saß prall wie eine Blutwurstpelle und hatte vorn irgendwelche Spitzen oder Rüschen.

„Wenn das Hemd länger wäre, könnte man dich für Ludwig I. halten", lachte Helene.

Ich sprang ins Bett und zog das Ding aus.

Es klopfte.

Helene öffnete die Tür.

Der Torero brachte den Tokajer, machte einen langen Hals, sah mich im Bett und murmelte: „Sehr Schade, Madam."

Als die Tür wieder zu war, sagte ich: „Du siehst, Helene, du hättest auch ohne mich deinen Spaß hier ..."

Helene kam an`s Bett und sah mich bitterböse an. „Sag so was nie wieder, Felix. Was glaubst du, warum ich hierher gefahren bin? Ich will dich und sonst nichts auf der Welt."

Wieder rollten zwei Tränen über ihr Gesicht.

Ich griff ihre Hand und zog sie zu mir herab. „Ich bin und

bleibe ein alter Trottel, Helene. Meine Komplimente sind immer noch ätzender als Ätznatron, aber das fährt eben so aus mir raus."
Ich küsste sie auf die Augen.
Helene wand sich aus meiner Umarmung.
„Schon gut, Felix, du bist halt wie du bist und so liebe ich dich eben." Bei den letzten Worten verschwand sie im Bad.
Ich goss den gekühlten Tokaier in die Gläser und starrte an die Decke.
Mein Gott, wie soll das enden? Ich würde nächste Woche wieder leiden wie ein räudiger Hund mit Hodenkrebs. Helene in Köln und ich in Neustadt und dazwischen Mauern, Selbstschussanlagen, Stacheldraht, Minensperren, scharfgemachte Schäferhunde und Leute wie ich, die auf mich schießen würden oder besser, auf mich schießen mussten. Wenn ich versuchen würde ...
Eine Hand legte sich auf meine Stirn. „Hör auf damit", sagte Helene „und rück ein Stück." Sie hob das leichte Deckbett an und schlüpfte zu mir.
Ich nahm sie in die Arme, drückte sie an mich und wir küssten uns. Es war wie der letzte Kuss zweier Liebenden vor dem gemeinsamen Selbstmord. Wir klammerten uns aneinander, hielten uns fest und heulten wie die Schlosshunde.
Irgendwann spürte ich, dass wir mit unseren Köpfen im Nassen lagen. Wir mussten das Kopfkissen umdrehen.
Ich nahm die Gläser, und wir tranken. Wir tranken hintereinander weg, bis die Flasche leer war.
Und klammerten uns wieder aneinander.
Irgendwann schliefen wir erschöpft ein.
Mitten in der Nacht erwachten wir, begannen uns zu streicheln, und dann liebten wir uns, als wären wir aus Glas.

Allmählich stieg die Temperatur, das Glas begann zu schmelzen, und wir liebten uns wie Menschen.
Wir waren wieder Mensche.

***

Nach dem Frühstück (Helene hatte dafür gesorgt, dass wir gemeinsam im Hotel frühstücken konnten), fuhren wir mit Helenes Käfer auf die Nordseite des Sees. Wir fuhren gemächlich durch wunderschöne Dörfer, machten halt, wanderten durch Weinberge und bewunderten die Mandel- und Feigenbäume in den Gärten. Es musste im Frühling, wenn alles in voller Blüte stand, ein kleines Paradies sein. Gegen Mittag machten wir Rast in einem Dorfgasthaus, aßen eine gut gewürzte Gulaschsuppe und tranken einen leichten Wein dazu.
Ab und zu fasste ich Helene an, um mich zu vergewissern, dass ich nicht träumte. Nach dem Essen wanderten wir durch ein hügeliges Weinanbaugebiet, liebten uns an einer sonnenheißen, verwitterten Mauer hinter einem verwilderten Brombeergebüsch, und es gab nur noch uns zwei im ganzen Universum. Am Nachmittag kehrten wir wieder in den Dorfgasthof zurück, tranken Kaffee und aßen Dobostorte.
Als wir am Hotel ankamen, beschlossen wir, baden zu gehen.
Das Wasser fühlte sich an wie sonnenwarme Seide, und wir liefen weit in den See hinaus. Als es uns bis zur Schulter ging, küssten wir uns. Ich befreite Helene von ihrem Bikini, und Helene streifte meine Badehose ab. Es war ein

unglaubliches Gefühl, nackt im lauwarmen Wasser einen wunderschönen Frauenkörper zu umarmen. Wir rieben uns aneinander, küssten uns unter und über Wasser und waren glücklich wie Kinder, die im Sandkasten spielten.
Auf dem Rückweg besuchten wir Josef.
Und siehe da, er hatte Besuch.
Eine blonde Nymphe saß mit ihm vor dem Zelt.
„Aneta aus Prag", stellte Josef uns seine Eroberung vor.
Idiot, dachte ich. Wieder eine Sibylle, die wahrscheinlich noch einen Zahn schärfer und noch mehr Männern treu ist.
Wir versuchten eine Unterhaltung in Gang zu bringen, aber Aneta konnte kaum Deutsch, und Josef fummelte ständig an ihr herum.
Nach einem Bier gaben wir auf und gingen zum Hotel zurück.
Am nächsten Tag fuhren wir nach Keszthely. Helene wollte unbedingt etwas von Land und Leuten sehen. Mir hätte Helene genügt. Für mich gab es keine schönere Landschaft als die ihre. Doch das Barockschloss Festetics war schon sehenswert, und der romantische Schlosspark lud zum Promenieren ein.
Und zum Küssen.
Und zum Träumen
„Was wäre, wenn wir die Zeit um hundert Jahre zurückdrehen könnten?", sagte ich.
„Dann wäre heute", lachte Helene, „ein Freitag im August 1870."
„Und seit dem 19. Juli würde Deutschland mit Frankreich im Krieg liegen. Nicht unbedingt wünschenswert", ergänzte ich.
Wir schlenderten durch die Fußgängerzone, kauften eine Flasche Balatoni Chardonnay und fuhren noch ein Stück

über Land. Im Schatten eines alten verlassenen Gemäuers breiteten wir eine Decke aus und ließen uns nieder. Helene hatte Salami, Weißbrotscheiben und einige Tomaten aus dem Hotel mitgehen lassen und zwei hübsche Weingläser. Was uns fehlte, war der Korkenzieher, aber ich hatte bisher im Notfall jede Flasche zur Kapitulation gebracht.
Ich hielt den Zeigefinger der rechten Hand auf den Kork und drückte. Es dauerte etwas, dann schoss der Korken in die Flasche und ein guter Spritzer Wein in mein Gesicht. Helene beugte sich zu mir und leckte mir den Wein von Mund und Augen.
Das Ergebnis dieser etwas unkonventionellen Weinverkostung war, dass wir das Essen auf danach verschieben mussten. Als wir wieder zu Atem gekommen waren, goss ich den Wein in die Gläser, und wir tranken den herrlich trockenen Weißwein, aßen Salami, Weißbrot und Tomaten und schliefen Arm in Arm ein.

Dann kam unsere letzte Nacht.
Die Nacht, die nie hätte enden dürfen.
Wir hatten alles durchgesprochen, von Republikflucht bis über Knast und Freikauf.
Weit nach Mitternacht sagte Helene: „Heirate mich."
„In Köln oder Neustadt?", erwiderte ich.
Helene wäre beim Betreten von DDR-Territorium sofort verhaftet worden. Ich hätte einen Ausreiseantrag stellen müssen. Wäre sicher ein gefundenes Fressen für Glatze und Lederjacke gewesen. Ich wusste, wie Leute schikaniert wurden, die die DDR verlassen wollten. Hätte ich noch in Kauf genommen, wenn es zeitliche Begrenzungen gegeben hätte.
Gab es aber nicht.

Die konnten mich jahrelang im eigenen Saft schmoren lassen.
Ich verließ das Hotel im Morgengrauen. Ein langer Abschied hätte uns beide umgebracht.
Am See, über den leichte Nebel wallten, setzte ich mich auf eine Bank. Ich fühlte mich wie ein Toter in den Katakomben von Rom.
Plötzlich hob sich mein Magen und ich kotzte, bis nur noch Galle kam. Als ich wieder Luft kriegte, watete ich in den See hinaus. Ich blieb bis zum Hals im Wasser stehen und sah in den verhangenen Himmel.
„Hilf mir, wenn es dich gibt", murmelte ich. Ich wusste, dass es IHN nicht gab, aber komisch war es schon, dass man in großer Not den anflehte, von dem man wusste, dass es ihn nicht gab.
Geh zum Zelt, Felix, oder du kriegst eine Macke.
Ich watete aus dem Wasser, fror wie ein junger Hund und lief zum Zelt. Ins Zelt rein war blöd, denn da lag bestimmt Aneta in Josefs Armen, aber ich brauchte trockene Klamotten. Ich zog den Reißverschluss leise nach unten.
Keine Aneta, nur ein zusammengeringelter Josef.
Ich kramte in meinen Sachen, fand Unterwäsche, einen Pullover und eine Trainingshose.
„Aneta?", kam es schlaftrunken von Josef.
„Keine Aneta, ich bins", knurrte ich.
Als ich in meinem Schlafsack lag und allmählich wieder warm wurde, erfuhr ich Josefs kurze Geschichte.
Aneta hatte gegen Abend heulend am See gesessen, und Josef hatte sich zu ihr gesetzt. Mit Händen und Füßen hatte sie ihm verständlich gemacht, dass ihre Freundin aus Lidice, die das Zweimannzelt in ihrem Rucksack hatte, noch nicht angekommen war. Der gute Josef bot ihr meine Luft-

matratze und meinen Schlafsack an.
Seine Annäherungsversuche in der ersten Nacht wurden kategorisch abgewiesen.
Die in der zweiten Nacht nicht.
„Stell dir vor, Felix, die Kirsche hatte sogar Pariser dabei. Die hat beim Vögeln so laut geschrien, dass ich ihr den Mund zuhalten musste. War sensationell, was die mit mir gemacht hat."
„Und wo ist diese Aneta jetzt?", fragte ich, obwohl mir das völlig egal war.
„Hat gestern ihre Freundin getroffen und ihre Klamotten bei mir geholt. Das Blöde war nur, dass ich sie gegen Abend mit einem Kerl gesehen habe. Sah nicht so aus, als ob die sich erst seit einem Tag kannten. Die verdammte Schlampe hat mich nur zur Überbrückung gebraucht."
Pause.
„Aber geil war die Alte, das kannst du dir nicht vorstellen."

Ich erwachte gegen Mittag, und das ganze Elend stürzte wieder mit voller Wucht auf mich nieder.
Mein Magen hob sich, als ich an Helene dachte, aber es war nichts mehr drin.
Vor dem Zelt saß Josef, sah in den Himmel und trank Bier.
Ich griff nach einer Flasche, aber Josef nahm sie mir weg.
„Iss erst was, bevor du zu saufen anfängst."
Er reichte mir einen Teller Makkaroni mit Tomatensoße.
Ich würgte die ersten Löffel runter, aber das Zeug wollte wieder hoch. Josef hielt mir die Kornflasche hin, und ich nahm einen kräftigen Hieb.
„Iss weiter", fuhr er mich an, als ich einen zweiten Schluck nehmen wollte.
Wir tranken dann bis zum Abend, ich kotzte noch

mehrmals, und als es dunkelte, war ich so besoffen, dass Josef mich ins Zelt bugsieren musste.

***

Bornholm, Schweden, Lübecker Bucht, ich wäre nach einer halben Stunde ersoffen. Manch einer soll es geschafft haben.
Mit dem Ballon in den Westen. Allein ein Ding der Unmöglichkeit.
Fluchttunnel, präparierter PkW, mit Gewalt durch die Mauer, über die grüne Grenze, alles sinnlose Träumereien.
Ich träumte trotzdem davon.
Jede Nacht.
Es begann, mich aufzufressen.
Ausreiseantrag stellen. Letzter Ausweg. Es hätte kein Zurück mehr gegeben.
Ende August bekam ich Besuch.
Lederjacke, mein Freund von den Sicherheitsnadeln.
Mit einer Flasche Bols Alter Weinbrand.
Er sah sich in meiner Bude um, grinste und sagte: „Hat auch schon komfortabler gewohnt, der Herr Pädagoge."
„Hat er tatsächlich", sagte ich, „ist aber schon ein Weilchen her."
„Wie läufts in der sozialistischen Produktion?"
„Gut, kann nicht klagen."
„Keine Sehnsucht nach der Schule?"
„Nein wäre gelogen", sagte ich.
Lederjacke knallte die Flasche auf den Tisch und ließ sich in meinen Lesesessel fallen. „Wenn man jetzt zwei Gläser

hätte, könnte man vielleicht auf die vergangene Urlaubssaison anstoßen."

Ich griff zwei Schwenker aus dem Schrank, den ich mir im Frühjahr zugelegt hatte, und Lederjacke goss ein.

„Auf das schöne Ungarland." Er sah mich an ohne mit der Wimper zu zucken.

Ich kippte den Weinbrand hinter, ohne etwas zu sagen.

„Man staunt immer wieder, wer sich so alles am Balaton trifft. Dieser Geruch nach einer scheinbaren Freiheit, die es in Wirklichkeit nur hier gibt, hat schon manchen auf dumme Gedanken gebracht."

Lederjacke grinste heimtückisch und goss die Gläser wieder voll.

Der Idiot musste unter die Hellseher gegangen sein.

„Mein Begriff von Freiheit wird sicher nicht mit ihrer Vorstellung von Freiheit übereinstimmen", sagte ich. „Artikel 8: Persönliche Freiheit, Unverletzlichkeit der Wohnung, Postgeheimnis, sich an einem beliebigen Ort niederzulassen, sind gewährleistet ..."

„Die Staatsgewalt", unterbrach mich Lederjacke, „kann diese Freiheiten einschränken oder entziehen."

„Was für ein Glück, dass wenigstens noch die Gedanken frei sind." Sei auf der Hut, Felix, dachte ich im selben Moment.

„Es gibt zeitlich begrenzte Epochen", bekam ich als Antwort, „da muss der Staat manchen seiner Bürger ganz einfach zu seinem Glück zwingen."

Leck mich doch am Arsch, dachte ich.

„Selbst am Balaton ist nicht alles so, wie es zu sein scheint."

Was kommt da noch, dachte ich.

„Man staunt, wer sich dort alles mit wem trifft. Selbst

Leute, die bösartig unseren Staat verraten haben, nutzen das ungarische Territorium, um unter dem Vorwand, eine alte Liebe aufzufrischen, konterrevolutionäre Kontakte zu erneuern."

Die Schweinehunde haben uns beobachtet.

„Leicht nachvollziehbar, dass allein stehende Männer den erotischen Reizen einer schönen Urlaubsbekanntschaft mit Leib und Seele verfallen und auf dumme Gedanken kommen."

Ich schwieg weiter.

„Selbst von Heirat ist da manchmal die Rede."

Wanzen im Hotelzimmer, anders konnte das nicht gelaufen sein. Diese elenden Sauhunde wussten alles.

„Stimmt", sagte ich.

Lederjacke goss die Gläser erneut voll.

„Prost auf die Liebe und die schönen Frauen auf dieser Welt."

Ich goss den Bols hinter, straffte mich und sagte: „Was wollt ihr?"

„Für den Fall, dass eine gewisse, sehr aufgeschlossene und schnell Kontakte knüpfende Person zu einer, sagen wir, für beide Seiten nützlichen Zusammenarbeit bereit wäre, könnte für besagte Person eine in den Sternen liegende Vermählung mit einer sehr schönen weiblichen Person in greifbare Nähe gerückt werden."

„Und besagte schöne weibliche Person wäre dann keinerlei Repressalien diesseits des antifaschistischen Schutzwalls ausgesetzt?"

Ich sah das kurze Zögern in den Augen der Staatssicherheit und wusste Bescheid.

„Es gäbe keinerlei Repressalien."

Die Antwort kam zu spät.

Ich wusste, dass sich Helene eher umgebracht hätte, als noch einmal ins Gefängnis zu gehen.
„Andererseits gibt es die Möglichkeit, falls an unserer Loyalität gezweifelt werden sollte, dass besagte, kontaktfreudige Person die Seiten wechselt. Auch was in Köln und Umgebung passiert, kann für uns und die Erhaltung des Weltfriedens von Bedeutung sein."
Die würden mich rüberlassen, wenn ich von dort aus für sie spioniere und denunziere, dachte ich. Mach das, Felix und wenn du drüben bist, können die dich mal.
„Eine solche Abmachung wäre allerdings bindend, für beide Seiten. Eine einseitige Aufkündigen hätte unangenehme Folgen. Es sind schon Leute mit unserer Hilfe zurückgekommen, die daran nicht einmal im Traum gedacht hatten."
Mir fielen einige spektakuläre Entführungen von West nach Ost ein. Riesiges Mediengerassel auf der anderen Seite, und das wars dann. Einer von den Rückkehrern soll in Moskau hingerichtet worden sein, erinnerte ich mich dunkel.
„Alles ist vergänglich", sagte ich, „am Abend geht der Tag zu Ende und am Morgen die Nacht. Ebbe wird von Flut abgelöst, auf den Herbst folgt der Winter, die Blätter fallen vom Baum und neue Blätter wachsen nach und mit der Liebe ist es ähnlich. Sie kommt und geht, und wenn sie gegangen ist, kommt eine neue."
„Also keine Hochzeit?" Lederjacke sah mich fragend an.
„Keine Hochzeit!", sagte ich.

***

Am Dienstag begann der Lehrgang. Holzapfel hatte einen Raum im Verwaltungsgebäude requiriert und mit Bänken, Stühlen und einer transportablen Wandtafel ausstatten lassen. 21 junge Damen und Herren saßen erwartungsvoll auf ihren Stühlen und harrten der Dinge, die auf sie zukommen würden.

Ich war hochgradig nervös. Hatte das letzte Mal vor einem Jahr vor einer Klasse gestanden, und hier handelte es sich außerdem um Erwachsene oder solche, die sich dafür hielten, wie ich bald erfahren sollte.

„Was würde uns fehlen, wenn es die Chemie nicht gäbe?", schrieb ich an die Tafel.

Langes Schweigen.

Dann rief Josef: „Bier und Schnaps."

Adam brüllte begeistert: „Am Bahnhofsautomaten gäb`s keine Pariser, weil die aus Gummi sind."

„Alte Sau!", rief ein blondes Mädchen.

„Keine Lippenstifte", sagte Sibylle und zog sich die Lippen nach.

„Keine Seife", rief ein Blondkopf.

„Die würdest du aber am allerwenigsten vermissen"; feixte seine Banknachbarin und hielt sich die Nase zu.

So langsam musst du einen anderen Gang einlegen, Felix, sonst denkt die Truppe, dass das eine reine Spaßveranstaltung ist.

Ich hob eine Flasche Kochsalz mit der Beschriftung **Natriumchlorid** und der Formel **NaCl** hoch.

„Kochsalz", rief eine junge dunkelhaarige Schönheit aus der letzten Reihe.

„Wer kennt noch andere Salze", fragte ich.

„Zucker", rief Adam.

Die Truppe brüllte vor Lachen.

„Ihr seid doch blöd", verteidigte sich Adam. „Sind doch genau solche weißen Kristalle wie Salz.
„Vom Aussehen her hat er recht", half ich Adam, „aber trotzdem ist Zucker kein Salz."
„Viehsalz."
„Auftausalz."
„Glaubersalz zum Scheißen."
Das reicht, dachte ich.
„Bleiben wir beim Kochsalz. Kann mir jemand sagen, aus welchen Elementen es besteht?"
Schweigen.
Dann von ganz hinten die zarte Dunkelhaarige: „Aus dem Element Natrium und dem Element Chlor. Die beiden Atome schließen sich zu einem Molekül zusammen."
Erneutes Schweigen.
Dann rief Adam: „Mensch, die Kirsche weiß zu viel, die kommt in die Brühe."
Alle lachten.
Die junge Dame wurde rot und sah verlegen aus dem Fenster.
„Aber sie hat recht", sagte ich. „Kennt hier einer vielleicht den Unterschied zwischen Atom und Molekül oder Ion und Atom?"
Nichts.
Ich sah in die letzte Reihe und blickte in zwei strahlend blaue Augen, die in einem wahnsinnigen Kontrast zu den fast pechschwarzen Haaren standen.
„Ich weiß es, aber ich sage es nicht", murmelte das Mädchen.
Jetzt war meine Zeit gekommen.
„Also hört zu", fing ich an und musste innerlich grinsen. Immer wenn es um grundlegende Dinge ging, fing ich mit

`Also` an.
„Also wir machen folgendes: Es wird grundsätzlich keiner ausgelacht, da jeder mal was Dummes von sich gibt. Wer gegen diese Regel verstößt, zahlt eine Mark in ein Sparschwein. Einverstanden?"
Kopfnicken.
Ich zeichnete das Modell eines Natrium-und eines Chloratoms an und stürzte die ganze Bande kopfüber in den Atombau.
Doch bevor ich richtig loslegen konnte, war die Doppelstunde um.

***

Am nächste Tag kam Holzapfel in die Fällung. Er bot mir wie immer eine F6 an, wir setzten uns auf meine Frühstücksbank und rauchten.
„Volltreffer", sagte er nach einer Weile.
Ich sagte nichts.
„Der Truppe gefällt dein Unterricht."
„Abwarten, bis es ernst wird", sagte ich. Die erste Unterrichtsstunde seit über einem Jahr hatte mir gutgetan. Nach dem Urlaubsglück und dem Abschiedselend spürte ich wieder Boden unter den Füßen. Der Schmerz und das Gefühl, im luftleeren Raum zu schweben, ließ allmählich nach.
„Wer ist eigentlich diese Christiane?"
„Felix, Felix, es gibt Katzen, die lassen das Mausen nicht. Die junge Frau ist als Laborhelferin für eine gewisse Brigitte eingestellt worden."

„War nur so`ne Frage, weil die allerhand wusste."
„Hat die Lehre zum Chemiefacharbeiter im zweiten Lehrjahr abgebrochen."
„Aha."
„Mal was ganz anderes, Felix, ich hätte dich gern in unserer Zunft. Du weißt, in absehbarer Zeit wird die Laborleiterstelle frei. Solltest du dich entschließen zu bleiben, wäre das eine echte Alternative für dich. Gut wäre allerdings, du würdest Genosse. "
„Vergiss es, Dietrich, ich will unter allen Umstände in die Schule zurück, und um Karriere zu machen in die Partei einzutreten ist nicht."
Ich war aufgestanden.
Holzapfel erhob sich ebenfalls. „Du sollst nur mal drüber nachdenken, Felix, ist keine Entscheidung von heute oder morgen."

***

Die Tage und Wochen liefen wie Sand durch eine Eieruhr und das Dumme daran war, dass man die Zeit nicht auf den Kopf stellen und zurücklaufen lassen konnte.
In der zweiten Unterrichtsstunde stand auf meinem Tisch ein Sparschwein. Der Lehrgang lief, und es machte mir Spaß, aber irgendwas fehlte.
Ich hatte im September einen Termin mit Hartmann von der Abteilung Volksbildung, aber das Ergebnis war niederschmetternd. An meine alte Schule wollte ich nicht zurück, und das wollte Hartmann ebenfalls nicht.
Ich wollte ganz weg aus dieser Kuhbläke, in eine größere

Stadt, in einen anderen Bezirk. Das setzte jedoch voraus, dass von dort ein Lehrer in den hiesigen Bezirk wechselte.
Die Chancen standen schlecht.
„Ihre Zeit in der sozialistischen Produktion ist ja auch noch nicht um," meinte Hartmann lapidar.
Nach dieser niederschmetternden Nachricht rief ich Roswita an.
„Samstag?
„Samstag ist immer gut", sagte sie.
Ich brauchte dringend eine seelische und hormonelle Aufmunterung, aber fast wäre es ein Schuss in den Ofen geworden.
Bei mir ging überhaupt nichts.
Jedes Mal, wenn ich Roswita küsste, sah ich Helene vor meinem inneren Auge, und mir wurde hundeelend. Roswita gab sich alle Mühe mit mir, aber es ging nicht.
Vielleicht war ich vor Kummer impotent geworden?
Wir machten das Beste daraus und betranken uns fürchterlich. Die Flasche Stonsdorfer war fast leer und ich blieb über Nacht.
Ich erwachte von einer Hand, die sich an mir zu schaffen machte.
„Weißt du, wie spät es ist?", fragte Roswita.
„Keine Ahnung", murmelte ich und meine Stimme klang wie eine alte Kellertür, die in verrosteten Scharnieren schwang. Ich griff die halb volle Flasche Bier, die auf dem Nachttisch stand und trank sie auf einen Zug leer.
Roswita rückte ganz dicht an mich heran. Sie war nackt und warm. Ich zog ihren Oberkörper leicht über mich und drückte mein Gesicht zwischen ihre Brüste. Sie glitt langsam auf mir nach unten.
Gott sei Dank, ich war doch nicht impotent.

Roswita wusste genau, was mich auf andere Gedanken brachte, oder besser, was zu sofortiger Gehirnleere führte. Als meine Atmung sich wieder beruhigt hatte, sagte Roswita: „Kommst du am Mittwoch mit?"
„Was? Wohin?"
„Mann, Felix, wolltest du nicht deine Manuskripte vorstellen, am Mittwoch ist Zirkeltag."
„Entschuldige, hab ich glatt vergessen, aber das geht mir zu schnell."
„Feige?", grinste Roswita.
„Vielleicht", sagte ich. In Wirklichkeit war die Afrika-Story nichts Anderes als ein Fragment, und an meiner Elchgeschichte war noch eine Menge zu tun. Das einzig Vorzeigbare wäre die Russen-Pferd-Geschichte gewesen, aber da hätte ich garantiert wieder irgendeine Lederjacke am Hals gehabt.

***

Am Sonntag Abend setzte ich mich hin und nahm mir die Geschichte von Panje, dem Russenpferd, wieder vor. Eins war klar, wenn ich nicht verblöden oder im Suff zugrunde gehen wollte, musste ich wieder schreiben. Acht Stunden Schicht, zweimal zwei Doppelstunden Unterricht – der Rest Kneipe. Die Abende allein in meiner Bude, das war nicht unbedingt das Wünschenswerteste für einen Mann von Anfang dreißig.
Ich las, was ich bisher geschrieben hatte. Der arme Panje wurde von der vollbusigen Anni mit dem Vorschlaghammer erschlagen und portionsweise an die Hausbewohner verteilt.

Ich schrieb weiter: *Als wir in den Hof kamen, war dort der Teufel los.*
"Wo ist Pferd?", schrie der russische Major. Sein Kopf war puterrot und drohte zu platzen. Am Hofeingang standen zwei Soldaten mit schussbereiten Maschinenpistolen. "Wo ist Pferd?", tobte der Major weiter. Der Kopf war inzwischen blaurot.
"Wenn Pferd nicht da, alle Weiber ...!", schrie der Major außer sich. Dabei stand ihm der Wutgeifer auf den Lippen, und er fuhr mit dem Zeigefinger der rechten Hand in dem Loch, das er mit Daumen und Zeigefinger der anderen Hand gebildet hatte, raus und rein.
Er schien kurz vor einem Schlaganfall.
Mein Vater trat einen Schritt vor und sagte: "Was Pferd?"
Das war zu viel. Der Major stürzte sich wie ein wilder Pavian auf meinen Vater und nestelte an seiner Pistolentasche.
Anni trat dazwischen und sagte: "Ich dir zeigen Pferd, komm!" Dabei nestelte sie an den Knöpfen ihrer Bluse, drehte sich um und ging mit schaukelnden Hüften in Richtung Haustür. Der Major rief den Muschkoten einen Befehl zu und folgte Anni.
Der Hof leerte sich. Wir setzten uns auf die Bank, die neben der Aschengrube stand.
"Möchte wissen, was die mit dem Major macht?", grübelte Ecki.
Ich hatte keine klare Vorstellung, was da ablaufen könnte, sagte aber trotzdem:" Die wird sich pimpern lassen."
Ich legte den Bleistift weg und dachte mich weiter in die Geschichte hinein, die ja zum großen Teil auf eigenen Erlebnissen beruhte.
Ecki hatte damals die verrückte Idee gehabt, den Major und

Anni zu beobachten, um endlich rauszukriegen, was zwischen Mann und Frau so ablief und wie die Kinder gemacht wurden.
Wir kannten natürlich alle schweinischen Begriffe, die wir von den Großen aufgeschnappt hatten, aber Genaueres wussten wir eben nicht.
Humpel, unser Vorbild, hatte erzählt, dass die Kinder unten aus dem Loch bei den Frauen herauskämen.
Das Hinein interessierte uns allerdings mehr.
Wir hatten ein Guckloch in den Kleiderschrank gebohrt, der den Dachboden von Annis Zimmer trennte, und als der Major kam, saßen wir im Schrank.
Wir sahen fasziniert zu, was der Major und Annie machten.
Der Major hatte seine Hose heruntergelassen, und Anni stopfte sich das gewaltig angeschwollene Ding des Majors in den Mund.
Als der Major zu keuchen anfing, musste Ecki niesen.
Wir bekamen einen fürchterlichen Tritt in den Hintern und flogen mit Karacho auf den Dachboden.
Eines wussten wir seitdem. Die Kinder gelangten durch den Mund der Frau in ihren Bauch, wurden dort ausgebrütet und kamen nach vielen Monaten unten wieder raus.

***

Weihnachten.
Roswita hatte mir angeboten, die Feiertage mit ihr und den Kindern zu verbringen, die ich inzwischen kennen gelernt hatte, aber das war mir zu heiß. Eine solche Nähe würde Hoffnungen nähren, die ich keinesfalls bereit war zu

erfüllen. Ich quälte mich immer noch mit dem Gedanken herum, nach drüben zu gehen. Nimm das Angebot von Lederjacke an, heirate Helene und verschwinde mit ihr nach Kanada. Dort kriegen die dich nie. Die Frage war nur, was sollte ich dort machen, wovon sollten wir leben?
Die wirklich entscheidende Frage war allerdings eine ganz andere. Wollte ich überhaupt hier weg? Klar ging mir vieles gegen den Strich, das dumme, großkotzige Gefasel von der Weltfriedensrettungsmacht DDR, diesem Fliegenschiss auf dem Globus. Die ständig erfüllten und übererfüllten Pläne in Industrie und Landwirtschaft, und im Gemüseladen lagen verdreckte Möhren und leicht angegammelte Weiß-und Rotkohlköpfe, und die Wartezeit für einen Trabi lag zwischen zehn und fünfzehn Jahren.
Arbeite mit! Plane mit! Regiere mit! So ein Scheiß.
Durch die Freundschaft mit der Sowjetunion zu Einheit, Frieden und Wohlstand.
Die Russen hatten DDR übersetzt: **D**awei, **D**awei, **R**aboti.
Erich Apel, Vorsitzender der Staatlichen Planungskommission, hatte statt zur Feder zur Pistole gegriffen und sich lieber erschossen, als den ausgehandelten Knebelvertrag mit den Russen zu unterschreiben.
Schöner unsere Städte und Gemeinden. Graue Fassaden, abgebröckelter Putz, marode Dächer, Wohnungsnot an allen Ecken und Enden.
Und trotzdem würde ich lieber hierbleiben.
Ich wusste, dass ich viel zu feige war, den großen Schritt zu wagen.
Verdammte Wurzeln. Die meisten Leute hatten sich arrangiert und machten das Beste aus der Mangelwirtschaft. Jeder hatte irgendwelche Beziehungen zu irgendwas. Wer sich anpasste und nur hinter vorgehaltener

Hand meckerte, kam schon einigermaßen zurecht.
Also fuhr ich über Weihnachten zu meinen Eltern. Vater war über die Feiertage aus dem Krankenhaus entlassen worden. Es sah nicht gut aus. Die Ärzte planten einen künstlichen Darmausgang.
Die Worte `elende Scheiße` bekamen hier ihre wahre Bedeutung. Er trank kein Bier, rauchte keine Zigarette, aber an allem, was mit Politik zusammenhing, war er wie immer interessiert.
Polen! Da war der Teufel los.
„Dieser Gomulka hat doch nicht alle Tassen im Schrank. Wie blöd muss einer sein, der kurz vor Weihnachten noch die Lebensmittelpreise drastisch erhöht?", schimpfte mein Vater.
„Der war so von seiner Macht überzeugt", sagte ich, „dass er nicht im Traum daran gedacht hat, dass seine sozialistischen Werftarbeiter auf die Barrikaden gehen könnten."
„Die haben ihm jedenfalls was gehustet, aber nicht damit gerechnet, dass der Sauhund auf seine eigenen Leute schießen lassen würde."
„Was ihm letzten Endes das politische Genick gebrochen hat", ergänzte ich.
„Das reicht", fuhr meine Mutter dazwischen, „es ist Weihnachten, meine Herren."
Es war ein anderes Weihnachten als sonst. Die Stimmung war gedrückt, Vater schlief viel, und meine Mutter hatte rotgeweinte Augen.
Ich fuhr am zweiten Feiertag zurück. Ganzauge hatte für die Röstöfen über die Tage zwischen Weihnachten und Neujahr Leute gesucht. Die Öfen mussten laufen, egal ob Tag der Republik oder 1. Mai war. Ich hatte mich für die Spät-

schichten, einschließlich Silvester, gemeldet.
Johann kreuzte am 31. schon gegen neun Uhr auf.
„Kannst langsam abhauen Felix, die Weiber im Cafe Central warten schon auf dich", grinste er mich an.
War gar keine so schlechte Idee. Was sollte ich mit einer Flasche Doppelkorn in meiner Bude hocken und mich ins neue Jahr hineinsaufen.
Ich fuhr nach Hause, machte mich schön, nahm zum Aufwärmen noch einen Doppelten und stiefelte Richtung CC. Die Stimmung war schon heftig. Es gab keinen Einlassdienst mehr und ich ging einfach rein und hoch zur Bar, vor der ein unglaubliches Gedränge herrschte. Ich drängelte mich langsam bis zum Tresen durch und bestellte mir bei der üppigen Bardame einen Manhatten. Dann ging ich raus auf die Balustrade und sah von oben in das wüste Gerammel auf der Tanzfläche. Tabakschwaden waberten durch den Saal, auf der Bühne schwitzten die fünf Musiker, und eine aus der Entfernung äußerst attraktiv aussehende dunkelhaarige Sängerin sang „Martin" und versuchte ziemlich erfolgreich die Mathieu zu kopieren.
Als die Kapelle Pause machte, sah ich Josef an einem Tisch und, ich traute meinen Augen kaum, mit Sibylle. Das Weib sah superscharf aus. Blonde Mähne und einen Ausschnitt, bei deren Anblick sich eine Lakrizschnecke aufgerollt und betonhart geworden wäre.
Josef hatte mich ebenfalls erspäht, tippte Sibylle auf die Schulter und zeigte nach oben.
Beide winkten, ich sollte runterkommen.
Ich drängelte mich durch die Tische. Josef hatte von irgendwoher noch einen Stuhl organisiert und ich setzte mich.
„Kennste den?", fing Josef, der ständig die neuesten Witze

auf Lager hatte, sofort an. Sibylle verdrehte gelangweilt die Augen. „Treffen sich ein Ami, ein Russe und ein einer aus der DDR. Sagt der Ami: Bei uns in Amerika gibt es Wälder, die sind so groß, dass du, wenn du am Morgen reingehst, erst am Abend wieder rauskommst.
Sagt der Russe: Ist doch gar nichts. Wenn du bei uns in Sibirien in den Wald gehst, kommst du frühestens in einer Woche wieder raus. Der aus der DDR feixt und sagt, ist doch gar nichts. Bei uns sind die Russen fünfundvierzig in die Wälder rein …"
„Tanzt du mit mir, Felix?" Sibylle war aufgestanden und sah mich fordernd an. Ich erhob mich und wir gingen zur Tanzfläche. Die Kapelle spielte „Rauchen im Wald ist verboten", und wir legten los. Die Sängerin war wirklich gut, das Dumme war nur, dass Sibylle mitsang. Bei `Rauchen im Wald ist verboten, doch Küssen ist erlaubt` zog sie meinen Kopf zu sich heran und küsste mich. Dabei war ihre Zunge so schnell in meinem Mund, dass ich keine Chance gehabt hätte, es zu verhindern. Ich zog meinen Kopf schnell zurück, denn das war mir doch sehr unangenehm vor Josef.
Dann kam irgendein Tango, und ich war geliefert. Bei jeder Drehung schob Sibylle ihren Oberschenkel zwischen meine Beine und presste abwechselnd ihre Brüste an meinen Oberkörper.
Mir wurde heiß. Ich dachte an Kalklöschen und Ton ausladen, aber es half nichts. Ich hatte ein Rohr in der Hose, dass ich nicht wusste, wie ich an den Tisch zurückkommen sollte.
„Hör auf damit, Sibylle," sagte ich.
„Wenn du mal kurz mit mir rausgehst, könnte ich dir aus der Not helfen." Sie sah mich mit einem Glitzern in den Augen

an und drückte ihre Zunge so gegen ihre Wange, dass dort eine Beule entstand.
Gott sei Dank, spielte die Kapelle einen flotten Fox und ich ging auf Abstand.
Ich brachte Sibylle zum Tisch zurück, hörte noch wie Josef seinen Witz zu Ende brachte „...und sind bis jetzt noch nicht wieder raus."
Ich machte, dass ich wieder hoch zur Balustrade kam, holte mir noch einen Manhatten und sah mir das Treiben vorsichtshalber weiter von oben an.
Punkt zwölf kam der Tusch von der Bühne, und alles fiel sich in die Arme und küsste sich. Ich fand das schon immer ziemlich blöd, ging runter und vor den Eingang.
Dasselbe Affentheater.
Ich ging ein paar Schritte die Straße hoch, war sauer und wusste nicht warum. Lag wahrscheinlich daran, dass ich solo war und gestern einen Brief von Helene erhalten hatte. Sie plante jetzt schon für das kommende Jahr 14 Tage Balaton. Ob ich Liebe einmal im Jahr auf Dauer verkraften würde, war unklar.
Ich kehrte um, ging wieder hoch an die Bar und bestellte mir eine Grüne Wiese.
Plötzlich ein Tusch und von unten wurde `Damenwahl` verkündet.
Gott bewahre mich vor Sibylle, dachte ich und dann passierte es.
Christiane, das schwarzhaarige, bildschöne Mädchen aus dem Kurs lächelte mich an und sagte: „Darf ich den Herrn zum Tanz bitten?"
„Aber gern", sagte ich.
Mir fiel der Spruch von den dümmsten Bauern und den größten Kartoffeln ein. Mannomann, was war das für eine

Kirsche. Wir gingen die Treppe runter und zur Tanzfläche. Als sie vor mir ging, schien sie einen winzigen Gehfehler zu haben. Das rechte Bein. Irgendwas stimmte damit nicht.
Sie drehte sich zu mir um und sagte: „Ich hoffe, es stört dich nicht , dass ich hinke."
„Hab nichts davon gemerkt", log ich und nahm sie in den Arm. Die Kapelle spielte Adamos `Träne auf Reisen` und der Saxophonist sang.
Christiane bewegte sich leicht wie eine Flaumfeder im Sommerwind. Wir glitten über das Parkett, als wären wir ein eingespieltes Tanzpaar. Sie spürte jeden meiner Schritte im Voraus und reagierte auf meine Handbewegung wie ein Seismograph auf die leichteste Erderschütterung.
Es war ein unglaublicher Tanz. Fast war es ein Schweben. Wir sprachen kein Wort miteinander, und ich passte meine Bewegungen voll und ganz der Musik an. Als der Tanz zu Ende war, sah mich Christiane an und sagte leise: „Danke."
Ich war so verlegen, dass ich leicht dümmlich lachte und sagte: „Geht gleich weiter."
Es ging weiter – mit Je T`aime.
Christiane legte sich in meine Arme, und dann hörte die Welt auf zu existieren. Wir tanzten noch, als die Kapelle schon aufgehört hatte. Die ersten Gäste an den Tischen lachten und einige klatschten.
Wir lösten uns voneinander. Christiane reckte sich leicht nach oben, gab mir einen Kuss auf die Wange und flüsterte: „Es war wunderbar."
„Komm mit hoch", sagte ich „oder bist du nicht allein?"
„Meine Freundin ist mit, aber die hat einen Tänzer gefunden."
Ich bestellte zwei Grüne Wiese und wir setzten uns an ein frei gewordenes winziges Tischchen.

„Hab noch nie mit jemand getanzt, der sich so phantastisch bewegt wie du", sagte ich.

„Schmeichler", lachte Christiane, „ich hab noch nie mit jemand getanzt, der so einfühlsam führt wie du."

„Schmeichlerin. Prost, auf das schönste Tanzpaar der östlichen Hemisphäre."

Wir tanzten jeden Tanz und hätten sicher bis in den Morgen hinein getanzt, aber leider hörte die Kapelle gegen 2.00 Uhr auf zu spielen.

„Bringst du mich nach Hause?" Christiane sah mich leicht verlegen an.

„Unter einer Bedingung", sagte ich, „du singst und wir tanzen die Straßen entlang."

„Unsere Straße hat leider mehr Schlaglöcher als Asphalt", lachte sie.

„Dann muss es eben eine Polka sein." Ich nahm ihren Arm, und wir marschierten los.

Du bist verrückt, Felix. Betriebspoussagen bringen fast immer Ärger und der Altersunterschied, Hilfe. Ich schätzte das Mädchen auf achtzehn, maximal neunzehn.

„Woran denkst du?", riss mich Christiane aus meinen Gedanken.

„An das schönste Mädchen, das ich heute nach Hause bringe."

„Lügner."

Sie drückte meinen Arm. „Es war wunderschön, Felix. Wenn du Lust hättest und dich mein Hinken nicht stört, würde ich gern wieder mal mit dir zum Tanz gehen."

„Hör mir gut zu, Christiane, wenn du noch einmal sagst, du würdest hinken, spreche ich kein Wort mehr mit dir. Die meisten Frauen auf diesem Planeten würden sich glücklich schätzen, wenn sie deine Figur und deinen Gang hätten. Das

Problem ist nur der große Altersunterschied. Was willst du mit so einem alten Knacker, wenn dir die jungen Männer reihenweise zu Füßen liegen?"
„Die liegen mir nicht zu Füßen", lachte Christiane, „die trampeln mir höchstens darauf herum. Und, mein Herr, so jung wie ich möglicherweise aussehe, bin ich nicht mehr. Hab die 22 hinter mir gelassen."
„Zeig deinen Ausweis!", sagte ich todernst.
Christiane griff in ihre Handtasche.
„Um Gottes Willen", sagte ich, „war nur Spaß."
Unter einer Laterne begann Christiane leise zu singen, fasste mich an, und wir tanzten wie Motten ums Licht. Ich wünschte, die Nacht würde nie enden.
Ein Betrunkener hätte uns beinahe umgerissen.
„Hast`e `ne Lunte für mich, Kumpel?"
Ich gab ihm meine halb volle Schachtel Club.
Der Traum war aus, die Nacht vorbei.
„Das dritte Haus", sagte Christiane.
Vor der Hecke blieben wir stehen. Ich hätte sie für mein Leben gern in den Arm genommen, aber da war der Betrieb, in dem wir beide arbeiteten, da war der Lehrgang. Das wird nur Brühe, Felix, und dieses Mädchen zu veralbern, ging nicht. Das spürte ich.
„War ein wunderschöner Abend mit dir, Christiane", sagte ich.
„Danke, Felix." Sie zog meinen Kopf zu sich und gab mir einen leichten Kuss auf den Mund.

***

Der Zeit-Punkt ist der Punkt, der sich von der Vergangenheit weg und auf die Zukunft zubewegt.
Wie sah mein Zeit-Punkt aus?
Nicht schlecht, zum jetzigen Zeit-Punkt, aber auch nicht besonders rosig.
Die Arbeit war Routine geworden.
Der Kurs lief ausgezeichnet.
Das Geld stimmte.
Wie sah meine Zukunft aus?
Beschissen rechts ran, hätte Josef gesagt.
Meine Rückkehr in den Schuldienst lag in den Sternen, und in der Liebe stimmte überhaupt nichts.
Christiane raubte mir den Schlaf.
Helene machte mir ein schlechtes Gewissen.
Nachts in meinen Träumen ging es drüber und drunter. Wenn ich Helene küsste, schob sich immer öfter das Bild von Christiane dazwischen, und ab und zu tauchte noch Jo auf, was aber immer seltener geschah.
Ich hatte das dumme Gefühl, dass ich in Christiane verliebt war. Sie benahm sich im Unterricht, als wäre nie etwas zwischen uns gewesen. War ja eigentlich auch nichts.
Klar war was.
Warum sehnst du dich danach, sie im Arm zu halten und mit ihr durch eine laue, mondhelle Sommernacht zu tanzen? Du würdest viel darum geben, diesen fein geschwungenen, zarten Mund zu küssen.
Gib`s zu, Felix, kriegst `n Jahr weniger.
Die Gegenwart hieß Christiane.
Die Zukunft Helene.
Irgendetwas musste passieren, wenn ich mein inneres Gleichgewicht nicht gänzlich verlieren wollte.
Und, Gott sei Dank, es passierte was.

Und wieder war es Holzapfel. Nach Feierabend passte er mich am Tor ab. „Hast du einen Moment, Felix?"
Hatte ich.
Wir gingen in sein Büro im ersten Stock. Das Zimmer war nicht besonders groß und sehr spartanisch eingerichtet. Ein runder Tisch mit sechs Stühlen in der Mitte, ein Schreibtisch und Regale. An der Wand über dem Schreibtisch hing, süffisant grinsend, Walter Ulbricht.
Wenn du reinkommst, mein lieber Herr Parteisekretär, siehst du deinen Chef, dachte ich. Wenn du sitzt, kehrst du ihm den Rücken zu.
„Nimm Platz."
Ich setzte mich und sagte: „Der Stuhl scheint aber zu wackeln."
„Nimm 'nen andern, Felix."
„Ich meinte den von dem Herrn da an der Wand."
„Du guckst zu viel Westfernsehen, Felix."
„In jedem Gerücht steckt ein Körnchen Wahrheit."
„Du hast ja recht. Der alte Herr versteht die Zeichen der Zeit nicht mehr. Mit Beton kann man 'ne Menge anfangen, nur wenn er in Köpfen sitzt, ist er fehl am Platze."
„Der Beton oder Ulbricht?"
„Das reicht aber jetzt, du junger Spund."
Holzapfel griff in ein Fach seines Schreibtisches und beförderte eine Flasche Doppelkorn zutage.
Kam mir bekannt vor. So was hatte ich schon mal durch ein Fernglas beobachtet.
Er goss zwei Wassergläser halb voll und stellte eine angefangene Wasserflasche dazu.
„Prost, Felix."
„Prost", sagte ich. Es fiel mir immer noch schwer, ältere Kollegen, die einige Stufen höher als ich standen, zu duzen

und mit Vornamen anzureden.
„Also folgendes: Der Schlammberg neben der Kantine wächst ins Uferlose. Es gibt bereits Ärger mit der Eisengießerei von nebenan. Die Pampe läuft zu denen rüber. Partei-und Werkleitung haben deshalb beschlossen, ein Forschungsprogramm zu starten."
Pause.
Holzapfel sah mich an. „Du übernimmst das Projekt. Dieser verdammte Silikatschlamm muss doch für irgendwas zu gebrauchen sein. Du gehst von der Fällung weg und richtest dir einen Platz im Labor ein."
„Da wird sich die Laborchefin aber freuen", warf ich ein.
„Ist bereits mit ihr abgesprochen. Die geht in Rente, und daher ist ihr egal, wer in ihrem Reich in Zukunft herumfuhrwerkt."
„Dürfte für ein Einmannunternehmen aber dauern", sagte ich.
„Wir dachten, dass du deinen Kurs mit einbeziehst. Bring den Leuten die grundlegenden Labortechniken bei."
„Bedenkzeit?, fragte ich.
„Bis morgen, Felix."
„Na dann, Prost", sagte ich.

***

Meine Kursleute rissen sich förmlich darum, mir zu helfen. Wir holten aus allen Ecken des Berges Proben, machten Aufschlämmungen, dekantierten, filtrierten, neutralisierten das schwefelsaure Zeug, trockneten es und erhielten am Schluss ein helles, pulverartiges Produkt von feinster

Korngröße.

Wir mischten das Pulver mit Wasser, mit Schmierseife, mit Alkohol, mit Glycerin, gaben Farbstoffe dazu, veredelten mit Parfüm und hatten zum Schluss eine Scheuermilch, der kein Fleck und kein Schmutz gewachsen war. Wir probierten unsere Scheuermilch in der Kantine, schrubbten die Herde von angebranntem Essen frei, reinigten verkeimtes Glas und in Emaille eingebrannten Dreck.

Hilde war begeistert.

Ich kam an manchen Tagen erst nach 22.00 Uhr aus dem Labor.

Christiane blieb so lange, bis ich ging. Sie musste abschließen, sagte sie jedenfalls.

Adam aus der Tonrede kam auf die Idee, Handwaschpaste herzustellen, die die Hände schonender reinigte, als das Zeug, das im Betrieb gebräuchlich war. Der Sand war so grob, dass die Hände nach mehrfachem Waschen krebsrot wurden. Unsere Paste reinigte mild und duftete nach bitteren Mandeln und Zitrone.

Holzapfel und Weißwange waren so begeistert von unseren Produkten, dass sie sich ausnahmsweise einmal einig waren. Das Zeug musste vermarktet werden.

Am Dienstag nahm ich mir ab Mittag frei. Ich hatte Hartmann aus der Abteilung vorher angerufen und um einen Termin gebeten.

Ja, es hatte eine Anfrage aus einer anderen Stadt gegeben.

Dresden.

Mir fiel sofort diese beschissene Gärtnerei ein, in der Helene gearbeitet hatte.

„Ist ihnen nicht gut, Herr Hohndorf?", fragte Hartmann besorgt.

„Doch, doch", log ich.
„Leider erst für das übernächstes Schuljahr. Ich könnte Sie vormerken."
Ich bat darum.
Weit weg war vielleicht ganz gut. Dresden sollte eine traumhaft schöne Umgebung haben.
Ich hatte mir nach dem Gespräch zum Trost im Konsum zwei Flaschen Klostergeflüster gekauft. War ein absolut süffiger Wein. Ich hätte mehr genommen, aber ein Schild wies daraufhin, dass man nur zwei Flaschen nehmen dürfe.
Als ich die Treppe zu meinem Luxusapartment hinaufstieg, nahm mein Unterbewusstsein einen Geruch wahr, der gleich darauf von meinem Bewusstsein registriert wurde.
Lavendel.
Christiane.
Sie saß auf der obersten Treppenstufe und sah mich mit großen Augen an.
„Ist das Labor abgebrannt?" Was Blöderes fiel mir nicht ein.
„Das nicht, aber ich hab` dir was mitgebracht." Sie nahm aus ihrer Tasche eine flache Dose.
„Vielleicht gehen wir erst mal rein?"
Ich schloss auf und schob Christiane in den Korridor, der nach oben offen war und den Blick in die Dachsparren freigab. In die Bretterwände hatte ich in Ermangelung einer Garderobe einige Nägel geschlagen. Ich hing unsere Jacken auf, bat Christiane ins Wohnzimmer, nahm meinen Schlafanzug vom Sessel und schob ihn unter die Bettdecke.
Mir war ganz elend in der Magengegend. Wie oft hatte ich davon geträumt, dieses Mädchen im Arm zu halten.
„Trinken wir erst mal einen Schluck?"
Christiane nickte,
Ich ging in die Küche, öffnete eine Flasche Klostergeflüster,

nahm aber vorsichtshalber einen Schluck aus der Kornflasche, die für bestimmte Notfälle im Schrank stand, und ging zurück.
Christiane hatte das Döschen geöffnet auf den Tisch gestellt. Ich nahm es in die Hand und roch daran.
„Riecht wie Zahnpasta", sagte ich. „Und ganz leicht nach Kräutern."
„Es ist Zahnpasta", sagte Christiane.
„Und was soll ich damit? Rieche ich aus dem Mund?"
„Unsinn! Hab ich hergestellt."
„Sag bloß nicht, aus unserem Silikatpulver?"
„Doch."
Mir ging ein Licht auf. Statt Marmorpulver hatte Christiane unser Pulver als Schleifmittel eingesetzt. Das hatte mindestens dieselbe Schleifwirkung und kostete fast nichts. Genial.
„Und woher kommt der Kräutergeruch?"
Christiane grinste mich an. „Aus unserem Garten, Minze und Salbei und Thymian."
„Dann heißt die neue Zahncreme wahrscheinlich `Grün Weiß`."
„Klingt richtig gut", lachte Christiane.
„Riecht auch gut. Du gestattest?" Ich nahm die Dose, ging in die Küche und putzte mir die Zähne. Unglaublich, das Zeug schäumte phantastisch und schmeckte so erfrischend wie geeister Minztee.
Ich ging zurück in die Küche, sah Christiane todernst an und sagte: „Du kriegst den Großen Vaterländischen Zahncremeverdienstorden."
Christiane erhob sich und sagte ganz leise: „Wenn du mir einen ganz kleinen Kuss geben würdest, wäre mir das lieber als ein Orden."

Ich stand ebenfalls auf, nahm sie in den Arm und gab ihr einen Kuss. Genau in diesem Augenblick schossen für einen Sekundenbruchteil die Gesichter von Jo und Helene an meinem inneren Auge vorbei.
Nein, rief eine Stimme in mir. Nicht mit diesem Mädchen!
Ich schob Christiane ganz sanft von mir und flüsterte: „Lass mir Zeit, Christiane."
Sie sah mich an und sagte ebenso leise: „Ich liebe dich Felix und ich warte solange du willst."

***

Das Elend war, dass ich Josef für den Sommer bereits die Reise zum Balaton zugesagt hatte. Er schien sich Hoffnungen zu machen, seine Aneta zu treffen, und Helene hatte bereits wieder das Hotel gebucht.
Ich war in der Zwickmühle. Aus der Zeit, wo wir als Jungs Schach und Mühle gespielt hatten, wusste ich noch, dass ein Spieler zwei offene Mühlen blockieren konnte, aber dabei garantiert einen Stein verlieren würde.
Verdammte Zwickmühle.
Konnte man zwei Frauen lieben?
Die Sache mit Helene war nahezu aussichtslos. Wir würden nie zusammenkommen.
Vater vertrat zwar die Ansicht, dass man ein gewachsenes Volk wie die Deutschen, die schon so viel Elend überstanden hatten, niemals auf Dauer trennen könne.
Ich kannte aber nicht viele, die daran glaubten.
Helene war die Fata Morgana meines Lebens.
Christiane war die Realität.

Ich wusste, dass ich mich in sie verliebt hatte. Warum passierte mir das immer auf's Neue. Christianes Zartheit löste meinen Beschützerinstinkt aus, und das war eine völlig neue Situation für mich. Ich konnte mir noch nicht einmal vorstellen, mit ihr wilden Sex zu haben. Viel zu zerbrechlich, das Mädchen. Trotzdem kreisten meine Gedanken unaufhörlich um sie.
Helenes Bild verblasste immer mehr, obwohl ich mich dagegen wehrte.
Verdammte Gefühle! Du kannst nichts dagegen tun, bist ihnen wehrlos ausgeliefert, weil irgendwo in deiner Birne unkontrollierbare chemische Reaktionen ablaufen.
Pfeif auf die Zahnpasta, Felix, erfinde lieber eine Pille, mit der sich Gefühle steuern lassen.
Alkohol brachte mit Sicherheit nichts, das wusste ich.
Sex mit einer heißen Braut?
Versuch's ganz einfach.
Ich rief Roswita an.
Samstag!
Sie hatte getrunken. Ich sah es an ihren Augen und vermutete, dass dies in letzter Zeit öfter der Fall war. Eine Frau in der Mitte ihres Lebens, zwei Kinder, geschieden und ohne Perspektive. Das Leben war nur im Suff zu ertragen. Nimm mit, was du kriegen kannst, bevor dich keiner mehr will.
Roswita lotste mich durch den Korridor, in dem einige Kartons herumstanden.
„Ziehst du um?"
„Ich miste nur aus.
Ich stellte die Flasche Klostergeflüster auf den Tisch, schlug aber vor, erst mal Kaffee zu trinken.
Ich erzählte von unseren Erfolgen im Labor, erwähnte

allerdings mit keinem Wort Christiane.
Roswita sah mich an, dann brach es aus ihr heraus: „Nimm`s mir nicht übel, Felix, aber das interessiert mich im Moment alles ziemlich wenig. Mir geht zur Zeit diese Schmierenkomödie mit dem Titel: „VIII. Parteitag" derart aufs Gemüt, dass ich Kotzen könnte. An der Schule gibt es nur noch ein Thema. Ob im Pädagogischen Rat oder in den Fachzirkeln: Genosse Honecker hat gesagt ... Ulbricht ist jetzt der letzte Arsch. Die bis vor kurzem Walters Stiefel mit ihren schleimtriefenden Zungen geleckt haben, lecken jetzt Honeckers Hämoriden und – es scheint ihnen zu schmecken."
„Es gibt doch aber einiges an Verbesserungen, wie ich gehört habe. Ihr kriegt mehr Gehalt, die Hungerrenten werden angehoben und der Wohnungsbau soll vorangetrieben werden. Sogar ..."
„Dann geh doch mal in die Geschäfte, du kluger Mensch, und guck, was du für dein Geld kriegst", unterbrach mich Roswita.
„Ich war zur Messe in Leipzig. Du siehst aus hundert Kilometer Entfernung, wenn so eine Westtussi ins Hotel einschwebt, dass die nicht auf dem ostdeutschen Mist gewachsen ist. Da stimmt alles. Die Klamotten sind aufeinander abgestimmt, die Handtasche passt zu den Schuhen, und selbst das Parfüm riecht hellblau, wenn sie ein hellblaues Kostüm trägt. Hast du eine Ahnung, was wir Frauen ..."
„Ich könnte jetzt einen Schluck Wein vertragen", sagte ich.
Aber Roswita war noch nicht fertig.
„Weißt du, dass meine Freundin mit einem Kind noch bei ihren Eltern in einer zweieinhalb Zimmerwohnung lebt. Altbau ohne Bad, Toilette auf halber Treppe.

Roswita holte Luft und fuhr fort: „Ist doch alles Kacke, Felix, das ganze Gesülze von der Einheit von Wirtschafts- und Sozialpolitik. Unsere Parteitante hält große Reden über den allein selig machenden Sozialismus und bezieht fast alles über Genex, da ihre Mutter vor der Mauer rüber ist. Die Frau Parteisekretärien fährt jetzt Wartburg.
Wartezeit sechs Wochen, Preis 9000 DM.
Die war so bekloppt und hat es ihrer angeblich besten Freundin erzählt, und von da ging es hinter vorgehaltener Hand durchs Kollegium.
Und unser Herr Dr. Schiller, seines Zeichens Direktor hiesiger EOS und mein Schulleiter, unterrichtet Staatsbürgerkunde und Geschichte und trägt in seiner Freizeit nur Westklammotten, Felix."
Roswita holte wieder tief Luft und setzte neu an: „Das macht ..."
„Du könntest mal dein neues Strickkleid anziehen," unterbrach ich sie.
Roswita sah mich erschrocken an. „Was bin ich für ein dämliches Weib. Vor mir sitzt der Mann meiner schlaflosen Nächte, und ich halte sinnlose Reden. Warte einen Augenblick."
Sie verschwand im Schlafzimmer.
Ich nahm noch einen Schluck Wein.
Plötzlich stand sie vor mir. Ein Traum in Rot. Das Kleid lag wie angegossen an ihrem schlanken Körper. Ich sah, dass sie nichts darunter trug. Ihre rote Mähne passte zum Kleid. Die Farben ergänzten sich.
Roswita drehte sich mehrmals um sich selbst. Was für ein herrlicher Hintern, dachte ich.
Sie trat ganz dicht an meinen Sessel.
„Zieh es mir aus, über den Kopf", sagte sie.

Ich beugte mich vor und schob ganz langsam das Kleid erst über ihre Knie, dann die Schenkel hoch und rollte es bis zur Taille. Ihr Schamhaar war rotgolden, und ich drückte meinen Kopf dagegen.
Roswita begann leise zu stöhnen.
Ich schob das Kleid weiter hoch und zog es über ihren Kopf. Roswita beugte sich zu mir herunter und öffnete meine Hose. Ich stieß einen Seufzer des Wohlbehagens aus, als ich ihre heißen Lippen spürte. Nach einer Weile entzog ich mich ihr, erhob mich und stellte mich hinter sie.
Roswita wusste sofort, was ich wollte. Sie beugte sich über die Sessellehne und stützte sich mit den Händen ab.
Als es vorbei war, zitterten mir die Beine so, dass ich mich in den Sessel fallen ließ.
Roswita verschwand im Bad.
Ich griff die Weinflasche, goss mein Glas voll, trank es in einem Zug leer und brannte mir eine Zigarette an. Die verdammte Unruhe in mir war verschwunden.
Vorübergehend.
Ich wusste, dass ich spätestens morgen den Geistern wieder hilflos ausgeliefert sein würde. Mir war klar, dass ich eine Entscheidung treffen musste.
Roswita kam nackt aus dem Bad, trat an mich heran und küsste mich. Ich ging ins Bad und machte mich frisch. Als ich zurück ins Wohnzimmer kam, standen eine Flasche Goldbrand und zwei Flaschen Bier auf dem Tisch.
Wir tranken, bis nur noch ein kleiner Rest Schnaps in der Flasche war.
Roswita zog mich ins Schlafzimmer.
„Wird nicht mehr viel", murmelte ich, „zu viel Schnaps."
„Lass mich nur machen", lachte sie.
Sie machte alles, was sie sich nüchtern wahrscheinlich nicht

getraut hätte zu machen.
Ich machte alles mit, aber es kam zu keinem Schuss mehr. Die Pistole war zwar wieder geladen, aber der Verschluss klemmte.
Irgendwann schlief ich ein und wachte irgendwann wieder auf. Es war noch stockfinster, und ich machte mich leise aus dem Staub. Gemeinsames Erwachen am Morgen löst Erwartungen aus, die ich nicht erfüllen konnte.

***

Die Zeit verging wie im Flug. Meine zwei Jahre in der sozialistischen Produktion waren fast um. Hartmann machte mir für das kommende Schuljahr keine Hoffnung mit Dresden.
Die Kollegin aus Dresden würde erst ein Jahr später nach Neustadt kommen.
Mein letztes Treffen mit Meisner war leicht unterkühlt verlaufen. Klaus war Genosse und voll des Lobes über den Verlauf des VIII. Parteitages. Die Lehrer erhielten mehr Gehalt, man konnte sich zusätzlich rentenversichern lassen, die Renten wurden angehoben, die Arbeitszeit verkürzt und der Wohnungsbau vorangetrieben. Es hieß nicht mehr: jedem eine Wohnung, sondern: jedem seine Wohnung.
Meisner war ganz begeistert vom Arbeiter-und Bauernstaat und seiner neuen Führung. „Es geht vorwärts, Felix. Honecker hat die Zeichen der Zeit verstanden."
„Großartig, Klaus, da können die ja die Mauer wieder abreißen. Ich hab bloß Angst vor der Überbevölkerung hier, wenn die jetzt alle zu uns kommen."

Klaus sah mich völlig konsterniert an, lachte dann leicht verkrampft und sagte: „Wäre schade, Felix, wenn unsere Freundschaft wegen der dämlichen Politik einen Knacks bekäme."

Freitag war Prüfungstag. Fünfzehn Leute hatten den Kurs bis zum Schluss durchgehalten. Das Sitzungszimmer der Werkleitung war als Prüfungsraum eingerichtet worden. Vorn waren zwei Tische mit einem roten Tuch überspannt. Rechts und links standen zwei Grünpflanzen. Hinter dem Tisch drei Stühle für die Prüfungskommission, davor einer für den Prüfling. An der Wand hinter dem Prüfungstisch hing der Erste Sekretär des Zentralkommitees der SED, Genosse Erich Honecker. Um seinen Bilderrahmen war eine helle Umrandung sichtbar, die leicht mit der nachgedunkelten Tapete kontrastierte. Ulbrichts Bild war anscheinend größer gewesen.
Rechts vom Tisch stand eine klappbare Tafel mit Schwamm und Kreidekasten. Ich machte mit leichter Wehmut die saubere Tafel noch einmal sauber. Vor dem Fenster hing ein Periodensystem der Elemente an einem Kartenständer.
Weißwange und Holzapfel erschienen gleichzeitig. Wir gaben uns die Hände. Weißwange übernahm den Prüfungsvorsitz.
Holzapfel hatte mich in der Woche vor der Prüfung gefragt, was ich davon hielte, wenn die Prüflinge im FDJ-Hemd erscheinen würden.
„Werd sie fragen."
Der Hälfte war es egal, die hätten auch grüne oder rote Hemden angezogen. Adam zeigte mir einen Vogel und Josef fragte, ob ich ihm meins leihen könnte.
Jeder Prüfling konnte mit einem selbstgewählten Thema

beginnen. Das gab Sicherheit und Selbstvertrauen.
Alle bestanden.
Einige waren überdurchschnittlich gut gewesen, darunter Christiane.
Weißwange teilte den neuen Teilfacharbeitern mit, dass sie ab dem ersten Juli nach Tarifgruppe V. bezahlt würden.
Holzapfel lud mich auf ein Bier ein. Wir gingen rüber in die Bahnhofskneipe. Ich war angeschlagen. Die Prüfungen hatten mich mehr angestrengt, als ich wahr haben wollte. Nach dem dritten Bier sagte Holzapfel: „Hast du drüber nachgedacht, Felix?"
„Worüber?" Ich hatte keine Ahnung , wovon er sprach.
„Das Labor zu übernehmen."
„Und in die Partei einzutreten", ergänzte ich.
„Muss ja nicht gleich sein, das mit der Partei", grinste Holzapfel.
Wir tranken noch zwei Bier und er erzählte, dass Elbe-Chemie Dresden an der Rezeptur von `Grün Weiß` interessiert wäre. Christiane sollte im August für ein paar Tage nach Dresden fahren.
Und ich an den Balaton.

Verdammt, welcher Idiot riss mich aus meinem Nachmittagsschlaf. Ich war nach der Prüfung und dem Bier mit Holzapfel in meine Kapsel gefallen und sofort eingeschlafen. Ich warf einen Blick auf meinen Wecker. Kurz vor 19.00 Uhr. Ich hatte mehr als drei Stunden geschlafen. Nicht zu fassen, Herr Hohndorf. Dann aber raus aus der Koje.
Ich stand auf, zog meine Trainingshose an, warf mir ein Hemd über, schlurfte zur Tür und stutzte. Das waren höchst merkwürdige Geräusche da draußen. Klang wie leises

Kichern und Geflüster.
Ich riss mit einem Ruck die Korridortür auf und erstarrte.
Draußen stand der komplette Kurs.
Christiane trat vor, wurde knallrot, hielt mir einen Blumenstrauß entgegen und sagte: „Wir wollen uns bei dir bedanken, Felix."
„War ein Superlehrgang", rief Adam dazwischen.
„Hätten wir ohne deinen Humor nicht überstanden", sagte Helga.
Ehe ich mich versah, war die ganze Truppe in meinem Wohnzimmer. Josef stellte einen Kasten Radeberger auf den Tisch, die Mädchen hatten Weinflaschen mitgebracht und einen Korb mit belegten Brötchen.
Nach kurzer Zeit saßen alle auf dem Fußboden.
Gegen 10.00 Uhr brachen die ersten auf und innerhalb von zehn Minuten waren alle gegangen.
Fast alle.
Christiane hatte zu den Letzten gesagt, sie würde mir noch beim Aufräumen helfen.
Helga grinste leicht zweideutig und sagte: „Viel Spaß."
Dann waren wir allein.
Mein Wohnzimmer sah aus wie nach einem Bombenangriff. Wir trugen Tassen, Gläser, Teller und leere Flaschen in die Küche, setzten uns dann ins Wohnzimmer und sahen uns an.
Oh, oh, oh , was soll das werden Felix? Ich hatte in der letzten Zeit immer öfter von Christiane geträumt, und das waren keine Träume, in denen wir Händchen hielten.
„Ich würde dir gern einen Kuss geben, Felix." Christiane war aufgestanden.
„Tu`s", sagte ich und hörte, wie meine Stimme kratzte.
Ich war noch nie so verunsichert wie bei diesem Mädchen.

Christiane zog meinen Kopf zu sich hoch und drückte ihre weichen Lippen auf meinen Mund. Ich legte die Arme um sie, und wir küssten uns so behutsam, als könnte der Andere kaputtgehen.

Christiane löste als erste ihren Mund von meinem, sah mich an und sagte: „Ich liebe dich, Felix, und ich habe keine Ahnung, ob du mich magst, und selbst wenn du mich nicht magst, ich liebe dich trotzdem, ich kann nicht anders."

Sie warf sich in meine Arme, küsste mich so wild, das mir die Luft wegblieb und schob mich energisch in Richtung meiner Liege.

Ich erwachte davon, dass mir die Sonne direkt ins Gesicht schien. Ich wollte mich auf die andere Seite drehen, aber ich stieß gegen etwas, das neben mir im Bett lag. Nackt und wunderschön.

Das hätte nie passieren dürfen, Felix. Du bist ein solches Arschloch, dass einem schlecht werden kann. Willst dich mit Helene treffen, lässt dieses wunderbare Mädchen in dein Bett und weckst Hoffnungen, von denen du nicht weißt, ob du sie erfüllen kannst.

Der Verteidiger in mir sah die Sache anders. Du bist doch nur ein armer Trottel von Mann, Felix. In Wirklichkeit hattest du nie eine Chance, es zu verhindern. Gegen die Liebe einer Frau hat selbst der Teufel keine. Sie würde den Geschwänzten eigenhändig den Hals umdrehen, das Feuer löschen und ihren Geliebten vom Rost reißen.

Denk jetzt nicht über den Teufel nach, wenn dir der liebe Gott ein solches Geschenk gemacht hat.

Ich fuhr ganz behutsam mit der Hand über Christianes Wange. Ein strahlend blaues Auge sah mich an, blinzelte, und schon schlangen sich zwei weiche Arme um meinen

Nacken. Sie zog meinen Kopf ganz dicht an ihren Mund und flüsterte: „Es war so schön, Felix, so unglaublich schön. Wenn du mich jetzt verlassen würdest, wüsste ich wenigstens, das ich gelebt habe."
Sie schob mich weg, richtete sich halb auf, sah mich an und sagte lachend: "Lass dir das aber um Gottes Willen nicht einfallen, mich zu verlassen."
Ich spürte wieder die Eisenkugel in meinem Bauch. Christiane kroch zu mir herüber, legte ihre Hand genau auf diese Stelle, und das elende Gefühl verschwand.
Der sechste Sinn der Frauen.
Wir lagen lange nahezu regungslos beieinander, und allmählich wurde es heller und klarer in meinem Inneren.

***

Josef war stocksauer, als ich ihm mitteilte, dass ich nicht mit zum Balaton fahren würde.
Helene schrieb ich einen Brief.
Es war die schwerste Arbeit meines bisherigen Lebens, es war Schwerstarbeit. Ich fühlte mich wie ein altes, löchriges Scheuertuch, als ich den Brief in den Kasten warf.
Mitte August fuhren Christiane und ich nach Dresden. Treffpunkt Bahnhof. Musste nicht jeder im Betrieb gleich mitkriegen. Wir hatten beschlossen, in der Sächsischen Schweiz, bei Rathen, unser Zelt aufzuschlagen. Josef hatte mir knurrend sein Zelt und die Luftmatratzen geliehen und war mit einem anderem Kumpel an die Ostsee gefahren.
Unser Zeltplatz lag direkt an der Elbe, die Landschaft mit ihren Sandsteinformationen war ein Traum, vor allem dann,

wenn man aus einer Gegend kam, wo eine Schutthalde den Namen Kilimandscharo trug.

Nachdem wir das Zelt aufgebaut und uns eingerichtet hatten, bummelte wir vor zum Kurort Rathen, liefen bis zum Amselsee, mieteten für eine Stunde ein Ruderboot und umrundeten den See. Auf dem Rückweg kehrten wir in einer Gaststätte ein, aßen Sülze mit Bratkartoffeln und tranken ein Bier dazu.

Wir saßen noch lange vor dem Zelt, tranken aus Pappbechern eine Flasche Cotnari und erinnerten uns an den Lehrgang. In der Nacht liebten wir uns leise und verhalten, denn das nächste Zelt stand maximal drei Meter von uns entfernt und wurde von einer Familie mit Kind bewohnt.

Am nächsten Tag fuhren wir mit dem Zug von Rathen über Pirna zum Dresdner Hauptbahnhof. Christiane machte sich auf den Weg zum VEB Elbe-Chemie, und ich sah mir die Stadt an.

Ich hatte Bilder dieser Stadt nach dem Bombardement vom 13. Februar 1945 gesehen und war überrascht, wie sich diese Stadt aus dem Elend von Schutt und Trümmern herausgearbeitet hatte.

Entsetzlich, was sich hier in der Nacht des Feuersturms abgespielt haben musste. Man sprach von nahezu 30 000 Toten. Menschen sollten als lebende Fackeln durch die nächtlichen Straßen geirrt sein, bis der Tod sie von ihren unvorstellbaren Qualen befreite und Tausende wurden in ihren Kellern verschüttet und sind erstickt. Die wahren Opferzahlen und das ganze Ausmaß dieser sinnlosen Luftangriffe der Amerikaner und Engländer würden wohl nie exakt ermittelt werden können, da Dresden zu allem Unglück noch mit Flüchtlingen aus den Ostgebieten vollgestopft gewesen sein sollte.

Vor den Trümmern der Frauenkirche stehend, konnte ich mir das ganze Ausmaß der Katastrophe, die diese Stadt heimgesucht hatte, bildlich vorstellen. Ich schlenderte zurück, über den Altmarkt und fragte an der Kreuzkirche eine junge Frau nach dem Weg zum Großen Garten.
Die Frau gab mir die Richtung, und ich trabte los. Es war wie der Eintritt in die Stille. Uralte Bäume, Büsche und Wiesen, geradlinige Alleen wie mit dem Lineal gezogen, verschlungene Parkwege, und aus der Ferne hörte man das Lokomotivsignal der Pioniereisenbahn, die nach einer Weile ratternd und voll besetzt an mir vorbeituckerte. Die Leute winkten und genossen den Fahrtwind bei der zur Zeit herrschenden Hitze.
Am Carolasee stellte ich mich in die Schlange am Kiosk. Ich hatte plötzlich einen mörderischen Hunger. Die Bockwurstpelle war verdammt zäh. Am Nebentisch meinte ein junger Mann, dass wahrscheinlich ein Elefant im benachbarten Zoo gestorben war.
Egal, ob Rüssel oder Darm, der Hunger treibt`s rein.
Ich sah auf die Uhr. Höchste Zeit. Wir wollten uns gegen 14.00 am Pirnaischen Platz treffen und in der Fischgrillbar zu Mittag essen.
Christiane war noch nicht da, aber ich stellte mich trotzdem schon mit ans Ende der Warteschlange.
Man wurde platziert.
Die Familie im Nachbarzelt hatte uns den Tipp mit dem Fischrestaurant gegeben, uns aber grinsend gesagt, dass das Warten vor den einigermaßen guten Gaststätten in der Stadt einfach zur Tourismuskultur gehörte.
Man käme so leichter mit den Leuten ins Gespräch.
Vor mir stand ein älteres Ehepaar. Die Frau drehte sich zu mir um: „Ziemlich spät dran, junger Mann. Hoffentlich

gibt's nachher nich` bloß noch die Gräten und Köpfe."
„Ich mag vor allem gedünstete Kabeljauaugen mit Vanillesoße", sagte ich.
Der Mann lachte und bot mir eine F6 an. „Wird hier produziert, die Lunte, und is die eenzche rochbare Zigrette."
„Für Leute, die gerne Kastanienlaub mit getrocknetem Pferdemist qualmen, stimmt das sogar", sagte die Frau angewidert.
„Geh ma 'n paar Schritte vor, Elsbeth, und gucke ma nach om. Das beruhicht."
Die Frau sah ihren Mann an und tippte sich an den Kopf.
Der Mann lachte, sah mich an und sagte: „Da steht nämlich in riesengroßen Buchstaben DER SOZIALIS-MUS SIEGT. Und wenn das stimmt, und da dran möchte ja wohl keener zweifeln, müssen nämlich die im Westen och bald F6 rochen."
Die Frau stieß ihren Mann mit dem Ellenbogen in die Seite und flüsterte ihm was ins Ohr.
„Aber Elsbeth, ich hab doch gerade an der Stelle Hochdeutsch gesprochen. Meine Frau meent nämlich, dass die Sachsen 'ne elend nachlässiche Sprache quasseln. Neulich hat wo eener siecht statt siegt gesacht, und da hat sich eener mit`m Bonbon am Revers ufgerecht."
Wir wurden eingelassen und genau in dem Moment kam Christiane außer Atem an, fiel mir um den Hals und sagte: „Die machen unsere Grün-Weiß-Zahnpasta."
„Ist doch super", sagte ich, dann waren wir im Restaurant.
Wir bestellten Fischspieß mit Pommes und zwei Schoppen Lindenblättrigen.
Während des Essens erzählte Christiane, dass man ihr eine Stelle in Elbe Chemie angeboten hatte.
„Die produzieren für die ganze Republik, Felix. Der

Technische Direktor meinte, dass ich „Grün Weiß" hier in Dresden von unserem Pulver bis zur fertigen Zahnpasta entwickeln könnte."

„Klingt großartig", sagte ich, „aber im Moment sterbe ich gerade vor Hunger."

Von meinem Plan, nach Dresden zu gehen, sagte ich vorerst nichts. Ich wusste, dass Christiane wahrscheinlich einen Luftsprung gemacht hätte. Aber so einfach war die Sache nicht. Als nicht verheiratetes Pärchen hatten wir nicht die geringste Chance auf eine Wohnung.

Also heiraten.

Ich dachte an den Spruch von Oscar Wilde: *"Die Ehe ist die gegenseitige Freiheitsberaubung im beiderseitigen Einvernehmen."*

Ob ich dafür tauglich war, bezweifelte ich.

Bestes Beispiel Helene. Ich war aus Liebe zu ihr bereit gewesen, auf eine Mine zu treten.

Jetzt liebte ich Christiane.

Irgendwas stimmte also mit der Liebe nicht.

Oder mit mir.

„Bist du noch da, Felix?"

„Hab gerade an die Liebe gedacht", sagte ich.

„Ich hoffe, du kannst warten, bis wir wieder im Zelt sind", lachte Christiane.

Am nächste Tag wanderten wir nach Wehlen, dann hoch zum Steinernen Tisch und zur Bastei. Der Blick runter zur Elbe verschlug einem den Atem. Der Fluss, ein kleines silbernes Band, darauf Spielzeugboote und an den Ufern Spielzeughäuser. Ich stellte mir vor, wie dieser Planet aus noch viel größerer Höhe aussehen mochte und wie unbedeutend das Streben der Ameisenmenschen nach Macht, Reichtum und Liebe von dort oben aussehen würde.

Die Schwedenlöcher hatten es in sich. Ein Glück, dass wir runter mussten und nicht hoch.

„Stell dir vor", sagte ich, „wir lebten zur Zeit des Dreißigjährigen Krieges und müssten uns vor den beute-und weiberlüsternen Schweden hier verstecken."

Christiane zog mich in eine feuchte Felsnische, küsste mich und sagte: „Mir wären dreißig Jahre mit dir eindeutig zu wenig."

Am nächsten Tag besuchten wir die Festung Königstein. Die Burg lag auf einem Tafelberg und war mit seinen glatten Mauern und den Steilwänden aus Sandstein eine Wehranlage, die allen Fehden der vergangenen Jahrhunderte getrutzt hatte. Sie war außerdem das ideale Gefängnis für missliebige oder besonders wertvolle Untertanen der jeweils herrschenden Monarchen.

„War hier nicht dieser Porzellanböttger eingesperrt?", fragte Christiane.

„War er, der arme Kerl", sagte ich.

Ich hatte vor unserer Reise nach Dresden einiges über die Stadt und die Sächsische Schweiz gelesen.

„Du musst nicht unbedingt ein Verbrecher sein, um hinter Gittern zu landen", lachte ich, „Bakunin, Berufsrevolutionär und Anarchist hat genauso die Gastfreundschaft der Festung genossen wie August Bebel, Frank Wedekind und einige andere der Obrigkeit nicht ganz geheure Gesellen."

„Ein Glück, dass diese Zeiten vorbei sind", sagte Christiane.

„Bist du dir da ganz sicher?"

Christiane sah mich verständnislos an.

„Was meinst du, was mir passieren würde, wenn ich mich bei der Flucht über die Grenze erwischen lassen würde?"

„Die würden dich einsperren wegen Republikflucht", sagte Christiane.

„Vorausgesetzt, die hätten mich nicht schon vorher abgeknallt. Bin ich deswegen ein Verbrecher, weil ich irgendwo anders auf der Welt leben will?"
Christiane sah mich an und sagte: „Allerdings, das wärst du, wenn du es ohne mich versuchen würdest."
Wir lehnten uns an die Festungsmauer und küssten uns.
Wieder unten auf den Elbwiesen setzten wir uns auf eine Bank und tranken jeder eine Flasche Bier, das die Leute hier „Gelbkreuz" oder „Sterbehilfe" nannten.

***

Da saß ich wieder in meinem Adlerhorst hoch oben unterm Dach und fühlte mich wie eine alte, von der Kolonie ausgestoßene Saatkrähe.
Plötzliche Einsamkeit nach einer Woche tiefvertrautem Beisammenseins war schon schmerzhaft. Ich fragte mich, wie oft im Leben mir das noch passieren sollte. Am schlimmsten war es mit den Gerüchen. Wahrscheinlich wurden sie vom Gehirn mit besonderer Intensität gespeichert.
Ich hatte die vergangene Nacht in Christianes Schlafsack geschlafen, und der leichte Lavendelduft hatte sie mir im Traum an meine Seite gezaubert. Als ich aufwachte, war ein Zauberer mit ihr durchs Fenster davongeflogen.
Ab sofort würde ich nachts das Fenster schließen.
Mir fiel ein Satz von Alfred Polgar ein, den ich leicht verändert aufschrieb und über mein Bett klebte: *„Wenn sie dich verlässt, kommt das Alleinsein. Wenn du sie verlässt, kommt die Einsamkeit."*

Heirate, Felix, fürs erste Mal bist du alt genug, eigentlich schon zu alt. Wenn die Zeit weiter so in ihren Siebenmeilenstiefeln davonrast, wirst du bald ein alter, verknöcherter Hagestolz sein.
Meine zwei Erziehungsjahre in der sozialistischen Produktion waren um. Hartmann von der Abteilung hatte mir Dresden für das nächste Schuljahr fest zugesagt.
Die Kollegin, Chemie und Biologie, wollte tatsächlich nach Neustadt übersiedeln, und ich konnte damit nach Dresden.
Vorausgesetzt, ich wollte noch.
Mein Problem war Christiane.
Ich war wahnsinnig in sie verliebt, hätte sie am liebsten Tag und Nacht, vor allem in der Nacht, um mich gehabt.
Trotzdem plagten mich Zweifel.
Konnte ich mich auf mich verlassen?
Vielleicht kam irgendwann eine andere Frau und ich verliebte mich wieder?
Oder Christiane verliebte sich in einen anderen Mann.
Ich wäre zum jetzigen Zeitpunkt gestorben oder zum Mörder geworden.
In die Zukunft schauen macht Angst.
Christiane war die zweite Frau, die ich liebte. Alles andere war sexuelles Verlangen zum gegenseitigen Vergnügen gewesen. Vor allem zu meinem Vergnügen.
Nur, wer zwei Frauen liebt, kann sich genauso gut in eine dritte und vierte oder mehr verlieben.
Konnte ich das Christiane antun?
Frage: Gibt es die Liebe, die ein Leben lang hält?
Ja! Aber es war die Ausnahme.
Christiane löste das Problem auf ihre Art.
„Du bist für kommenden Samstag eingeladen, zum Kaffee."
Da stand ich mit Blumen in der Hand vor einem Reihenhaus

mit gepflegtem Vorgarten.
Ich klingelte.
Die Tür ging auf, und ich ließ vor Schreck die Blumen fallen.
Holzapfel.
Verdammte Scheiße, dachte ich. Wir hatten bisher nie über unsere Eltern gesprochen.
Dietrich hob die Blumen auf, die ich vor Schreck hatte fallen lassen, grinste und hielt mir die Hand hin.
„Komm rein, junger Mann, eine gewisse junge Dame sitzt schon seit einer Stunde wie auf glühenden Kohlen."
Das Wohnzimmer glich dem meiner Eltern aufs Haar. Anbauwand aus hellem Furnier, Couch, zwei Sessel, kräftiger Holztisch mit Fliesen und Eckbank mit Esstisch. Kissen, Nippes, Stehlampe und helle Auslegware.
Christiane saß auf der Couch und blätterte im Magazin. In einem der Sessel saß ein junger Bursche von vielleicht achtzehn Jahren.
Christiane sprang auf und gab mir einen Kuss, zeigte dann auf den jungen Mann: „Mein Bruder Bernd."
Wir gaben uns die Hand.
„Setzt euch, der Kaffee kommt sofort", sagte Dietrich und wies mit einer Handbewegung auf die Eckbank.
Auf dem Tisch stand eine Quark- und eine Himbeertorte.
Wir setzten uns. Ich rieb mir meine schweißnassen Flossen an der Hose ab.
„Der Kaffee." Die Frau, die die weiße Kanne mit der geschwungenen Tülle und dem rosafarbenen Tropfenfänger auf den Tisch stellte, war eindeutig der Typ Landpomeranze. Mittelgroß mit runden Hüften, aschblondem Haar, rötlichen Pausbacken und himmelblauen Augen, Christianes Augen.

Sie reichte mir die Hand und sagte: „Willkommen bei uns, Herr Hohndorf."
„Quark oder Himbeere, Felix?", fragte Christiane.
Gut gemeint, Mädchen, aber ich war noch so von der Rolle, dass ich auch Hundekuchen akzeptiert hätte.
„Quark", sagte ich.
Holzapfel kam mit einem Tablett, auf dem fünf gefüllte Sektgläser standen. Er drückte jedem eins in die Hand und sagte: „Willkommen bei uns, Felix. Ich habe darauf bestanden, dass unser Mädchen endlich Farbe bekennt. Man kann doch nicht mit einem wildfremden Kerl zelten fahren, und die Familie macht sich Sorgen." Er sah bei den letzten Worten grinsend seine Frau an.
„Also, Prost!"
Wir stießen an.
Christianes Augen funkelten vor Vergnügen. Sie wusste, dass ihre Überraschung gelungen und der selbstsichere Herr Hohndorf einigermaßen aus dem Gleichgewicht geraten war.
Warte, mein Herzchen, das zahl ich dir zurück.
Bernd verschlang drei Stück Torte, erhob sich und sagte: „Ich muss." Und war weg.
Nach dem Kaffee verschwanden Christiane samt Mutter in der Küche und Holzapfel meinte, dass zu einem guten Kaffee eine gute Zigarette und ein Kognak gehörten.
„Im Wohnzimmer wird bei uns nicht geraucht, komm."
Wir gingen über den Flur in sein Arbeitszimmer.
Mannomann. Genau das, wovon ich immer geträumt hatte. Unterm Fenster eine alte, dunkle Couch aus leicht brüchigem Leder mit zwei dazu passenden, tiefen Ledersesseln, vor dem anderen Fenster ein Schreibtisch und an den Wänden Bücherregale.

„Bin gleich zurück." Holzapfel verschwand.
Ich trat an die Regale: Tolstoi, Dostojewski, Gorki, Zola, Balzac, Stendhal, Hugo, Dreiser, Faulkner, Dürrenmatt, Keller, Traven, Apitz, Becher, Brecht ...
Himmel, Arsch und Parteisekretär, wie ging so was?
„In irgendeiner Form haben die alle vom Sozialismus geträumt, Felix."
Holzapfel stellte eine Flasche Goldbrand auf den Tisch und bot mir eine Marlboro an.
Er grinste, als er mein verdutztes Gesicht sah. „Hab 'ne Schwester in Hamburg."
Er hob sein Glas. „Prost, Felix, und willkommen im Haus Holzapfel."
Wir stießen an und tranken.
„Ich wills kurz machen, Felix. Christiane ist nicht unser Kind und ist es doch. Der Bruder meiner Frau hatte auf der Rückfahrt von der Ostsee mit seinem Trabi einen schweren Unfall. Er war sofort tot, seine Frau ist im Krankenhaus gestorben, nur Christiane hat schwer verletzt überlebt. Ihr rechtes Bein hatte mehrere Frakturen und ihr Unterleib war gequetscht. Wir haben Christiane selbstverständlich bei uns aufgenommen und sie ist jetzt unsere Tochter. Im zweiten Lehrjahr hat sie sich ihr Bein richten lassen. Es gab Komplikationen und damit war die Ausbildung zur Laborantin unterbrochen."
Holzapfel machte eine Pause, und wir brannten uns noch eine Zigarette an.
„Was mich beunruhigt, ist das Angebot von Elbe-Chemie aus Dresden. Was wir uns fragen, ist, wie soll das gehen, du hier, wahrscheinlich wieder in deinem Beruf, und das Mädel in Dresden? Und, Felix, das Mädel liebt dich. Du bist ihre erste große Liebe und eins sage ich dir, solltest du

Christiane verarschen, dreh ich dir eigenhändig den Hals um."
Holzapfel grinste dabei, aber in seinen Augen sah ich ein Glitzern, dass mir einen leichten Schauer über den Rücken jagte.
„Christiane ist keine Brigitte, ist dir das klar? Solltest du es nicht ernst meinen, dann mach Schluss. Sie wird`s überleben, aber ..."
„Das reicht, Dietrich, es ist mir sehr ernst, und damit du Bescheid weißt, ich bleibe nicht im Betrieb, sondern gehe ebenfalls nach Dresden."

***

Der Bau der Anlage zum Abbau und zur Aufbereitung des Silikatschlamms nahm uns vollständig in Anspruch. Die Werkleitung hatte uns zwei Schlosser an die Seite gestellt, die die Anlage nach unseren Entwürfen bauten. Zuerst kam der über die Jahre fest gewordene Silikatschlamm in einen Bottich mit Rührwerk und Überlauf. Alle Verunreinigungen, die schwerer als Wasser waren, setzten sich am Boden ab. Da waren Schrauben, Muttern, Werkzeuge aller Art, eine völlig verkeimte Taschenuhr, ein gut erhaltener Ehering und Messer, Gabeln und Löffel dabei. Die Krönung war ein Glasauge.
Die Wasser-Silikat-Dispersion lief über, wurde neutralisiert, nochmals gewaschen, filtriert und in einem Minidrehrohrofen getrocknet. Das Endprodukt fühlte sich wie Staub an und machte die Haut der Hände so trocken und stumpf, dass man das Gefühl hatte, an feinem

Sandpapier entlangzufahren, wenn man die Hand in die Hosentasche schob. Das fertige Produkt wurde in große Behälter, ähnlich der Zementsilos auf dem Bau, transportiert und in Säcke abgefüllt.
Nach drei Monaten stand die Anlage und der erste Transport ging Richtung Dresden.
Zwischendurch hatte ich wieder mal Besuch.
Lederjacke.
Er kam ohne Schnapsflasche.
Nur mal so zum Plaudern.
Ob mir eine gewisse Roswita bekannt sei.
War sie.
Ob ich sie dazu angestiftet hätte?
Wozu?
Einen Ausreiseantrag zu stellen.
Die Kartons im Korridor, dachte ich.
„Nein."
Ich sei ein subversives Element, das man unbedingt im Auge behalten würde. Selbst der positive Einfluss der Arbeiterklasse sei an mir verlorene Liebesmüh.
Die Arbeiterklasse sei mir zehnmal lieber, konterte ich, als gewisse Leute, die hinter jedem ehrlichen Bürger einen Anarchisten vermuteten.
Wenn mich nicht ein gewisser hochgeachteter Parteisekretär und wertvolles Mitglied unserer sozialistischen Gesellschaft unter seine Fittiche genommen hätte, würde man sicher ...
War ich ein Küken? Aber Fittiche war nicht schlecht.
„... und ich könnte so einiges wieder gutmachen, wenn ich meinen verdammten vervögelten Einfluss auf besagte Dame nutzen würde, damit diese ihren Antrag zurückziehen würde. Letztendlich ginge es um die Kinder, die im auf-

blühenden, friedliebenden Sozialismus um ein Vielfaches besser gedeihen (gedeihen, sagte das Arschloch) würden als in diesem revanchistischen, faulenden Imperialismus des kapitalistischen Deutschlands mit ...
ND-Gelaber. Ich konnte diese gequirlte Scheiße nicht mehr ertragen. Eine eiskalte Wut kroch in mir hoch. Ich steckte beide Hände in meine Hosentaschen.
Du kannst mich mal, Blödmann. Nächstes Jahr bin ich fort.
... Und man solle nicht glauben, dass man, auch wenn man seinen Wohnort wechsle, seine subversive Tätigkeit ungestraft in anderen geografischen Gefilden fortsetzen könne. Dresden zum Beispiel habe trotz massiver Zerstörungen bereits wieder sehr schöne Straßen, eine davon sei die Bautzner.
Das saß!

Am nächsten Tag klingelte ich bei Roswita.
Sah nicht besonders gut aus, meine verflossene Sextherapeutin.
Tiefe Augenringe und müde Augen.
„Mann, Felix, das ist aber eine Überraschung. Mit dir hätte ich nicht gerechnet, komm rein."
Die Wohnung war nahezu leer. Überall standen Umzugskartons.
„Hab alles verkauft, was sich verkaufen ließ," sagte Roswita.
Wir setzten uns auf eine alte Liege, die noch im Wohnzimmer stand.
„Was macht die Schule?" Dämliche Frage, aber mir fiel nichts Blöderes ein.
„Rausgeschmissen. Wer die Deutsche Demokratische Republik verrät, ist es nicht mehr wert, für sie zu arbeiten."

„Oh", sagte ich.
„Genau", sagte Roswita.
„Und wovon lebt ihr?"
„Von dem, was ich gespart hatte und was so ziemlich alle ist, von dem, was mein Ex für die Mädels schickt und von dem, was das verkaufte Gerassel gebracht hat."
„War sicher nicht viel", sagte ich.
„Irrtum, Felix. Einige gute Freunde haben weit mehr gegeben, als der Plunder wert war."
Ich hatte schon davon gehört, dass man Leute, die einen Ausreiseantrag gestellt hatten, die Lebensgrundlage entzog und ich hatte vorsichtshalber einige Hunderter von der Kasse geholt.
„Hier", sagte ich und gab Roswita den Briefumschlag.
Sie sah rein und sagte: „Kann ich nicht annehmen, Felix, denn ich weiß nicht, ob ich es dir je zurückzahlen kann."
„Nimm es ohne Diskussion und schick mir dann von drüben Marlboro dafür", lachte ich.
„Danke, Felix."
Sie knöpfte den ersten Knopf ihrer Bluse auf.
„Kleiner Abschied?"
„Tut mir leid, Roswita, das geht nicht mehr."
Ich erhob mich. Roswita stand ebenfalls auf.
„Darf ich dich noch einmal küssen, Felix?"
Ich nahm Roswita in den Arm, drückte sie noch einmal und ging.

***

Der November versuchte wie jedes Jahr, den vom Sommer noch zum Übermut neigenden Menschen mit Wind und Nieselregen ins Genick zu spucken. Was ihm in diesem Jahr bei mir allerdings nicht gelang.

Christiane war zu mir gezogen und hatte aus meiner sterilen Junggesellenbude ein bewohnbares Domizil gemacht. Frauen mussten ein Wohngen mehr als Männer besitzen. Stammte wahrscheinlich noch aus der Höhlenzeit, wo die Frau das Feuer und die Kinder hütete, während der Mann in der unwirtlichen Wildnis seinem Jagdtrieb folgte. Für die Frau bestand immer die Gefahr, dass der wilde Jäger eine schönere und wärmere Höhle fand und seine Brut dem Hungertot preisgab.

Christiane hatte sich mit Lehrbüchern der organischen und anorganischen Chemie eingedeckt. Sie wollte unter allen Umständen irgendwann ihre Prüfung zur Laborantin nachholen.

Ich schrieb wieder an meiner Russen-Pferde-Geschichte, die sich allmählich in eine ganz andere Richtung als vorgesehen entwickelte. Meine beiden pubertierenden Helden bekamen für ihre nächtlichen Fantasien reale Nahrung durch Anni, die, wenn sie bei uns Wasser holte, oft einen vorn weit offenstehenden, abgeschabten Morgenrock trug. Annis Geschichte sah bei mir so aus: *Hergekommen war Anni aus der Gegend um Breslau, obwohl sie aus Hamburg stammte. Annis Mutter und auch schon die Großmutter waren fleißige Dienerinnen des Herrn – oder besser gesagt der Herren, die sich die Nasen an den Schaufensterscheiben der Herbertstraße plattdrückten.*

Als Anni vierzehn war und die Mutter spürte, dass ihre Tochter mehr den praktischen Dingen des Lebens als den geistigen zugewandt war, gab sie das bildhübsche Mädchen mit den blonden Locken und den strahlend blauen Augen in eine Lehre nach Pinneberg, mit Familienanschluss, versteht sich. Und ein Familienanschluss wurde es im wahrsten Sinn des Wortes. Der Lehrmeister und Besitzer der Baumschule war ein Mann in den sogenannten besten Jahren, während seine graumausige Frau ihre besten Jahre bereits hinter sich hatte. Die Arbeit bei Wind und Wetter hatte ihre ehemals zarte Haut gegerbt und die ewige Bückerei hatte sie krumm gemacht.

So dauerte es nicht lange und der Lehrmeister versuchte, seinen Setzling bei dem schönen und taufrischen Lehrmädchen einzupflanzen. Das Lehrmädchen Anni hatte im Grund nichts dagegen. Ihre körperliche Entwicklung hatte den Punkt erreicht, wo der erste Versuch nur noch eine Frage der Gelegenheit war. Aus weiblicher Intuition heraus ließ sie ihren Lehrmeister jedoch zappeln, bis der Mann vor innerer Hitze zu platzen drohte.

Anni fand schnell Gefallen an den heißen Spielen mit dem Lehrmeister, zumal es ihrer Eitelkeit schmeichelte, von einem reifen und erfahrenen Mann derart wild begehrt zu werden.

Für den Lehrmeister war es seit vielen, vielen Jahren eine Art Auferstehung. Nach Wochen wilder sexueller Vergnügungen im Stroh, im Geräteschuppen oder auf der bloßen Erde verlegte der Meister die Leibesübungen mit dem gelehrigen Mädchen ins Wohnhaus.

Und es kam, wie es in solchen Fällen zu kommen pflegt. Gier und Leichtsinn sind bekanntlich Geschwister. Eines Tages kam die Frau, früher als erwartet, vom Feld. Als sie die Tür öffnete, sah sie zuerst die Hinteransicht ihres Mannes. Mit heruntergelassener Hose.

Auf dem Küchentisch lag Anni.

Mit hochgerafftem Rock.
Und schneeweißen, entblößten Schenkeln.
Es gab Krieg
Ehekrieg vom Feinsten! Langandauernd und erbittert!
Der Mann war in das junge Blut bis zur Raserei verliebt und dachte nicht im Traum daran, seinen Jungbrunnen zuzuschütten.
Die Bedürfnisse der Frau nach körperlicher Liebe waren durch schwere körperliche Arbeit und die Jahre stark geschrumpft. Aber sie liebte ihren Mann – genauso, wie sie die Baumschule liebte. Und die Liebe zu Besitz und Eigentum kann Kriege auslösen.
Doch irgendwann werden die Waffen stumpf, und wenn es keine Sieger gibt, gibt es Burgfrieden.
Ich gab das Manuskript Christiane zum Lesen.
„Gefällt mir", sagte sie, sah mich dabei aber merkwürdig an.
„Was ist?", wollte ich wissen.
„Hab mir so meine Gedanken gemacht, Felix. Du liebst erotische Geschichten und man spürt, dass du sie erlebst, wenn du sie schreibst."
„Ist das schlimm?" Christiane hatte wohl zwischen den Zeilen gelesen.
„Ist es nicht, nur gefährlich ist es."
„Wieso?" Ich war unangenehm berührt.
„Für mich, Felix, für mich ist es gefährlich, denn ich bin mir nicht sicher, ob ich dir für alle Zeit genügen werde."
Ich nahm sie in die Arme und küsste sie.
„Ich liebe dich sehr, Felix."

In dieser Nacht musste es passiert sein.
Christiane war in eine Art sexuelle Raserei verfallen. Ich

hatte so etwas wie Angst um ihren zarten Körper empfunden, aber sie hatte mich angesteckt.
Gegen Morgen lagen wir glücklich und nahezu bewusstlos im Bett.
In dieser Nacht war es passiert.
Christiane war schwanger.
Jetzt hatte ich wirklich Angst.
Dietrich hatte mir eines Tages wie beiläufig erzählt, dass die Ärzte damals nach dem Unfall vor einer Schwangerschaft gewarnt hatten. Zumindest vor einer Schwangerschaft in jungen Jahren. Der Unfall habe einiges an Schaden im Unterleib des Mädchens verursacht. Vielleicht würde sich das später verwachsen.
Und jetzt war es passiert. Wir würden ein Kind bekommen und statt mich zu freuen, plagten mich schreckliche Ängste.
Ich hatte an einen Schwangerschaftsabbruch gedacht. Wäre in unserem Falle sicher möglich gewesen. Der Buschfunk meldete, dass ab nächstem Jahr ein neue Regelung diesbezüglich in Kraft treten sollte.
Als ich in Christianes Gegenwart einmal das Wort Schwangerschaftsabbruch benutzte, wurde sie fuchsteufelswild. So wütend hatte ich sie noch nie erlebt.
Ich sprach nur noch mit Dietrich darüber.
Wir hatten beide Angst.

***

Zum ersten Advent hatte mich Meisner eingeladen. Unsere Freundschaft hielt trotz mancher Meinungserschiedenheiten.

„Was macht eigentlich Angela Davis?" Manchmal war ich ein sarkastischer Schweinehund.
„Noch einmal den Namen, Felix, und du trinkst heute Abend lauwarmes Glaubersalzwasser."
„Aber, aber, Klaus."
„Ich kann den Namen nicht mehr hören. Wandzeitungen in allen Klassenzimmern, Pioniernachmittage für die Freiheit von Angela Davis, FDJ- Veranstaltungen zu Angela Davis, Fachzirkel, Pädagogischer Rat, Gewerkschaftsversammlungen, Klassenkonferenzen, Parteilehrjahr, es gibt nur noch ein Thema: Angela Davis."
„Scheint aber tatsächlich eine üble Geschichte zu sein, die man ihr da angehängt hat, denn die Proteste gehen ja nicht nur von der größten DDR der Welt aus."
„Erst mal Prost, Felix!"
Meißner trank den Helios in einem Zug aus, schüttelte sich und goss ein halbes Bier hinterher.
„Stell dir vor, Felix, du müsstest über Monate diesen Namen hören, jeden Tag, früh, mittags, abends. Irgendwann musst du kotzen, obwohl diese Angela mit Sicherheit nichts dafür kann, dass man hier ein Politikum aus ihr macht"
„Der Sozialismus siegt aber trotzdem, oder hört mein sensibles Öhrchen da unterschwellig defätistische Töne?"
„Ich denke schon, dass wir hier auf dem richtigen Weg sind, Felix. Preiserhöhungen sind für die nächsten Jahre auf Eis gelegt, der Wohnungsbau wird favorisiert, vor allem in ländlichen Gegenden, keiner muss vor irgendeinem kapitalistischen Arschloch katzbuckeln und um Arbeit betteln, Kinder werden betreut wie nie zuvor in Deutschland …"
„Und deshalb hat die Republik im November ja auch mit 99,85 Prozent die Kanditaten der Nationalen Front

gewählt", warf ich dazwischen.

„Bei der nächsten Wahl sind es 105 Prozent", lachte Meisner.

Hast Gott sei Dank noch Bodenhaftung, dachte ich.

„Und für die 0,15 Prozent, die die Kandidaten der Nationalen Front nicht mögen, gibt es jetzt die SM 70", sagte ich.

„Was soll'n das sein?"

„Eine hochwirksame Splittermine, an Wildschweinen und Hirschen getestet, und bei der Sicherung der Friedensgrenze eingesetzt."

„Wird vielleicht bald überflüssig, diese Grenze", sagte Meisner, aber es klang mehr Hoffnung als Glaube in seiner Stimme, „immerhin haben fast 30 Staaten inzwischen die DDR anerkannt."

„Ich bin wahrscheinlich zu blöd, um diesen ganzen politischen Mist zu begreifen, Klaus. Rund 100 Prozent der Bevölkerung wählen diese Regierung, und diese Regierung lässt mit einem Millionenaufwand, vielleicht sind es auch Milliarden, Sperrzäune und Mauern bauen, damit ja keiner dieser Wähler die Gewählten verlassen kann. Ist mir einfach zu hoch. Vielleicht, das wäre für mich eine logische Erklärung, will man verhindern, dass Tausende und Abertausende aus dem Westen in die DDR flüchten."

Meisner sah mich todernst an. „Was ich dir jetzt sage, Felix, muss unter allen Umständen unter uns bleiben. Versprich es."

„Hast du Brettschneider kaltgemacht", grinste ich.

So hatte Meisner noch nie mit mir gesprochen.

„Versprich es, Felix!"

„Ich halt unter allen Umständen die Klappe."

„Ute will einen Ausreiseantrag stellen."

„Waaaaas?"
„Du hast richtig gehört, Felix."
Ich kippte meinen Helios runter und sah Meisner kopfschüttelnd an.
„Und du?"
„Ich bin absolut dagegen. Was soll ich dort drüben. Denkst du, die stellen mich als Lehrer ein? Mir geht`s doch ganz gut hier. Meine Arbeit macht mir Spaß, das Geld reicht allemal, und mit dem politischen Scheiß kann ich mich arrangieren. Ich denke manchmal an die Erzählungen meiner Eltern und Großeltern. Da bleibt dir nur die Schlussfolgerung, dass der Kapitalismus eine Scheißgesellschaftsordnung ist."
„Aber die einzige Ordnung, die in den nächsten tausend Jahren funktionieren wird", sagte ich.
Meisner nahm den Einwand überhaupt nicht zur Kenntnis und fuhr fort: „Klar sieht das Drüben alles anders aus. Da werden horrende Löhne und Sondervergütungen noch und noch gezahlt. Und was man sich für sein Geld alles leisten kann, Italien, Kanarische Inseln, Mexiko und und und. Aber eins sag ich dir, Felix, wenn es als Gegenpol die DDR nicht gäbe, würde der Kapitalist dort ganz schnell sein wahres Gesicht zeigen ..."
„Prost, Klaus." Ich hob meinen Schwenker. „Wo ist eigentlich Ute?"
„Die ist übers Wochenende zu irgendeiner Freundin nach Magdeburg gefahren. Will mir wahrscheinlich zeigen, wie elend es mir allein gehen würde."
„Und geht es dir elend?"
„Kann ich nicht behaupten. Ute denkt, ich gehe ohne sie zugrunde. Seit der Fehlgeburt vor einem halben Jahr ist bei uns Eiszeit im Bett. Die Ärzte haben angedeutet, dass sich

ihr Kinderwunsch mit größter Wahrscheinlichkeit nicht erfüllen wird. Seitdem hat sie keine Lust mehr, will ihr Leben wahrscheinlich ohne mich genießen."
„Und wie kommst du damit zurecht?"
„Anfangs war ich froh, dass ich endlich mal meine Ruhe hatte. Bevor sie schwanger wurde, ging das jeden Tag rund. Früh vor der Schule, nach dem Abendbrot, immer volles Ballett und die Verrenkungen, Hilfe. Ute machte anschließend immer die Kerze im Bett, damit ja alle meine Fädchen eine Chance hatten, ihr Ziel zu erreichen. Ich war heilfroh, als es endlich geklappt hatte."
Klaus stand auf und holte noch zwei Bier.
„Prost, Felix, im dritten Monat war der Traum vom Nestbau ausgeträumt."
Ich sagte nichts, denn ich ahnte, dass noch mehr kam.
„Jedenfalls lag und liegt unser Liebesleben seitdem beim absoluten Nullpunkt. Das ist nach so einem Vögelstress ja eine Zeit lang ganz angenehm, aber auf die Dauer kriegst du 'n Koller."
Meisner sah eine Weile gedankenverloren auf seine Bierflasche, gab sich dann aber einen Ruck.
„Kurz und gut, ich musste zur Eröffnungsveranstaltung des neuen Schuljahres in die Aula des Gymnasiums, und dreimal darfst du raten, wen ich dort traf?"
Ich dachte im ersten Moment an Roswita, aber die konnte Klaus nicht kennen. Ich zuckte die Schultern.
„Anke, die mal an unserer Schule war."
Mir fiel sofort die Verzweiflungsnummer ein, die ich in meinem vorhergehenden Leben mit ihr in meiner Bude abgezogen hatte. Und Eichinger fiel mir ein.
Tripperanke.
„Oh, oh", sagte ich nur.

„Wir sind nach der Veranstaltung in den Grünen Heinrich und dann zu ihr. Ich war natürlich eine leichte Beute und sie hat das sofort gerochen. Jedenfalls sind wir im Bett gelandet, und ich hab mich für die trockenen Monate schadlos gehalten. Ich vermute fast, das Weib ist Nymphoman. Die konnte absolut nicht genug kriegen."
Meisner hob seinen Kognakschwenker. „Auf die schwangere Anke!"
„Du?", entfuhr es mir.
„Sie schwört Stein und Bein, dass es von mir ist."
„Ach du Scheiße", entfuhr es mir.
„Ich find´s nicht schlecht", grinste Meisner.
„Und Ute?"
„Sie wird es nicht erfahren, ist ausgemacht, aber eigentlich auch egal. Die will fort, will die große, weite Welt sehen wie ihre Schwester, die zweimal mit Neckermann in Italien war."
„Und du?"
„Hab ich dir doch gesagt, ich bleibe. Übrigens hat Ute bereits die Scheidung eingereicht. Sobald wir geschieden sind, will sie den Antrag stellen."
Wir machten die Flasche Helios leer und waren ziemlich besoffen. Von meiner Schwangerschaft erzählte ich nichts.

***

Im Hause Holzapfel gab es nur noch ein Thema: Wir kriegen ein Kind. Mutter Holzapfel warf bei jeder passenden und unpassenden Gelegenheit mit dem Wort Heirat um sich.

„Ich würde gern", sagte ich zu Christiane.
„Ich auch, aber ..." Sie küsste mich.
„Aber?"
„Lass erst das Kind auf die Welt kommen. Ein dicker Bauch im Hochzeitskleid gefällt mir nicht."
Bei schwangeren Frauen bewirkt wahrscheinlich die Konzentration auf das Kind das Ausblenden der Realität. Mitte Februar gab es die ersten Komplikationen. Leichte Schmierblutungen. Der Gynokologe meinte, dass dies häufig vorkomme und ungefährlich sei.
Im April begann sich Christiane sichtbar zu runden.
Anfang Juni war sie tot.
Das Kind war irgendwann im Mutterleib abgestorben. Christiane musste es gespürt haben, hatte es aber nicht wahrhaben wollen und war nicht zum Arzt gegangen. Das Kind hatte sie vergiftet.
Das alles drang erst viel später in mein Bewusstsein.

II

Ich saß am Fenster meiner Einraumwohnung in der 6. Etage und starrte in den Himmel. Morgen würde das neue Schuljahr beginnen. Wie ich das packen sollte, war mir schleierhaft.
Wie sollte ein toter Lehrer lebendige Schüler unterrichten?
Meine Erinnerungen daran, wie ich nach Dresden gekommen war, ähnelten einem Schweizer Käse. Dietrich hatte mich inständig gebeten zu bleiben, hatte dann aber eingesehen, dass für mich ein radikaler Wechsel wahrscheinlich am besten war und meinen Umzug organisiert.
Wenn du hier Löcher in den Himmel starrst, stürzt das Gewölbe dir zuliebe trotzdem nicht ein. Also reiß dich zusammen, Alter.
Ich schnappte meine Jacke, lief nach unten und machte mich auf in Richtung Zentrum. In Höhe der Fischgrillbar am begann mein Herzschlag auszusetzen und mir brach der Schweiß aus. Ich blieb stehen und brannte mir eine Zigarette an.
Christiane.
Verdammt, verdammt, warum hatten wir es darauf ankommen lassen. Wir wären auch ohne Kinder glücklich geworden.
Ich überquerte den Pirnaischen Platz und sah mir das Polizeipräsidium an. Die dunkle, verwitterte Sandsteinfassade und die Wehrtürme rechts und links verursachten mir eine Gänsehaut. Ich bog in die Landhausstraße ein und

blieb vor der Ruine der Frauenkirche stehen. Zwei aufragende, dunkle Steinfassaden und dazwischen ein Trümmerberg als Mahnmal an die grauenvolle Zerstörung einer der schönsten Städte Europas.
„Dass er das zugelassen hat", der Herr neben mir sah in den Himmel, „lässt die Gläubigen bestimmt zweifeln."
„Das muss schlimm gewesen sein für die, die an ihn glauben", sagte ich, „war sicherlich ein Volltreffer."
„Irrtum junger Mann, die Kirche wurde während der vier Angriffswellen, die über das Florenz des Nordens hereinbrachen nicht wesentlich getroffen. Das Feuer drang durch die von den Druckwellen geborstenen Fenster, breitete sich aus, glühte das Gebäude von innen aus und brachte es erst am 15. Februar zum Einsturz."
„Es muss schrecklich gewesen sein", sagte ich. Was sollte man sonst zu so einem Wahnsinn sagen.
„Es war schrecklich, das kann ich ihnen versichern, aber das Furchtbarste, was ich erlebt habe, war die Verbrennung der Leichen auf dem Altmarkt. Den Gestank werde ich mein Leben lang nicht mehr los."
Der Mann schüttelte sich.
Ich sah mir meinen Gesprächspartner näher an. Der Mann war mittelgroß, untersetzt und hatte einen Rundkopf mit spärlichem Haarwuchs. Am Revers seiner Jacke prangte das Abzeichen mit den Händen.
Er sah meinen Blick, grinste und sagte: „Bin gleich nach der Gründung der Partei eingetreten in der Hoffnung, dass Menschen, die sich die Hände reichen so etwas nie wieder tun oder zulassen werden."
Mir fiel der 17. Juni ein, aber ich sagte nichts.
„Sie sind zugezogen?", fragte der Mann.
„So ist es, bin seit 10 Tagen hier."

„Wenn Sie möchten, zeige ich Ihnen etwas von der Stadt. Erich Weinhold."
Er streckte mir die Hand entgegen.
„Gern", sagte ich, gab ihm die Hand und stellte mich vor. Der Mann war mir sympathisch.
Wir schlenderten über den Neumarkt zu einem riesigen Trümmerhaufen.
„War das Schloss, soll angeblich wieder aufgebaut werden, aber bei dem Wohnungsmangel in der Stadt habe ich da wenig Hoffnung."
Ich spürte plötzlich Hunger, richtigen Hunger. War in letzter Zeit so gut wie nie passiert. Ich hatte seit Christianes Tod mehrere Kilo abgenommen.
„Kann man hier irgendwo was essen?"
„Da drüben ist das Italienische Dörfchen."
Wir überquerten den Theaterplatz. Der Garten hatte geöffnet. Ich holte mir eine Bockwurst mit Salat, und Erich Weinhold brachte zwei Bier an den Tisch.
„Prost, Herr Hohndorf. Ich hoffe, unsere Stadt wird Ihnen gefallen."
„Prost, Herr Weinhold, ich denke, das wird sie."
Wir verbrachten zwei äußerst angenehme Stunden miteinander, tranken Bier und Weinhold erzählte viel über die Stadt und ihren mühseligen Wiederaufbau. Als es dunkel wurde, brachen wir auf. Weinhold begleitete mich bis zum Postplatz.
„Vielleicht treffen wir uns irgendwann mal wieder. War angenehm, mit Ihnen zu plaudern, Herr Hohndorf."

Ich schlief in dieser Nacht miserabel, schwere Albträume plagten mich. Gegen Morgen war ich mit Christiane in der brennenden Frauenkirche eingeschlossen. Das prasselnde

Feuer breitete sich mit rasender Geschwindigkeit aus. Ich zog Christiane in Richtung des Altars, aber sie blieb mit ihrem Rock irgendwo hängen. Ich zog und zog, aber ich konnte sie nicht bewegen. Sie war auf die Knie gestürzt und ihr Gesicht verzerrte sich in einem fürchterlichen Schmerz.
Ich begann wie wahnsinnig an ihrem Arm zu ziehen.
Dann riss irgendetwas.
Ich erwachte schweißgebadet. Mein Bettzeug war klatschnass, und ich wusste im ersten Moment nicht, wo ich war.
Halb sechs, also raus aus der Koje. Ich ging ins Bad, drehte das kalte Wasser an und spülte den ekligen Schweißfilm von meinem Körper.
Es war schon gewöhnungsbedürftig. Von meinem spartanischen Adlerhorst ohne alles in eine komfortable Einraumwohnung mit kompletter Miniküche und einem Bad mit Dusche zu ziehen war der Hammer. Das Wohnzimmer maß mindestens 25 Quadratmeter und hatte Fenster, die die gesamte Stirnseite einnahmen.
Ich brühte mir einen Tee, aß zwei alte Kekse und ging zur Haltestelle.

Polytechnische Oberschule, Neubau mit Schulhof und moderner Turnhalle. Ich hatte mir die Schule schon vor einigen Tagen angesehen und mich vorgestellt. Die Sekretärin, Frau Lehmann, war das Ebenbild unserer Frau Schneller, nur etwas größer, jünger und noch erheblich vollbusiger. Direktor Maulberger war der Prototyp einer von der Natur geschaffenen Disproportion. Auf langen, dünnen Beinen saß ein kurzer, gedrungener Oberkörper mit einem nahezu haarlosen Kopf und kleinen, farblosen Augen, die von weißen Wimpern umrahmt wurden.

Als ich den Schulhof überquerte, begann der Fahnenappell zur Eröffnung des neuen Schuljahres. Die Schüler standen in bunten Gruppen um den Fahnenmast herum, lachten, erzählten sich ihre Ferienerlebnisse und ließen die Ansprache des Direktors einschließlich der nachträglichen Würdigung des Weltfriedenstages über sich ergehen wie unangenehmen Nieselregen im Herbst.

Ich sah mich um und traute meinen Augen nicht. Inmitten einer Schülergruppe stand Erich Weinhold.

Wir nickten uns zu.

Als der Appell zu Ende war, kam Weinhold kam auf mich zu. „Das ist aber eine Überraschung", grinste er mich an.

„Kann man wohl sagen", erwiderte ich.

Wir gingen rein. Rechts im Vorraum hing eine Liste mit Klasse, Klassenlehrer und Klassenzimmer.

F. Hohndorf, Zimmer 3, Klasse 7.

Da saßen fünf Jungen und sechs Mädchen und zwar, wie nicht anders zu erwarten, in den hintersten Bänken.

Bei der Klassenstärke kannst du bis hundert als Lehrer arbeiten, dachte ich.

Mittag wusste ich, was mich erwartete. Der rechts der Elbe liegende Stadtteil Dresdens, kurz Neustadt genannt, sollte plattgemacht werden.

Abriss und Neubau von Zehngeschossern. Dabei sollten die Leute in Vorstadtplattenbauten umgesiedelt werden. Der Prozess hatte bereits begonnen. Die unteren Klassen platzten aus allen Nähten.

Innerhalb von vier Wochen wurde aus meiner Elfergruppe eine Klasse von 24 Schülern und es kamen laufend Neuanmeldungen. In Weinholds Fünfter saßen bereits 31 Schüler.

Ich war wieder zu einem Rädchen im Uhrwerk der großen

Gemeinschaft geworden und funktionierte, stand aber immer noch neben mir.

Weinhold gab sich große Mühe mit mir, machte mich mit der Stadt vertraut, und nach jedem Bummel landeten wir in irgendeiner Kneipe.

Die Tage, Wochen und Monate reihten sich aneinander wie Perlen auf einer Schnur nur mit dem Unterschied, dass die Qualität der Perlen unterschiedlich war. In einigen Perlen steckten stundenlange pädagogische Räte, deren Inhalte dem Dreschen von leeren Stroh entsprach.

Kaum an den Mann zu bringen, diese Perlen.

In anderen Perlen steckten Dienstberatungen, die meist den organisatorischen Ablauf des Schulalltags regelte und einfach notwendig waren.

Die Perlen, in denen die Veranstaltungen zur Deutsch-Sowjetischen-Freundschaft steckten, hätte man ohne große Gewissensbisse vor die Säue werfen können – nur mit dem Nachteil, dass das Fleisch der Tiere dann verdorben gewesen wäre.

Die Veranstaltungen der Gewerkschaft – dito.

Perlen, in denen die Zusammenkünfte der Fachzirkel steckten, waren meist sehr schön rund, hatten einen gesunden Glanz und waren zur Weiterverarbeitung geeignet.

Die roten Parteilehrjahrperlen waren dagegen an der Oberfläche meist sumpfig und teigig und brachte auf dem Markt der sozialistischen Eitelkeiten keinerlei Gewinn.

Genosse Sperling, Russisch und Geschichte, Parteisekretär und ehemaliger Hauptmann der NVA, leitete das Parteilehrjahr.

„Und wieso gehen Genossen im Intershop einkaufen?", ereiferte sich eine Kollegin und blickte wütend auf den glitzernden Pullover einer Genossin.

„Weil ...", setzte Genosse Sperling zu einer Erwiderung an.
„Nur kein Neid", warf ich ein, „ab Januar soll neben jedem Intershop ein Laden eröffnet werden, wo mit Rubel bezahlt werden kann."
Lachen.
Sperling reckte sich, holte Luft und belehrte uns: „Der sozialistische Staat ist leider auf Devisen aus dem kapitalistischen Ausland, einschließlich der Bundesrepublik, angewiesen, da die Rohstofflage ..."
Abschalten.
An was Schönes denken.
Ich dachte zum ersten Mal wieder an etwas Weibliches.
Es saß drei Reihen vor mir.
War blond, zierlich, sehr gepflegt und hatte einen ganz leichten Oberbiss.
Ein solcher Mund weckte seit eh und je in mir Begehren.
Sie hieß Svenja, hatte eine Tochter, war nicht verheiratet, unterrichtete vorwiegend Deutsch und leitete die Theatergruppe der Schule mit Erfolg.
War allerhand, was ich wusste, reichte mir aber nicht.
Sperling weckte mich aus meinen Träumen.
„... und gerade, weil die Bedrohung aus dem imperialistischen Westen ständig wächst, ist es unsere Pflicht als sozialistische Lehrerpersönlichkeiten mit all unserer Kraft und Überzeugung Schüler für den militärischen Nachwuchs zu gewinnen. Damit kann nicht erst in Klasse 9 und 10 begonnen werden. Bereits in der Unterstufe muss die Bereitschaft, unser sozialistisches Vaterland mit der Waffe in der Hand gegen jeden imperialistischen Aggressor zu verteidigen, geweckt werden."
Sperling reckte sich.
„Unsere Nationale Volksarmee braucht vor allem Offiziere

und Unteroffiziere."
Sperling sah in die Runde. Sein Blick blieb an mir hängen.
„Wie sieht das bei Ihnen aus, Kollege Hohndorf?"
Retourkutsche für den Rubelladen, dachte ich.
„Schlecht", sagte ich, „muss die Klasse erst richtig kennenlernen."
Das war zwar eine ziemlich blöde Antwort, nachdem über die Hälfte des Schuljahres vorbei war.
„Dann wird es Zeit, Kollege Hohndorf. Zeigen sie Ihren Schülern die unschätzbaren Vorteile, die sie als Zeitsoldaten genießen werden. Höherer Sold als der Wehrpflichtige, kaum Ausgaben für Kleidung, freie Verpflegung, mietfreies Wohnen und rasiert wird mit Armeestrom."
Mir platzte ein Lacher heraus.
„Entschuldigung, aber meine Dreizehnjährigen rasieren sich alle nass."
Allgemeines Gelächter.

„Anker?", fragte Erich Weinhold, als die Rotlichtbestrahlung vorbei war.
„Anker", sagte ich, „die Parteiluft war verdammt trocken."
„Nehmt ihr uns mit?" Ricarda, die mit Anita und Anke am Stundenplan stand, sah uns fragend an.
„Aber sicher", lachte Weinhold.
Wir nahmen einen Tisch ganz hinten im Lokal, der durch eine Trennwand aus Grünpflanzen vom übrigen Lokal etwas abgeschirmt war.
Erich bestellte eine Runde Radeberger und fünf Halb und Halb dazu, ein bittersüßer Likör, der leicht nach Früchten schmeckte.
Die Frauen ereiferten sich immer noch über die Zumutung, in der Unterstufe Armeewerbung zu machen.

„Die Eltern müssen doch denken, ich hab 'n Vogel", sagte Ricarda.
„Und für den Weltfriedenstag lassen wir die Kinder Panzer statt Friedenstauben malen." Anita sah Erich wütend an.
„Prost", sagte Erich, „nehmt das nicht so für bare Münze. Sperling will gegenüber der Abteilung glänzen, der will nach oben, weil er als Lehrer keinen besonderen Stand hat, weder bei den Schülern, noch bei den Eltern.
Eins sollte man aber nicht vergessen, die Bundeswehr wurde bereits im Mai 1955 gegründet, die NVA aber erst im Januar 1956 und jede Seite hat inzwischen ihr Feindbild aufgebaut."
"Pfeif drauf", lachte Anita, „meine Erstklässler malen weiterhin Friedenstauben und die sitzen nicht auf Panzern."
„Vorsicht, Vorsicht, Anke", grinste Erich, „die Taube galt zu Urzeiten als Symbol für weibliche Sexualität. Sie verkörperte die Vereinigung der Gegensätze."
„Vereinigungen sind immer zu begrüßen", sagte Ricarda und legte lachend ihre Hand auf meinen Oberschenkel.
Mir schoss augenblicklich eine heiße Welle aus den Zehenspitzen in den Kopf. Vor meinen Augen waberten rötliche Schleier und mir brach der Schweiß aus.
Ricarda bestellte eine Runde, ließ ihre Hand aber wie selbstverständlich auf meinem Schenkel liegen. Ich hatte das Gefühl, dass sich der Stoff meiner Hose dort, wo ihre Hand lag, jeden Augenblick entzünden würde. Von den Gesprächen bekam ich nur noch die Hälfte mit.
Irgendwann musste ich zur Toilette.
„Ricarda hat drei Kinder und ist geschieden", sagte Erich, der mitgekommen war.
„Aha", sagte ich. In meinem Kopf drehte sich ein Kreisel, der von meinem Unterleib angetrieben und gesteuert wurde.

Ich hatte seit Christianes Tod als Eremit gelebt, und die Berührung einer weiblichen Hand hatte mich völlig aus der Fassung gebracht.

Als wir uns wieder setzten, nahm Ricardas Hand erneut ihren Platz auf meinem Oberschenkel ein, aber etwas näher dem Zentrum. Ich trank mein Bier, in der Hoffnung, mein Stangenfieber zu senken, in einem Zug leer und bestellte eine neue Runde.

Gegen 11.00 Uhr hatten wir genug.

Ich landete, wie nicht anders zu erwarten, in Ricardas Wohnung.

„Kaffee?"

„Könnte jetzt einen vertragen", sagte ich.

Sie verschwand in der Küche. Ich setzte mich in einen Sessel und griff nach einer der Zeitschriften, die auf dem Tisch lagen.

Mannomann. Reklame für Kondome aller Art, mit Schokoladengeschmack, Erdbeergeschmack, Banane, Orange, gerippt und genoppt, gerippt-genoppt, mit wärmenden Gleitmittel, Dildos und Vibratoren, Lustmuschis, Masturbatoren mit Pumpe ...

„Ich nehm übrigens die Pille." Ricarda stellte zwei Tassen Kaffee auf den Tisch und setzte sich auf meinen Schoß.

Der Kaffee war mir jetzt egal. Ich schob meine Hand unter ihre Bluse. Sie hatte den BH bereits abgelegt. Es war nicht allzu viel, was ich in der Hand hielt, und es war nicht ganz so fest, aber es war genau das, wonach mein sexuell ausgehungerter Körper gierte.

Ricarda erhob sich, streifte ihre Bluse ab, zog mich vom Sessel hoch und begann mich zu küssen. Meine Knie wurden so weich, dass ich mich mit einer Hand an der Sessellehne abstützen musste.

Ricarda öffnete meine Hose und ihre warme, weiche Hand zwischen meinen Beinen machte aus dem Keimling endlich wieder eine ansehnliche, stamme Frucht.
Plötzlich tauchte vor meinem inneren Auge Christianes Bild auf. Mir wurde so elend zu Mute, dass ich in den Sessel zurückfiel.
Ricarda nahm meine Hand, zog mich hoch und schob mich ins Schlafzimmer. Ich gab mir alle Mühe dieser Welt, aber es war vergebens. Immer wenn ich fast so weit war, mischte sich Christiane ein.
Irgendwann gab ich auf.
Irgendwann schliefen wir ein.
Irgendwann wachte ich auf.
Und wusste im ersten Moment nicht, wo ich war.
Meine Hand berührte einen nackten Rücken.
Dann einen nackten Po.
Der Verweigerer erwachte zu neuer Aktivität, drängelte, schob und bohrte sich gierig zwischen die schlafwarmen Oberschenkel meiner Nachbarin im Bett.
Ricarda erwachte, schob sich unter mich, küsste mich und schob ihn mit geübtem Griff dorthin, wo er hingehörte. Es dauerte nur Minuten, bis mich der kleine Tod ereilte. Ich schrie wie unter der Folter, und Ricarda presste mir ihre Hand auf den Mund.
Es hörte einfach nicht auf.
Ich hatte das Gefühl, in sie hineingezogen zu werden.
Plötzlich bäumte Ricarda sich unter mir auf, stieß schrille pfeifende Laute aus und krallte sich in meinen Rücken.

***

Hospitationswoche.
Maulberger, unser Direktor, hatte sich bei mir für die 3. Stunde in Mathe Klasse sieben angemeldet.
„Es gab einige Anrufe aus der Elternschaft ihrer Klasse, Kollege Hohndorf. Man ist über ihre Unterrichtsgestaltung geteilter Meinung."
Ich sagte nichts dazu, denn ich hatte damit gerechnet, dass meine Methode, bei der der Lehrer nicht allzu viel zu sagen hatte, am Anfang auf Kritik stoßen würde. War ja nichts Neues für mich.
Vor Maulbergers Hospitationen gerieten die Nervensysteme der Kollegen nicht sonderlich in Aufruhr. Papa Mauli war ein Gemütsmensch und froh, wenn er in Ruhe gelassen wurde. Seine Hospitationsprotokolle endeten alle mit dem vielsagenden Satz: „Kollege Soundso erteilt einen durchaus guten und parteilichen Unterricht."
Er war leidenschaftlicher Angler, unterrichtete Geschichte und überließ die Führung der Schule seiner treu ergebenen Sekretärin Frau Lehmann und seinem Stellvertreter Walter Fischbach, der kurz vor der Rente stand und sich im Wesentlichen um den Planbau und den Vertretungsplan kümmerte. Alles Andere erledigte die Lehmännin.
Und das zur vollen Zufriedenheit aller.
Die Schule lief.
Und plötzlich brachte so ein Neuer Kollege Unruhe in den Schulalltag.
Da musste man Notgedrungen mal reinschauen.
Die Klasse stand zur Begrüßung auf.
„Guten Morgen."
„Guten Morgen."
„Setzen. Sucht euch eure Aufgaben!"
Ich nahm vorn am Lehrertisch Platz und legte mein

Arbeitszeug zurecht. Die Schüler schwärmten aus, holten sich ihre Aufgaben von den Fensterbrettern und den drei Tischen an der Rückfront.
Es wurde sehr still.
Nach einer Weile stand Papa Mauli auf, wanderte durch die Klasse, besah sich die ausgelegten Arbeitsblätter und griff sich zwei heraus.

„Gewöhnungsbedürftig, sehr gewöhnungsbedürftig Ihr Unterricht, Kollege Hohndorf. Aber interessant, sehr interessant." Papa Mauli rieb sich das Kinn und sah mich mit seinen wasserhellen Augen ausdruckslos an.
Alle Hospitationsauswertungen verliefen nach diesem Muster.
„Nur, und darum möchte ich Sie bitten, begrüßen Sie doch ihre Klasse mit dem bei uns gebräuchlichen `Seid bereit` oder, wenn für die siebente Klasse, die bald in die FDJ aufgenommen wird, dieser Gruß zu kindlich sein sollte, mit `Freundschaft`."
„Hm", machte ich und dachte, da kannst du lange warten.
„Und dann diese höchst merkwürdigen Aufgaben."
Er setzte seine Brille auf und las: „Ein Flugzeug fliegt von Berlin nach Paris mit einer Geschwindigkeit von 550 Kilometern pro Stunde. Vom Heck des Flugzeugs startet eine Fliege in Richtung der Pilotenkanzel mit einer Geschwindigkeit von 7 Kilometern pro Stunde. Mit welcher Geschwindigkeit ist die Fliege unterwegs?"
Pause.
Papa Mauli sah mich vorwurfsvoll an. „Warum lassen sie das Flugzeug nicht nach Moskau fliegen?"
„Vielleicht zum Parteitag der KPd SU?", sagte ich todernst.
„Zum Beispiel", nickte Mauli, ohne eine Miene zu ver-

ziehen, „und warum eine Fliege? Würde eine Friedenstaube nicht dem Gedanken der unverbrüchlichen Freundschaft mit der Sowjetunion näherkommen?"
„Gute Idee", sagte ich, obwohl mir das unterdrückte Lachen fast die Luft zum Atmen nahm.
„Vielleicht überdenken Sie ihre Aufgabenstellung noch einmal. In den Elternhäusern wird über die Lösung bereits heftig diskutiert."
„Was der Verbindung zwischen Elternhaus und Schule nicht unbedingt abträglich sein muss", erwiderte ich.
Mauli sah mich an, und an seinem Gesichtsausdruck konnte ich ablesen, dass er sich verarscht vorkam.
„Oder die andere Aufgabe."
Er schob das erste Arbeitsblatt zur Seite.
„Ein Flugzeug fliegt von Frankfurt am Main um 9.00 Uhr MEZ nach Peking. Die Flugstrecke beträgt etwa 7800 Kilometer. Die Passagiere treffen 22.00 MEZ in Chinas Hauptstadt ein.
Beachte: Die Erde dreht sich Richtung Osten!
Frage: Gesetzt den Fall, die Erde würde sich nicht drehen, würde dann das Flugzeug früher, später oder zur gleichen Zeit in Peking landen?"
„Hm."
„Muss es ausgerechnet Peking sein? Sie wissen doch hoffentlich, dass die Beziehung, auch wenn wenig darüber gesprochen wird, zwischen Moskau und Peking, sagen wir mal, angespannt ist. Warum nicht Leningrad? Unsere Partnerstadt. Da könnten Sie, Herr Hohndorf, doch gleich die Klasse auf den Beitritt in die DSF vorbereiten."
Ich sagte vorsichtshalber nichts, da sich in mir ein gewisser Unmut zu regen begann.
„Aber insgesamt", fuhr Mauli fort, „kann man sagen, dass

Sie einen durchaus guten und parteilichen Unterricht erteilen."

Ich war entlassen.

Mein Bedürfnis nach einem Hektoliter Bier war nicht mit Worten zu beschreiben.

***

„Hast du Lust auf Sauna?", Ricarda sah mich mit einem Glitzern in den Augen an.

„Ich war noch nie in der Sauna", sagte ich.

„Dann wird`s aber höchste Zeit. Samstagabend, ich hol dich ab."

Das Verhältnis zwischen uns war rein sexueller Natur. Ricarda hatte Anflüge von Nymphomanie. Zumindest war das mein Eindruck. Ich war nicht der Einzige, der ihre Furche pflügte, um mit Dschingis Khan zu sprechen.

Mir war das egal, denn ich ging nur zu ihr, um meinen Hormonhaushalt zu regulieren. Bei Svenja, der hübschen Blondine, war ich bis jetzt gnadenlos abgeblitzt. Dabei hatte ich ihr zum Frauentag einen Strauß wunderschöner Freesien in die Hand gedrückt. Das war schon was, zum 8. März einen Frühlingsstrauß aufzutreiben.

„Danke", hatte sie gesagt, und das war`s.

Wahrscheinlich spürte sie mit dem Instinkt, über den nur Frauen verfügen, dass meine Gedanken noch in der Vergangenheit gefangen waren. Ich wusste, dass ich noch Zeit brauchte, um mich in eine neue Liebe zu stürzen.

Der Sex mit Ricarda hatte damit nichts zu tun.

Sie holte mich am Samstag gegen Abend ab, und wir fuhren

etwa eine halbe Stunde mit der Bahn stadtauswärts. Das Haus war zweistöckig und hatte einen flachen Anbau. Über der Tür des Anbaus stand ELEKTROINSTALLATION.
Ricarda klingelte.
Es summte und die Gartentür schwang auf. Gleichzeitig öffnete sich die Haustür und ein mittelgroßer Mann mit leichtem Bauchansatz und schütteren, hellen Haaren stand im Türrahmen.
Ricarda ging auf den Mann zu, umarmte und küsste ihn auf die Wange und sagte: „Hab einen Freund mitgebracht."
Der Mann streckte mir die Hand entgegen und sagte: „Ricardas Freunde sind auch meine Freunde. Helmut."
„Felix", sagte ich.
Der Mann drehte sich um, zeigte auf eine Tür und sagte an Ricarda gewandt: „Du kennst dich ja aus, ich komme später."
Wir stiegen die Treppe in den Keller runter und ich spürte, wie es warm wurde. Ricarda öffnete eine Tür und schob mich hinein.
„Zieh dich aus."
Sie begann Jacke, Bluse und Rock abzulegen.
„Ganz?" Ich sah sie fragend an.
„Ganz, oder willst du mit Klamotten in die Sauna?"
Als ich nackt war, reichte mir Ricarda einen weißen Bademantel, warf sich selbst einen über und schob mich aus der Tür und durch eine weitere Tür in einen sehr warmen Raum mit gedämpfter Beleuchtung. Die Stirnseite bildete eine Bar aus dunklem Holz und Spiegeln. Die Regale standen voller Flaschen und von der Decke hingen alle Arten von Gläsern herab. Aus einem Recorder tönte „Oh, wann kommst du" und zwei Frauen in oben weit offen stehenden Bademänteln wiegten sich mit Sektgläsern in der

Hand zum Rhythmus der Musik.
Ricarda schob mich durch den Raum in Richtung Bar.
„Oh", hörte ich eine dunkelhaarige Frau sagen, die auf einem Barhocker saß.
„Nicht von der Bettkante zu weisen", kam es von einer Rothaarigen, die mit übergeschlagenen Beinen in einem Sessel hockte.
Ricarda stellte mich den Frauen und Männern im Raum vor. Ich konnte mir die Namen nicht merken, was mir allerdings auffiel, waren die Berufe. Dachdeckermeister, Klempnermeister, Bäckermeister, ein Professor der TU, ein Gaststättenbetreiber und ein älterer Herr vom Grundbuchamt.
Die Frauen hatten nur Vornamen und waren leicht in der Überzahl.
Ricarda schob mich zur Bar, goss mir ein eiskaltes Radeberger und einen Kognak ein und nahm für sich ein Glas Sekt.
Ich schüttete den Kognak in einem Zug hinter und spülte mit zwei großen Schlucken Bier nach. Eine wohlige Wärme stieg mir vom Bauch in den Kopf.
Ricarda gesellte sich zu dem Professor, einem relativ kleinen, sehr dürren Mann mit Brille. Der Professor sagte etwas, worauf Ricarda ihm in scheinbarer Empörung mit dem Zeigefinger drohte.
Eine Blondine mit dem Sektglas gesellte sich zu mir.
„Auch Saunafreund?" Sie sah mich mit einem leichtem Silberblick fragend an.
„Bin ganz wild auf Sauna", log ich.
„Dann wird es dir hier bestimmt gefallen." Sie trat ganz dicht an mich heran, nahm mir das Bierglas aus der Hand, stellte es auf den Tresen, legte ihre Arme um meinen

Nacken und begann mit mir zu tanzen. Ihr Bademantel entblößte kleine, spitze Brüste mit dunkelbraunen Warzen.
Sie grinste auffordernd, als sie meinen Blick sah, löste erst ihren, dann meinen Bademantelgürtel und drückte sich tanzend eng an mich.
War ein merkwürdiges Gefühl, die nackten Körper aneinander zu spüren und gleichzeitig von dem flauschigen Stoff der Mäntel umhüllt zu sein.
„Helga", flüsterte sie mir ins Ohr, und ihr heißer Atem fuhr mir übers Gesicht.
„Felix", sagte ich und zog sie ganz nah an mich heran. Mein Freund entwickelte sofort ein Eigenleben, reagierte nicht auf meine Ermahnungen und stieß gegen den Oberschenkel der Dame.
„Oh, welch harter Zeigestock, gibst du Geografie", lachte sie und drückte sich mit dem Unterkörper fest an mich.
Die wussten also, dass ich Lehrer war.
Mir brach der Schweiß aus. Am liebsten hätte ich das Weib gegen den Tresen gepresst und meinen Zeigestock in ihrem Popocatepetl versenkt.
„Die Sauna ist geöffnet", sagte der Hausherr in dem Moment, als ihre Hand mich berührte.
Ich ließ von Helga ab, schloss meinen Mantel und folgte den anderen in die Sauna. Wände, Decke und Fußboden waren aus hellem Holz. Die Sitz-und Liegeflächen waren u-förmig angeordnet, und rechts und links befanden sich zwei weitere Räume, die nur durch Vorhänge vom Saunaraum abgetrennt waren.
Alle hatten ihre Bademäntel abgelegt und machten es sich auf den Bänken bequem.
Ricarda nahm meine Hand und zog mich in den linken Raum. Ich hörte noch, wie der Herr vom Grundbuchamt

lachte und sagte: „Die ist ja wieder mal rattenscharf heute."
„Heute?", lachte der Hausherr.
Ricarda zog mich in den Raum hinein, rechts und links lagen dicke, mit weißen Laken überzogene Matratzen auf dem Fußboden und in den Ecken brannten rötliche Lampen. An der Rückfont stand ein Tisch mit Sektkühlern.
„Leg dich hin, Felix."
Ich tat es, aber es war mir nicht ganz recht.
Ich wollte die Blonde.
Ricarda war nichts Neues.
„Keine Sorge, Felix, ich will dir nur was sagen, damit du weißt, was hier abgeht. Hier werden Geschäfte gemacht, Felix, für unsere Verhältnisse ziemlich fette Geschäfte. Herbert, der vom Grundbuchamt, gibt die Tipps, und die Herren Handwerker, die im Geld schwimmen, kaufen Grundstücke. Meist für'n Appel und 'n Ei. Viele Leute sind froh, wenn sie ihre alten, herunter gewirtschafteten Buden loskriegen. Zur Sanierung fehlt ihnen meist das Geld, und wenn sie Geld haben, kriegen sie kein Baumaterial. Also weg damit und lieber rein in eine von den Neubauwohnungen."
„Und wie kriegen die so eine Wohnung?" Ich wusste, dass es in Dresden äußerst schwer war, eine Neubauwohnung zu ergattern."
„Helga, die Blonde sitzt im Wohnungsamt."
„Trotzdem, was wollen die mit den alten Buden?" War mir schleierhaft.
„Ganz einfach, Felix, die sind nur scharf auf die Grundstücke, weil sie davon ausgehen, dass dieser Staat in absehbarer Zeit das Handtuch wirft. Die wissen mehr als wir doofen Pauker. Die sind überzeugt davon, dass sich die sozialistische Planwirtschaft ihr eigenes Grab schaufelt.

Wenn diese Spekulation aufgeht, sind die für alle Zeiten saniert."
Ich sah Ricarda ungläubig an.
„Wenn du clever bist, fällt für dich hier auch was ab."
„Und wieso bist du hier gelandet?"
Ricarda lachte. „Weil Helmut, der Elektromeister und Hausherr, es am liebsten mit mir macht."
„Und warum hast du mich mit hierher genommen?"
„Weil ich es am liebsten mit dir mache."
Sie nahm meine Hand und legte sie auf ihren Venushügel.
Ich begann sie zu streicheln.
Ricarda stöhnte verhalten auf.
„Eins musst du mir noch erklären, Ricarda. Wie kommen diese Handwerksmeister zu soviel Geld. Die jammern doch ständig über die irrsinnige Besteuerung von bis zu 90 Prozent ihres Einkommens?"
„Wenn du wüsstest, was da so nebenbei läuft, würden dir die Augen tränen. Geht alles an der Steuer vorbei. Die Handwerker machen es billiger, und der Kunde verlangt keine Quittung. Außerdem bezieht sich der hohe Steuersatz nur auf das, was über einer festgesetzten Grenze liegt."
„Du kennst dich ganz schön aus", sagte ich.
„Mach weiter, Felix." Ricarda stieß einen kehligen Laut aus
„Woher weißt du das alles?"
„Wenn Helmut besoffen ist, plaudert er aus dem Nähkästchen.
Ricarda stöhnte wie unter großen Schmerzen auf, presste sich meiner Hand entgegen, streckte sich und griff nach mir.
Ich schüttelt den Kopf und erhob mich.
„Komm, wir gehen wieder rein."
Im Saunabereich war allerhand los.
Helga stand auf und zog mich in den gegenüberliegenden

Raum. In einer Reihe standen drei Duschen. Wir stellten uns unter die erste und seiften uns gegenseitig ein. Ihre Brüste waren erstaunlich fest und elastisch, und ich knabberte an ihren Brustwarzen, was ihr gefiel.
Sie ging auf die Knie.
„Lange halt ich das aber nicht mehr aus," stöhnte ich.
Sie ließ von mir ab, kam wieder hoch und drehte mir ihre Kehrseite zu.
Als es vorbei war, setzte ich mich auf den Fußboden und genoss das heiße Wasser.
Nach einer Weile gingen wir raus in den Saunaraum. Nur Ricarda und Helmut saßen noch auf der Bank und tranken Sekt.
Aus dem Raum mit den Matratzen kamen eindeutige Geräusche. Ich ging hinein, goss mir ein Glas Sekt ein, trank aus und goss noch einmal ein.
Dann griff eine Hand nach mir.
Irgendwann gegen Morgen, es begann bereits zu dämmern, landete ich völlig ausgelaugt in meiner Wohnung.

***

Das Lehrerzimmer glich am Montagmorgen einem Ameisenhaufen, in dem ein böser Bube mit einem Stock herumgestochert hatte.
Edeltraut hatte sich das Leben genommen. Deutsch und Geschichte, Mitte vierzig, der Mann, Ingenieur im Kombinat Robotron, hatte mit einer jüngeren Kollegin ein Verhältnis angefangen, die Scheidung eingereicht, und am Freitag waren sie geschieden worden.

Samstag hatte sich Edeltraut in die Badewanne gelegt und sich die Pulsadern geöffnet. Am Sonntagnachmittag hatte sie ihr Mann gefunden. Er wollte noch einiges an persönlichen Gegenständen und Bücher aus der Wohnung holen.
Der Notarzt konnte nur noch den Tod feststellen.
Ich hatte eher wenig Kontakt zu ihr gehabt. Edeltraut war eine stille, wenig attraktive Kollegin gewesen. Farblose Kleidung und ungepflegte Frisur, wie viele Frauen, die in den oberen Klassen unterrichteten.
Die Kolleginnen, die den Mann kannten, ließen keinen guten Faden an ihm.
Ich konnte den Mann verstehen, hätte aber im Moment nicht in seiner Haut stecken wollen. Wer sich selbst gehen lässt, muss sich sich nicht wundern, wenn der Andere geht.
Verwunderlich ist nach solchen Tragödien immer, wie schnell der Alltag wieder Besitz von den nicht unmittelbar Betroffenen ergreift.
Wenige Tage nach der Beerdigung traf mich der Schlag.
Unvorbereitet.
Nichtsahnend.
Ein Blitz aus wolkenlosem Himmel.
Ein Blitz, der mich nicht verbrannte, sondern wärmte
Während der Hofpause trat Svenja an mich heran. „Hast du Lust?" Sie hielt mir eine Kinokarte entgegen. „Für den Frühlingsstrauß."
Ich sah Svenja völlig verblüfft an.
„Sag`s, wenn es dich nicht interessiert."
Sprache weg, Blick leer, Mund offen.
Debil.
„Paul und Paula", hörte ich aus weiter Ferne. „20.00Uhr Schauburg."

Ich nahm die Karte, aber mir fehlten immer noch die Worte.

Gegen 18.00Uhr stieg ich am Platz der Einheit aus der Bahn und lief Richtung Bautzner Straße, bog in die Rothenburger ein und bummelte durch die Neustadt. Das Viertel war so heruntergewirtschaftet, dass es mich schüttelte. Da wohnten noch Leute auf engstem Raum in Häusern, von denen der Putz abbröckelte, die Dächer nach einer Reparatur schrien und die Fenster vor Scham erblindet waren. Trotzdem wollten viele der Bewohner lieber in den verfallenden Barockbauten bleiben, als in die Neubauviertel auf der anderen Elbseite ziehen.
Langsam wurde es Zeit. Ich marschierte den Bischofsweg entlang Richtung Otto-Buchwitz-Straße und stand Viertel vor acht vor der Schauburg.
Svenja kam kurz vor acht.
Blonde, aufgesteckte Haare, heller, offener Sommermantel, dunkelblauer Rock und hellblaue Bluse.
Eine Orchidee im Müll.
Wir gaben uns die Hand.
Ich war total unsicher und fühlte mich wie ein Hirni.
Wieso ich denn?
Erst lässt sie mich eiskalt abblitzen, dann lädt sie mich ins Kino ein.
Soll einer die Weiber verstehen.
Paul und Paula war der Kinoknüller schlechthin, sollte aber tragisch enden. Hätte ich gewusst, wie der Film ausgeht, wäre ich wahrscheinlich lieber in die nächste Kneipe gegangen.
Die Erinnerungen an Christiane wurden wieder lebendig. Ich drohte zu ersticken. Trotz Warnungen der Ärzte entschied sich Paula für das Kind und stirbt bei der Geburt.

Ich bohrte mir die Fingernägel in die Handteller, biss mir auf die Zunge, kniff mich mit aller Kraft in den Oberschenkel und konnte dennoch nicht verhindern, dass mir die Tränen übers Gesicht liefen. Dass neben mir eine wunderschöne Frau saß, nahm ich überhaupt nicht mehr wahr. Der Schmerz wütete in mir wie ein glühendes Messer in einer offenen Wunde.
Als der Film zu Ende war und das Licht anging sah mich Svenja an, sagte kein Wort und nahm mich in den Arm.
Ich hatte keinerlei Lust auf Straßenbahn. Wir liefen untergehakt die Buchwitzer Richtung Platz der Einheit, liefen über die Friedrichsbrücke und dann stadtauswärts. Vor dem Haus, in dem Svenja wohnte, blieben wir stehen. Wir hatten auf dem Weg kaum miteinander gesprochen. Jetzt nahm ich sie in den Arm, drückte sie an mich und sagte: „Entschuldige, Svenja, es tut mir leid."
Ich küsste sie auf die Wange, ließ sie los und ging.

***

Die X. Weltfestspiele in Berlin wurden zum Thema Nummer eins an allen Schulen und in allen Betrieben. Der Singeclub unserer Schule sang zur Eröffnung des Parteilehrjahres: „Die junge Welt ist in Berlin zu Gast, und sie schert sich nicht darum, ob es dem Feinde passt."
Die meisten von uns konnten den Scheiß nicht mehr hören, sagten aber nichts. Mich ritt wieder mal der Teufel, und ich sagte in der Dienstberatung, ohne lange nachzudenken: „Von welchem Feind ist denn hier überhaupt die Rede?"
Sperling, unser Parteinik, fuhr wie von der Tarantel

gestochen auf mich los. „Du hast wohl immer noch nicht begriffen, dass unser Kampf gegen die aggressiven Imperialisten des Westens Sache aller friedliebenden Bürger der DDR ist. Besonders die Jugend der Deutschen Demokratischen Republik zur revolutionären Wachsamkeit und zur Treue zu unserem sozialistischen Staat zu erziehen, den sie mit der Waffe in der Hand oder einem revolutionären Lied auf den Lippen bis zum letzten Blutstropfen zu verteidigen zu wollen ... äh, jedenfalls scheint mir, dass du als ..."

„Bau auf, bau auf gehört zu meinen Lieblingsliedern, sollte auch wieder mal gesungen werden", warf Erich Weinhold dazwischen.

„Jedenfalls zähle ich die Leute auf der anderen Seite Deutschlands nicht zu meinen Feinden." Ich dachte an Helene und meinen alten Kumpel Werner.

Sperling sah mich an, als wollte er mich mit Blicken durchbohren, riss den Mund auf, und als er zu einer Erwiderung ansetzen wollte, sagte eine Kollegin: „Die Partei, die Partei, die hat immer Recht!"

Am Nachmittag lag im Briefkasten Post von Dietrich Holzapfel. Er schrieb, dass mein Weggang aus dem Betrieb noch von vielen Kollegen bedauert wurde, dass sein Sohn Bernd inzwischen an der Ingenieurschule in Köthen Chemie studierte, dass Werkleiter Weißwange nach Berlin abberufen worden war und ein neuer Werkleiter die Leitung des Betriebes übernommen hatte. Die Zahnpastaproduktion aus unserem Silikatpulver liefe bei Elbe-Chemie hervorragend und der Schlammberg würde zumindest nicht mehr größer. Er und seine Frau würden sich sehr freuen, wenn ich sie mal in den Ferien besuchen würde.

P.S. Das Zimmer von Christiane ist immer für dich frei.
Zwischen den Zeilen las ich die Trauer, und mir wurde wieder ganz elend zu Mute.
Ich legte den Brief zur Seite, holte mir eine Flasche Coschützer Sterbehilfe aus meiner Miniküche, und als ich den ersten Schluck nahm, klingelte es.
Vor der Tür stand ein Herr in dunklem Anzug und blauem Hemd mit Schlips. Groß, kräftig, mit einem leicht aufgedunsem Gesicht und nahezu schwarzem, glatt zurückgekämmten Haaren und dunklen, stechenden Augen.
„Ja bitte?"
„Hochstädter, ich soll Sie aus Neustadt grüßen."
Bautzner Straße, dachte ich sofort. Hatte schon davon gehört und was ich gehört hatte, war nichts Gutes.
„Nett, dass sie mich hereinbitten."
Der Mann schob mich leicht, nicht direkt unhöflich, zur Seite, betrat mein Wohnzimmer und ließ sich in einen Sessel fallen. Damit war klar, wer hier das Sagen hatte.
Er sah mit scheelem Blick auf das Bier, das man nur trank, wenn man überhaupt keine Beziehungen hatte.
„Eingelebt im neuen Arbeitsbereich?"
Ich blieb stehen und sagte nichts.
„Darf ich Ihnen einen Platz anbieten, Herr Hohndorf?" Ein sarkastisches Lächeln lag dabei auf seinem Gesicht.
„Danke", sagte ich, „im Stehen fühle ich mich sicherer."
„Sicher fühlen sollten Sie sich lieber nie."
Ich schwieg.
„Soll Sie von einem guten, alten Bekannten aus Neustadt grüßen, und unser Angebot steht immer noch."
Lederjacke, dieser verdammte Schweinehund.
Der Stasiheini sah mich eine Weile schweigend an und sagte dann: „Ihre Äußerungen im Lehrerzimmer Ihrer Schule sind

manchmal, sagen wir, unbedacht, Herr Hohndorf. Wenn Sie zu uns gehören würden, wären diese Ihre Bemerkungen sogar wünschenswert, ja, die eigentliche Voraussetzung, die Feinde unseres sozialistischen Staates aus der Reserve zu locken. Aber so? Ich weiß nicht, wie lange man Ihre, sagen wir, renitente Verhaltensweise noch hinnehmen wird."
Einer oder eine aus dem Kollegium hatte die Sicherheitsnadeln informiert.
Frage: Wer?
Meisner hatte damals gesagt, es sind immer die, die am meisten meckerten und auf die Kommunisten schimpften. Sperling nicht, der war zu einfach gestrickt und glaubte den Mist, den er nachquatschte.
Sicherheitsnadel Hochstädter erhob sich. „War nett, Sie kennenzulernen. Überlegen Sie sich unser Angebot, Herr Hohndorf."
Er ging zur Tür, drehte sich um und sagte wie nebenbei: „Freut uns übrigens, dass Sie neuerdings gern in die Sauna gehen."
Das hätten die sicher gern, dass ich von dort für diese Heinis Informationen lieferte. Außerdem hatte ich nicht die Absicht, Dauergast in der Sauna zu werden. War mir doch etwas zu heiß, was sich nicht auf die Temperatur bezog. Für morgen hatte ich Ricarda allerdings zugesagt.

Ich holte Ricarda ab und wir stiegen drei Stationen früher aus. Ich hatte mir vorgenommen, ihr von meinem Besuch und der angedeuteten Bespitzelung der Saunarunde zu erzählen. Zwischen uns war ein Vertrauensverhältnis entstanden, das es so eigentlich nicht geben konnte. Ich kannte alle ihre Abenteuer und sexuellen Sehnsüchte. Sie war an keiner festen Bindung interessiert, wollte ihre

Freiheit behalten und liebte die Männer als Sexualobjekte. Wenn ein Mann sie berührte, brannten bei ihr alle Sicherungen durch und sie verlor jegliche Hemmungen. Für mich war Ricarda eine Notlösung. Wenn es bei mir zum Hormonstau kam, ging ich zu ihr und sie genoss es.
„Ich hatte Besuch", sagte ich.
„Svenja?"
„Leider nein." Sie wusste, dass ich auf Svenia scharf war. Es machte ihr nicht das Geringste aus. Das Wort Eifersucht kam in ihrem Sprachschatz nicht vor.
„Wer?"
„Bautzner Straße."
„Oh!"
„Die sind an Informationen über die Saunarunde interessiert."
Ricarda blieb stehen, sah mich an und brach in ein unbändiges Lachen aus.
Nach einer Weile gluckste sie: „Mann, Felix, Helmut hat bei denen sein zweites Arbeitsverhältnis, inoffiziell natürlich. Die Pfeifen sind so misstrauisch, dass sie ihre eigenen Leute noch einmal überwachen wollen. Die gehören zu der Sorte, die zu einem Gürtel noch Hosenträger tragen."
Sie schüttelte sich immer noch vor Lachen.
„Und woher weißt du das von Helmut?", wollte ich wissen.
„Hab ich dir doch gesagt. Wenn er keine Lust mehr hat, besäuft er sich und dann quasselt er. Einmal war er so besoffen und hatte dazu noch seine moralischen fünf Minuten und da hat er es mir erzählt."
Wir gingen eine Weile schweigend weiter, dann sagte Ricarda: „Lass die Finger davon, Felix, du musst sonst lebenslänglich mit einer Lüge leben. Du müsstest deine besten Freunde verraten, und dafür bist du nicht der Typ.

Aber du hast dich längst entschieden, sonst hättest du mir nichts davon erzählt."
„Kluges Mädchen", sagte ich.

***

Svenja.
Verdammt, verdammt! Lädt mich ins Kino ein und ich Idiot dreh ihr, auf den Punkt gebracht, den Rücken zu. Dabei war sie die einzige Kollegin, bei deren Anblick mir warm ums Herz wurde.
Was allerdings auch auf Erich Weinhold zutraf. Wir waren inzwischen ziemlich gut befreundet. Erich hatte mich nach der Sache im Lehrerzimmer auf ein Bier eingeladen und mir den guten Rat gegeben, meine vorlaute Zunge in bestimmten Situationen zu verknoten.
„Hast du eine Ahnung, wer das mit der Partei, die immer Recht hat, war?".
„Svenja", hatte Erich gelacht. „Hat die von sich gegeben, um dem Disput die Schärfe zu nehmen."
„Was hältst du von Ihr?"
„Find`s raus, Felix."
Und das würde ich. Das Schuljahr lag in den letzten Zügen und, bevor die Ferien begannen, wollte ich klar Schiff machen. Entweder du holst dir einen Korb voller Zwiebeln oder du gehst ihr an die Äpfel. Sei endlich wieder ein Mann, du Weichei, elendes!
„Hab zwei Karten für die `Junge Garde`", sagte ich.
Svenja sah mich an, grinste und sagte: „Da wird sich der Kollege Weinhold aber freuen."

Mir blieb vor Schreck der Mund offen stehen. Die dachte doch hoffentlich nicht, dass wir warme Brüder waren. Schöne Scheiße!
„Ich hatte dabei eigentlich an dich gedacht", sagte ich.
„Ich bin gerührt." In ihren Augen tanzten Funken.
Die Garde war rammelvoll. Wir hatten Stehplatz, und als es kühler wurde, stellte ich mich hinter Svenja und legte meine Arme um sie. Ganz, ganz langsam tastete ich mich an ihre Zwillinge heran. Was ich unter dem Stoff ihrer Jacke spürte, war nicht von schlechten Eltern. Svenja drehte den Kopf zu mir, sah mich mit einem Blick an, den ich wieder nicht deuten konnte, und gab mir einen Kuss. Von dem Moment an bis zum Ende des Konzerts fehlte mir der Film.
„Straßenbahn?", fragte ich.
„Ich würde gern ein Stück laufen, wenn es dir recht ist."
Mir war alles recht. Ich wäre auch geschwommen, gekrochen oder geflogen, wenn sie es von mir verlangt hätte. Von meinen Händen gingen jetzt noch Stromstöße aus, die meinen Körper in eine sexuelle Euphorie versetzten, wie ich sie lange nicht erlebt hatte.
Wir liefen stadtauswärts. Vor ihrer Haustür blieben wir stehen. Svenja sah mich eine Weile an und sagte dann: „Du kannst gern mit hochkommen, vorausgesetzt, es bleibt unter uns. Viola ist über Nacht bei meinen Eltern."
Ich wusste inzwischen, dass Svenja geschieden war und eine Tochter hatte, die in die erste Klasse ging. Das war aber auch alles. Im Kollegium nahm sie eine Sonderstellung ein. Richtig vertraut mit ihr war niemand. Man hielt Distanz – was ich nicht beabsichtigte.
Svenja lotste mich ins Wohnzimmer. Ich wollte sie in den Arm nehmen, aber sie schob mich in Richtung eines Sessels und ich plumpste hinein. Sie setzte sich mir gegenüber, sah

mich eine Weile an und sagte dann unvermittelt: „Mein Geburtsname ist Kotzke."
Ich sah Svenja an wie der Ochse das neue Tor.
„Hab den Namen Leonhardt meines Exmannes nach der Scheidung behalten."
Ich verstand immer noch nicht, nur irgendwo in meinen ganz abseits gelegenen Hirnwindungen rumorte etwas.
„Na und", sagte ich, „bei der Wahl zwischen Leonhardt und Kotzke hätte ich mich ebenfalls für Leonhardt entschieden."
„Besagter Herr Kotzke arbeitet bei der Bezirksleitung der SED und ist mein Vater.
„Ach du heiliger Bimbam", entfuhr es mir.
Jetzt war mir klar, warum die Kollegen Svenja gegenüber einen gewissen Abstand hielten. Freundschaftliches Verhalten konnte leicht als Anbiederung ausgelegt werden, und Vertraulichkeiten landeten möglicherweise bei der Bezirksleitung.
Was bist du doch für ein Glückspilz, Felix. Erst wirst du fast der Schwiegersohn eines Parteisekretärs, der sich Gott sei Dank als Mensch und nicht als Apparatschik erweist, und jetzt …?
Was soll`s? Schließlich willst du nicht mit dem Herrn von der Bezirksleitung in die Koje, sondern mit seiner Tochter. Wenn dich der Hafer sticht, Alter, hast du dich doch noch nie von Nebensächlichkeiten abhalten lassen.
„Also!" Das Wort galt bei mir als Doppelpunkt. Ich stand auf, trat dicht an Svenja heran, zog sie hoch und küsste sie. Dann lagen wir so schnell auf dem Teppich wie ein Entenpaar auf dem Wasser, das im Flug eine volle Ladung Schrotkugeln erwischt hat.
Nur mit dem Unterschied, dass wir lebten.
Svenja hatte zwar noch „langsam, Felix, hab das lange nicht

mehr gemacht", geflüstert, aber ich war so heiß, dass der Kessel platzte, bevor die Lok richtig in Fahrt kam.
„Tut mir leid", sagte ich, „der Dampfdruck war zu groß."
„Fühlt sich aber nicht wie Dampf an", lachte Svenja.
Sie schob mich von sich runter und verschwand im Bad. Ich setzte mich auf und nahm jetzt erst die Einrichtung des Zimmers wahr. Mein lieber Kokoschinski, da waren meine Möbel der reinste Sperrmüll.
Ich hätte mir gern eine angebrannt, aber ich war mir nicht sicher, ob hier geraucht werden durfte. Ich erhob mich und zog meine Unterhose an. Svenja kam, in einen leichten, weißen Bademantel gehüllt, aus dem Bad zurück, grinste mich an und sagte: „Geh und mach dich schön, junger Mann."
Das Bad war ein Bad, wie ich es noch nie gesehen hatte. Die Farben aufeinander abgestimmt, weiße Schleiflackschränke, Doppelwaschbecken, Chrom und Messing.
Badewanne und Duschkabine.
Beziehungen sind das halbe Leben.
Wer keine hat, trinkt Coschützer Sterbehilfe.
Wie ich.
Diese Nacht allerdings sah nach Radeberger aus.
Ich hatte mich nicht geirrt. Svenja hatte die Ledercouch in ein Doppelbett verwandelt, und auf dem Beistelltischchen stand eine Flasche Radeberger Export, eine Flasche Cotnary und daneben lag eine Schachtel Marlboro.
Kam mir irgendwie bekannt vor. Das Leben wiederholt sich.
Jo.
Das Letzte, was ich von ihr gehört hatte, war, dass sie mit Edda zusammenlebte.
Svenja lag im Bademantel auf der Couch. Ich setzte mich zu ihr, goss Wein und Bier in die Gläser und sagte: "Prost."

„Prost, Felix, auf die Partei!"
Ich verschluckte mich derart, dass der Schluck Bier, den ich im Mund hatte, über das ganze Bett spritzte.
„Die hat nämlich immer Recht", ergänzte Svenja todernst, beugte sich nach vorn und brach in ein wildes Gelächter aus. Zwischendurch keuchte sie: „Dein Gesicht, Felix … du müsstest dich sehen …"
Ich war sauer, ich war immer sauer, wenn ich nicht wusste, woran ich war. Ich brannte mir eine Marlboro an. Svenja nahm sie mir aus der Hand und nahm einen tiefen Zug.
„Bin Sonntagsraucher", sagte sie immer noch lachend, „und da morgen Sonntag ist, wird vorgefeiert."
„Mit oder ohne Partei?"
„Ohne, Felix. Bin nicht Mitglied in der Genossenschaft."
„Sicher zum Leidwesen deines Vaters?"
„Er hat sich damit abgefunden."
„Dafür bin ich Mitglied", sagte ich.
„Du?" Svenja sah mich an wie einen Geist, der im weißen Flattergewand nach Mitternacht durchs offene Fenster schwebt und kleine Mädchen erschrickt.
„Ich bin mit Glied", bestätigte ich, sah nach unten und grinste hinterhältig.
Svenja schlug sich die Hand vor die Stirn, lachte und sagte: „Ist aber keine feine Art, eine alte Deutschlehrerin so hinters Licht zu führen."
„Lieber mit Glied als Mitglied."
Ich nahm sie in die Arme, küsste sie, und schob meine Hand langsam über ihren flachen Bauch nach unten und begann sie zu streicheln. Meine Zunge umspielte gleichzeitig die Spitze des einen Zwillings und Svenja wurde unruhig.
Ich ließ meine Hand an den Innenseiten ihrer Schenkel spazieren gehen, erkundete ihren Zaubergarten und spürte,

wie er sich unter meiner Berührung öffnete.
Svenja stöhnte und warf ihren Kopf von einer Seite zur anderen. Ich tastete nach ihrer Perle und strich langsam und leicht darüber. Svenja bäumte sich plötzlich mit einem Ruck auf und schrie: „Jetzt, jetzt!", und zog mich auf sich.
Ich begann mich ganz langsam in ihr zu bewegen, küsste ihren Hals und saugte an den Spitzen ihrer Brüste. Svenja bohrte ihre Fingernägel in meinen Rücken. Kurz setzte ihre Atmung aus. Dann rief sie keuchend: „Oh Felix, oh Felix!"
Mit meiner Beherrschung war es ebenfalls vorbei. Ich presste ihre Brüste in meine Achselhöhlen, was mich vor Lust wahnsinnig machte und suchte Svenjas Mund. Meine Zunge fuhr wie eine gereizte Natter zwischen ihre nassen Lippen und bohrte sich in ihren heißen, stöhnenden Mund. Svenjas Kopf ruckte wieder hin und her, ich nahm beide Hände, hielt ihn fest und küsste sie immer wilder.
Unsere Erlösung kam zur gleichen Zeit.
Dann lagen wir schwer atmend nebeneinander und hielten uns an den Händen. Später tauchten Bilder aus der Sauna vor meinem inneren Auge auf, und ich wusste sofort, dass es dort für mich vorbei war.
Komisch, dachte ich, das es mit der Frau, die du begehrst, so viel schöner ist. Das Andere war ein besseres Onanieren, ein Notbehelf, eine rein animalische Vögelei – nur empfand man das erst dann, wenn das Herz mitspielte.
War es überhaupt das Herz?
Die Gefühle kamen bei mir meist aus dem Bauch.
Also konnte es genauso gut die Leber sein oder die Niere. Vielleicht war es auch die Bauchspeicheldrüse. Die regulierte doch mit ihren Säften den halben Organismus, schmiss Hormone ins Blut und gehörte zum Zentralkomitee der Innereien.

„Woran denkst du?", Svenjas Stimme hatte einen leicht heiseren Klang.
„An`s Zentralkomitee", sagte ich.
„Hör auf, mich zu veralbern." Sie kam ganz dicht an mich heran und sagte leise: „Danke, Felix."
„Wofür?"
„Für meinen ersten richtigen Höhepunkt."
„Jetzt veralberst aber du mich. Du warst doch schließlich verheiratet."
„War ich, aber es hat nie so richtig funktioniert. Ich dachte, das muss so sein, dass der Mann laut schreit und die Frau es über sich ergehen lässt. Nach zwei, drei Jahren merkte ich, dass Rolf die Lust daran verlor und nur noch selten in mein Bett kam. Was mir durchaus recht war, ich hatte ja inzwischen Viola und das füllte mich völlig aus. Was ich nicht wusste, war, dass Rolf sich inzwischen außerhalb quer durch die Botanik vögelte."
Ich sagte nichts dazu.
„Hab mich vor zwei Jahren scheiden lassen, und du bist seitdem der erste Mann, den ich in mein Bett gelassen habe."
„Und jetzt bereust du es", sagte ich lachend.
„Genauso ist es:"
Mein blödes Lachen erstarb, und ich sah Svenja entgeistert an.
„Ich bereue tatsächlich, dass ich damit so lange gezögert habe." Sie nahm meinen Kopf in beide Hände und küsste mich. Dann schliefen wir, uns an den Händen haltend ‚ein.
Ich saß am Fenster und rauchte.

***

Svenja war mit einer Gruppe von FDJlern zu den X. Weltfestspielen gefahren und sie fehlte mir. Ich würde sie bei ihrer Rückkehr auf alle Fälle am Bahnhof abholen.
Mich plagte so etwas wie Eifersucht.
Es ging bei solchen Massenveranstaltungen ja bekanntlich ziemlich locker zu.
Ich dachte an die Einweihung des Lenindenkmals und an Roswita, und der Stachel des Misstrauens bohrte in meinem Inneren.
Svenja schien sexuell auf den Geschmack gekommen zu sein. Wir waren in den letzten Wochen vor Schuljahresschluss ziemlich häufig und sehr heftig zusammengewesen.
Bei meinen Besuchen hatte ich Viola kennen gelernt, ein liebes, braves Mädchen, das mich zu mögen schien. Wenn sie mitbekam, dass Svenja mich erwartete, bestand sie darauf, mich zu begrüßen, bevor sie ins Bett ging. Manchmal kam Svenja zu mir, dann übernachtete Viola bei Oma und Opa.
Wahrscheinlich hatte das Mädchen von mir erzählt, denn die Bezirksleitung hatte über seine Tochter ausrichten lassen, dass man den Herrn kennen lernen möchte.
Das ging mir zu schnell, aber meine Ausreden wurden immer fadenscheiniger.
Ich saß immer noch am Fenster und rauchte die dritte Zigarette als es klingelte.
Ich öffnete die Tür.
„Telegramm für Sie."
Mutter teilte mir mit, dass Vater überraschend gestorben war.
Dabei war er bei meinem letzten Besuch zu Ostern nahezu aufgedreht gewesen, hatte Pläne geschmiedet, wollte mit

Mutter im Sommer eine Reise an die Ostsee machen, privat, egal, was es kosten würde.
Wir hatten zusammen Bier getrunken und um die Wette gequalmt.
Merkwürdig war nur, dass Mutter sich dieses Mal über unsere Raucherei nicht echaufiert hatte.
Er war gegen Mittag gestorben. Hatte über Atemnot geklagt, sich zum Mittagsschlaf hingelegt und war nicht mehr aufgewacht.
Lungenembolie, hatte die Ärztin gesagt.
Ich rief am nächsten Tag bei Familie Kotzke an, dass ich Svenja nicht am Bahnhof abholen konnte. Der erste Sekretär hatte als Privilegierter natürlich auch privat Telefon.
Frau Kotzkes Stimme klang sehr jugendlich und frisch am Telefon und sie wollte ihre Tochter selbstverständlich von meinem schweren Verlust in Kenntnis setzen. Und: „Herzliches Beileid."
`In Kenntnis setzen` klang schon merkwürdig. Aber da ich wusste, dass Svenjas Mutter bei irgendeinem Gericht arbeitete, wunderte es mich nicht allzu sehr.

Ein Glück, dass noch Ferien waren. Ich begleitete Mutter von Pontius zu Pilatus und kam aus dem Staunen nicht heraus, was es für einen Aufwand machte, wenn man aus dem Leben schied.
Geboren werden war, behördlich gesehen, wesentlich einfacher.
Vater hatte sich für den Fall aller Fälle eine Feuerbestattung gewünscht. Die Urnenbeisetzung war für die zweite Augusthälfte vorgesehen.
Ich fuhr, nachdem die meisten Behördengänge erledigt

waren, nach Dresden zurück.
Mutter wollte eine Weile allein sein.
Svenja holte mich am Hauptbahnhof ab. Die Sonne stand schon tief im Westen. Wir bummelten die Wiener Straße entlang, bogen dann links ab Richtung Großer Garten und setzten uns am Palaisteich auf eine Bank. Svenja nahm mich in den Arm, und ich ließ mich gehen. Es dauerte eine Weile, bis ich mich wieder gefasst hatte.
„Meine Eltern wollen uns ihre Räder für den Rest der Ferien geben."
„Und Viola?"
„Die nehmen sie für eine Woche mit an die Ostsee nach Warnemünde."
„Neptun?" Ich merkte sofort, wie giftig das aus mir rauskam. „Fünf Sterne, für Bonzen."
„Bleib auf dem Teppich, Felix. Gegen den Arbeitstag meines Vaters ist unser Tag der reinste Urlaubsspaß."
„Nur dass bei uns ein Nutzen abzusehen ist." Ich hatte keine Ahnung, woher meine Bissigkeit kam.
Ich merkte sofort, dass Svenja eingeschnappt war. Das hatte mir jetzt gerade noch gefehlt. „Hab`s nicht so gemeint", entschuldigte ich mich.
„Dann sag so was nicht, alter Esel - hätte ich beinahe gesagt."
Ich sah mich um. Die Dämmerung hüllte alles in ein diffuses Licht.
Niemand zu sehen.
Ich nahm meine Hand von ihrem Bein, schob sie unter ihre Bluse und küsste sie.
Ich bekam augenblicklich eine Errektion, die mir die Hose zu zerreißen drohte. Ich brauchte nur Svenjas Haut zu berühren, manchmal genügte bereits ihr Geruch.

Ich schob ihren BH nach oben und streichelte ihre warmen Brüste. Ich nahm meine freie Hand, zog ihren Kopf zu mir heran und küsste sie.
Svenja schob mich leicht von sich weg.
„Hör auf, Felix, kann doch jeder sehen."
„Na Und?"
„Nehmen wir die Räder?"

Wir nahmen das Angebot von Svenjas Eltern an und machten Fahrradurlaub. Die Vorstellung bei Familie Kotzke hatten wir auf Anfang September verlegt.
Dann war auch die Urnenbeisetzung vorüber.
Svenja, die sich in Dresden und Umgebung auskannte, legte für jeden Tag ein Ziel fest. Wir fuhren mit den Rädern zum Schillerplatz, dann die Grundstraße hoch, stellten unsere Räder am Forsthaus ab und wanderten durch die Heide.
Am Stausee machten wir halt, und Svenja holte aus ihrer Tasche eine Flasche Radeberger, die noch schön kalt war, da Svenja sie ins `Neue Deutschland` eingerollt hatte.
„Man glaubt nicht, wie diese Zeitung isolierend wirkt", lachte ich.
An der Hofewiese machten wir erneut Rast.
„Bockwurst mit Salat?", fragte ich die Kellnerin.
„Nur noch Bockwurst", knurrte mich das Weib an.
„Zweimal bitte und zwei Bier."
Gegen Ende der Woche fuhren wir mit dem Zug von Heidenau nach Altenberg, schlossen die Räder am Bahnhof an, wanderten zum Kahleberg, aßen unterwegs wieder Bockwurst und tranken lauwarmes Bier. Von Altenberg ging es mit den Rädern herrlich bergab in Richtung Dresden.
Sonntag schlug Svenja eine Tour nach Rathen in die Sächsische Schweiz vor.

In der Nacht ging es mir schlecht, und am Morgen hatte ich furchtbare Kopfschmerzen. Ich wusste, dass mich diese Tour mein inneres Gleichgewicht gekostet hätte.
Christiane lebte noch in mir. Meine Kopfschmerzen verschlimmerten sich am Morgen.
Es waren auch ohne Sächsische Schweiz herrliche Tage. Wir schliefen abwechselnd bei mir und Svenja und konnten keine Nacht unsere Hände bei uns behalten.
Wir waren so verrückt nacheinander, dass eine einzige Berührung genügte und wir fielen auf dem Küchentisch übereinander her.
In Svenja hatte sich Gott und die Welt getäuscht. Ihre scheinbare Unnahbarkeit verwandelte sich unter meinen Händen in eine sexuelle Gier, vor der ich manchmal erschrak.
Es gab kein Tabu für sie. Sie wollte alles probieren, was ihre Fantasie hergab.
Die Woche verging, die Urnenbeisetzung kam, und Svenja begleitete mich nach Leipzig. Mutter fand sofort einen Draht zu ihr.

***

Das neue Schuljahr begann mit einem chaotischen Fahnenappell. Es hatte massenweise Zuzug gegeben, vor allem aus der Neustadt.
Mauli hielt eine kurze Ansprache, die er, wie mir Erich hinterher sagte, wortwörtlich dem Gesetz über das einheitliche sozialistische Bildungssystem entnommen hatte. Spielte aber keine Rolle, da Mauli so nuschelte, dass

selbst die neben ihm Stehenden kaum etwas verstanden.
Meine 8. Klasse war weiter auf 29 angewachsen und drei Schüler sollten noch Mitte September dazukommen. Nach der ersten Schulwoche herrschte immer noch Chaos.
Über tausend Schüler in einem Schulhaus, das für die Hälfte ausgelegt war.
Parteinik Sperling, der inzwischen zum Stellvertreter avanciert war, bekam allmählich wieder Ordnung in den Ameisenhaufen.
Machte seine Sache überhaupt nicht schlecht, der Herr Parteisekretär.
Schade nur, dass er immer noch in jeder Dienstberatung, zu jedem Pädagogischen Rat und in allen Weiterbildungen einen derart politischen Schwachsinn von sich gab, dass die meisten Kollegen solche Termine in ihrem Lehrerkalender rot anstrichen.
Mein Verhältnis zu den Kollegen hatte sich eingetrübt. Einige gingen mir sogar aus dem Weg. Erich klärte mich auf. „Seit du mit Svenja liiert bist, geht man auf Abstand."
„So ein Quatsch."
„Du bist zu nahe an der Macht, Felix."
„Und du?", wollte ich wissen.
„Ich gehöre zur Macht, Felix, und die Kollegen wissen, dass ich fest im Glauben bin, im Glauben, dass der Sozialismus die bessere Gesellschaftsordnung ist. Und solange das so ist, weiß jeder von den Kollegen, woran er bei mir ist."
„Ratskeller?", sagte ich.
„Ratskeller!", stimmte Erich zu.
Morgen war Antrittsbesuch bei der Bezirksleitung, da sollte man sich vorher stärken.
Am Mittwoch war es soweit.
Sehr schöne 4-Raumwohnung in Johannstadt.

Neubau.
Frau Kotzke war die ältere Ausgabe ihrer Tochter Svenja. Blond, blaue Augen, leichter Oberbiss und gertenschlank. Sie war Anfang fünfzig, sah aber zehn Jahre jünger aus.
Daher die jugendliche Stimme, dachte ich.
Schwester Ursula war der Abklatsch des Vaters. Ein Nachzügler, schätzungsweise Anfang zwanzig.
Frau Kotzke nahm mir die Blumen ab. Ich hatte mich richtig in Unkosten gestürzt. Die Mutter einer meiner Schülerinnen führte einen Blumenladen, und so war ich zu einem wunderschönen Strauß gelber Rosen gekommen.
Die Bezirksleitung, schlank, dunkelhaarig, mit einer gezackten Narbe unter dem linken Auge, begrüßte mich mit einem außerordentlich festen Händedruck und dirigierte mich in eine Art Wohnküche. Auf dem Tisch Torte und Eierschecke.
Schon wieder, dachte ich, das Leben wiederholt sich. Einen kurzen Augenblick dachte ich an Christiane und spürte einen Stich in der Herzgegend.
„Möchte mich noch bedanken für die Räder und ..."
„Vergessen Sie dass, Herr Hohndorf, ist nicht der Rede wert."
„Vater ist bei Kleinigkeiten immer großzügig, dafür ...", warf Ursula dazwischen, wofür sie von ihrer Mutter mit einem strafenden Blick bedacht wurde.
„Benimm dich", fauchte Svenja.
Ursula schien die Aufmüpfige in der Familie zu sein, was sie mir nicht unsympathisch machte.
Viola kam aus ihrem Kinderzimmer, gab mir die Hand und drückte ihr Gesicht gegen meinen Oberarm.
„Eierschecke oder Sahnetorte, Herr Hohndorf?" Frau Kotzke sah mich fragend an. Dieselben wunderschönen

Augen wie Svenja.

„Beides", lachte Svenja, „Felix hat kein Problem, von der Eierschecke und der Torte je eine Hälfte zu verspeisen."

Sie wusste, dass, wenn ich hungrig war, mein Magen bis zu den Knien reichte.

„Eierschecke, aber bitte nicht die ganze", sagte ich.

Ursula grinste mich an, was ihr einen weiteren bösen Blick ihrer Schwester einbrachte.

Svenja eifersüchtig, das war zu schön um wahr zu sein. Meine kühle, erhabene Svenja.

Nach Kaffee und Kuchen dirigierte uns der Hausherr ins Wohnzimmer.

„Kognak?"

Ich nickte.

Asbach.

Kannte ich nur aus einem blöden Spruch meiner Jugendzeit: `Wenn dir ein Weib ganz pudelnackt, von hinten an die Nudel packt, wenn also Gutes Ihnen widerfährt, das ist schon einen Asbach Uralt wert.`

Unglaublich, welchen Mist das Gehirn aus der Zeit der Menschwerdung speicherte.

Die Frauen wurden mit Kirschlikör versorgt. Die Flasche hatte ich noch in keinem Konsum gesehen: Eckes Edelkirsch.

Dann kam der Hammer. Die Bezirksleitung bot mir eine Salem an. Das schlimmste Kraut, das ich je geraucht hatte.

„Meine Stammmarke", grinste Kotzke, als er mein verdattertes Gesicht sah.

„60 Stück am Tage", sagte Frau Kotzke, ging zum Fenster und öffnete es.

Ich hatte schon beim Betreten der Wohnung den Geruch von `Bahndamm, dritte Ernte`, wahrgenommen.

Ich nahm eine und sah, wie Svenja grinste.
Viola verzog sich, als die Zigaretten brannten.
„Wie war die Urlaubswoche mit den Rädern?", fragte Frau Kotzke.
„Sehr schön", sagte ich. „Nochmals vielen Dank für die Räder."
„Könnt ihr, wenn ihr wollt, behalten", warf Herr Kotzke ein.
„Obwohl", er sah Svenja gönnerhaft lächelnd an, „du deinen Wartburg nächste Woche abholen kannst."
„Was? Bin doch noch lange nicht dran."
„Vielleicht produzieren die in Eisenach jetzt nach der Hennecke-Methode", lachte die Bezirksleitung.
Ich war sprachlos. Svenja hatte mir gegenüber kein Wort von einer Autobestellung verloren.
„Hab frühestens in fünf Jahren damit gerechnet. Kann ich im Moment gar nicht bezahlen."
„Da wird dir doch dein liebes Väterchen wohlwollend unter die Arme greifen."
Svenja sah ihre Schwester an, als hätte sie Lust, ihr den Hals umzudrehen.
„Da kann ich ja vielleicht eins der Räder kriegen", setzte Ursula noch einen drauf.
Ich musste innerlich grinsen. Die Fronten waren klar. Ursula war der Stachel im Fleisch des Vaters. Die beiden spannen keinen guten Faden zusammen. Von Svenja wusste ich, dass Ursula bereits das dritte Mal die Studienrichtung gewechselt hatte und ohne Vaters Zu-und Einspruch längst geext worden wäre.
Frau Kotzke lenkte die Gespräche geschickt in weniger turbulente Gewässer, und ich trat Svenja nach einer weiteren Stunde unterm Tisch leicht auf den Fuß.
„Wir müssen", sagte Svenja, „Felix hat Kinokarten

besorgt."
„Was hat denn die DEFA Aufregendes zu bieten?", wollte Ursula wissen. Sie war sicher, ihre Schwester mit dieser Frage in Verlegenheit zu bringen.
„Nicht schummeln, Liebling", grinste ich das Schwesterchen an.
Draußen sagte Svenja: „Danke, Herr Filmkenner."
„Hab ich irgendwo rein zufällig aufgeschnappt. Aber von einem Auto hast du nie etwas gesagt. Ich bin völlig platt. Weißt du, was so ein Wartburg kostet?"
Ich konnte mir nicht vorstellen, so einen Haufen Geld zusammenzukratzen.
„Vater leiht mir den Rest."
Vaters Lieblingstochter. Durchgezogenes Pädagogikstudium, ordentlicher Beruf und halbwegs geordnetes Liebesleben. Einmal geschieden, gehörte zur Normalität. Ursula, hatte mir Svenja erzählt, hüpfte gern von Bett zu Bett und hatte sich schon einmal irgendeine Geschlechtskrankheit eingefangen. Die Bezirksleitung war außer sich gewesen.
Eben doch eine richtige Familie, dachte ich.

***

Svenja war mit ihrer Theatergruppe nach Cottbus gefahren. Freitag bis Sonntag. Erfahrungaustausch mit einer dortigen EOS.
Ich hatte mal wieder mein Geschreibsel hervorgekramt und den Anfang meiner Pferdegeschichte durch-gelesen. Gefiel mir immer noch, was ich geschrieben hatte.

„Schreib weiter, Felix", sagte ich laut zu mir. Das wird zwar nie gedruckt werden, aber das kann dir egal sein. Hauptsache, du hast deine Freude dran. Ich hatte an einsamen Abenden weiter an meiner Geschichte geschrieben. Die letzten Seiten las ich noch einmal.
Unser Plan stand fest. Die Rückwand des einen Schrankes, der Annis Bodenkammer vom Wäscheboden abtrennte, bestand aus Sperrholz und ließ sich durch Lösen einiger Schrauben herausnehmen.
Das war's!
„Der kommt meist so mit Einbruch der Dunkelheit", sagte Ecki und meinte den Major.
„Und immer mittwochs!", ergänzte ich.
Heute war Dienstag.
Anni war nicht da. Wir lösten die Schrauben an der Rückwand. Der Schrank war fast leer, aber es stank bestialisch nach Mottenkugeln. Mit dem Spiralbohrer aus Vaters Kellerwerkstatt bohrten wir zwei Löcher in die Schranktüren.
Der Ausblick war beschränkt, aber ausreichend.
„Wenn einer von uns niest, sind wir dran", sagte ich.
„Wir stecken Taschentücher ein", erwiderte Ecki.
„Und wie kriegen wir die Rückwand wieder an den Schrank, wenn wir drin sind", fiel mir ein.
„Hm", machte Ecki, „Griffe!".
Wir suchten auf dem Boden nach zwei Holzstücken und schraubten sie innen an die Sperrholzplatte.

Mittwoch. Abenddämmerung. Wir lauerten auf dem Boden herum, bis Anni mit dem Wasserkrug runter zu meiner Großmutter ging.
Die würden mindestens eine viertel Stunde tratschen. Wir

entfernten die Sperrholzplatte, schlüpften in den Schrank und drückten die Rückwand mittels der angebrachten Holzstücke problemlos in die Nuten. Dann hockten wir uns in den Schrank und harrten der Dinge, die da kommen sollten.
Und die Dinge entwickelten sich.
Teils, teils.
Anni kam mit dem Wasserkrug und begann sich zu waschen. Mit dem Rücken zu uns. Mist! Doch dann drehte sie sich um. Der Anblick verschlug uns den Atem. Das hatten wir so noch nie gesehen.
Ich starrte wie betäubt auf das kupferfarbene Dreieck.
Dann griff Anni einen Glasbehälter mit Gummiball und Fransen daran und stäubte Achseln und Dreieck ein. Es roch augenblicklich intensiv nach Maiglöckchen.
Ecki atmete hörbar und der Jäger in mir spannte den Hahn.
Es wurde warm im Schrank.
Von draußen waren Schritte zu hören, die Holztreppe knarrte.
Der Major rückte an.
Anni hatte sich einen rosafarbenen Bademantel übergeworfen und sah jetzt fast wie die Rosafrauen in unseren Magazinen aus. Der Major legte ein Kommissbrot auf den Nachttisch und stellte eine Wodkaflasche daneben.
Anni griff zwei Wassergläser und schenkte ein.
„Nasdarowje", sagte der Major.
„Nasdarowje", prostete Anni zurück.
Beide leerten ihr Glas in einem Zug und Anni goss nach.
Der Major griff ihr oben in den Morgenmantel und Anni quietschte leise.
Was dann abging, hielt sich in meinem Gedächtnis, wie in grauen Nebel verpackt. Anni ließ sich auf die Bettkante

sinken und fummelte an der Hose des Majors herum. Was sie zu tage förderte, war unglaublich. Wie ein so prasseldürrer Kerl ein solches Ding haben konnte, blieb mir ewig rätselhaft.
Meine Ausstattung kam mir dagegen verdammt mickrig vor. Als das gewaltige Ding in Annis Mund verschwand war mir klar, dass sie daran ersticken musste. Doch sonderbarerweise bekam der Major die Luftbeschwerden.
Von Ecki kamen ebenfalls Asthmageräusche.
Dann gab es einen Knall.
Ecki hatte genießt.
Wie ein Pferd.
Der Major war mit zwei Schritten am Schrank. Die Türen flogen auf, und im selben Augenblick griffen die kräftigen Hände des Majors zu. Mein Hals wurde zusammengedrückt und wieder freigegeben. Dann traf mich eine gewaltige Backpfeife, Anni riss die Tür auf, und mit einem gepfefferten Tritt in den Hintern flogen wir auf den Boden hinaus.
Unser Abgang wurde begleitet von Annis schallendem Gelächter und dem Ziegenmeckern des Majors.
„Macht nichts ", krächzte ich, „auf jeden Fall wissen wir jetzt, wie das abläuft."
„Humpel ist doch das größte Rindvieh, das ich kenne", ergänzte Ecki.
Ich wusste sofort, was er meinte. Humpel hatte uns weisgemacht, dass die Mädchen zwischen den Beinen eine Öffnung hätten und dort müssten wir unser Ding reinstecken. Wenn wir dabei keinen Pariser nehmen würden oder nicht aufpassten (was ich nicht so richtig verstand), kämen Kinder zur Welt und wir müssten Alimente zahlen.
Schöne Scheiße! Für so was hätte ich nie Geld ausgegeben!

Hirnverbrannter Mist, was Humpel da erzählt hatte!
Natürlich war das, was wir gesehen hatten, viel logischer.
Die Befruchtung ging durch den Mund, im Bauch würden die Kinder ausgebrütet und unten, zwischen den Beinen, kamen sie dann zur Welt. Bei Fischen musste es so etwas Ähnliches geben, denn ich hatte schon von Maulbrütern gehört.
Dann fiel mir meine Mutter ein. „Wenn Anni das von vorhin meiner Mutter erzählt, bin ich geliefert", sagte ich.
„Glaub ich nicht", sagte Ecki, „Anni ist Kumpel und ..."

Es klingelte.
Sollte Svenia schon zurück sein?
Ich ging zur Tür und öffnete.
Scheiße!
„Guten Tag, Herr Hohndorf."
„Verdammt schlechter Tag, Herr Hochstapler."
Für den Bruchteil einer Sekunde sah ich ein böses Funkeln in den Augen des schwarzen Mannes.
„Hochstädter, wenn ich bitten darf. Können wir drinnen reden?"
„Nein", sagte ich.
„Komme von der Bautz ...", sagte das Arschloch so laut, dass es im ganzen Haus zu hören war.
„Treten Sie ein."
Er blieb im Wohnzimmer stehen und sah in Richtung meines Schreibtisches.
„Hab ich Sie bei ihren Unterrichtsvorbereitungen gestört, Herr Hohndorf?"
Seit wann sind diese Heinis höflich, dachte ich und sagte:
„Wobei ist egal, aber auf alle Fälle stören Sie."
Das böse Grinsen huschte wieder über seine Visage,

verschwand aber so schnell, wie es aufgetaucht war.
„Wie läuft`s denn so in der Schule?"
„Das dürfte Ihnen doch hinreichend bekannt sein."
Er sah mich merkwürdig an. „Ihr Schulleiter ist recht hinfällig geworden in den letzten Jahren."
Pause.
Ich sagte nichts.
„Wird wohl bald ein Wechsel fällig", sagte der Mummum.
Viola hatte mir vom Mummum erzählt. War so was wie der `Schwarze Mann`, der Kinder wegfängt, die nicht immer das machen, was man von ihnen erwartet.
„Kann der Genosse Sperling endlich aufrücken", grinste ich.
„Ob der Genosse Sperling dafür die nötigen Qualitäten hat, ist ungewiss."
„An seiner Linientreue besteht aber doch wohl kein Zweifel?"
„Da gebe ich Ihnen unumwunden Recht, Herr Hohndorf, aber linientreue Genossen laufen oft mit Scheuklappen durch die Welt und sehen nur, was sie sehen wollen."
„Dann sollte der Genosse Sperling schnellstens ins Zentralkomitee aufgenommen werden."
Das war raus, bevor mein Gehirn die Bremse ziehen konnte.
Der Mummum brach in ein schallendes Gelächter aus und gluckste: „Der war gut, der war sehr gut."
Nachdem er sich beruhigt hatte, sah er mich an und sagte.
„Wir haben da mehr an Sie gedacht, Herr Hohndorf."
Wieso wiederholt sich das Leben ständig. Ist doch zum Kotzen.
Kotzke. Mir fielen die Schuppen kiloweise von den Augen.
Der Mummum blieb trotz meiner Auskeilerei höflich und brav. Er wusste längst, dass ich mit der Bezirksleitung

Kaffee trank. Natürlich hätten die auch dort gern einen Informanten. Man konnte nie wissen, vor allem, da es in der Familie ein schwarzes Schaf gab.
„Bei einer Zusammenarbeit mit uns könnten Sie ab nächstem Schuljahr bereits die Leitung der Schule übernehmen."
Ich ging in den Korridor und sah in Richtung Tür.
Mummum ging, blieb aber an der Tür noch einmal stehen.
„Überlegen Sie es sich gut, Herr Hohndorf. Durch uns kann nicht nur die Wartezeit auf ein Auto verkürzt werden."
Mein rechter Fuß juckte derart, dass ich Mühe hatte, mein Bein in Ruhestellung zu halten.
Ich sagte nichts und der Mummum ging.

***

Die Zeit verging wie im Fluge.
Plötzlich war Dezember.
Ulbricht war im Sommer gestorben. Einfach so, während der Weltfestspiele. Wir hatten es erst danach erfahren.
Die Deutsche Demokratische Republik war Mitglied der UNO geworden.
Und ich hatte immer noch die Grippe.
Keine Influenza, sondern die Liebesgrippe.
Ansteckung durch Tröpfcheninfektion.
Wir hatten viele Tröpfchen ausgetauscht, Svenja und ich.
Wenn wir uns drei Tage nicht sahen, bekam ich Schüttelfrost und Gliedschmerzen.
Wenn wir uns dann sahen, packte mich das Fieber.
Das sogenannte Stangenfieber. Ich kochte über. Svenja

musste dann mehrmals in der Nacht den Druck bei mir regulieren.
So verging die Zeit tatsächlich wie im Fluge.
Wir hatten Flügel, die uns die Liebe verlieh.
Alles war so leicht.
Bis ich mein erstes Westgeld in der Hand hatte und die Gier nach mehr davon mich unzufrieden machte.
im September hatte ich Mutter besucht.
Der schlimmste Schmerz über Vaters Verlust war einer stillen Trauer gewichen. Ich hatte ihr vorgeschlagen, nach Dresden zu ziehen, aber sie hatte rigoros abgelehnt.
Beim Abschied hatte sie mir Geldscheine in die Hand gedrückt.
Ich hatte es sofort zurück auf den Tisch gelegt. Mein Lehrergehalt war seit etwa drei Jahren in Ordnung. Man hatte uns ganz ordentlich aufgestockt.
„Sieh dir das Geld doch wenigstens mal an", hatte Mutter gesagt.
Ich traute meinen Augen nicht.
Das waren 50 D-Mark. Zwei Zwanziger, ein Zehner.
Westgeld.
„Wo hast`n das her?", ich war total verblüfft.
„Verwandtschaft", sagte Mutter, „du kannst es ruhig nehmen, hab für mich auch noch was."
Westgeld war eine Art Lebenselexier im Lande.
Der, der es hatte, fühlte sich immer einige Zentimeter größer als seine unterversorgten Mitmenschen, Frauen wurden schöner und sahen glücklicher aus als ihre Nachbarinnen, und Männer mit Westgeld waren begehrter als die mit Aluchips.
Eine zweite Mauer war entstanden. Nicht zwischen Ost und West, sondern innerhalb der Republik.

Sie trennte die mit Westgeld von denen ohne Westmark.
Die D-Mark war Gleit-und Schmiermittel zugleich. Sie glitt von einer Hand in die andere und sorgte gleichzeitig dafür, dass sich die Räder schneller drehten.
Svenjas Fahrstunden zum Beispiel zogen sich schier endlos hin. Wenn das so weiterging, würde mit unserer Sommerreise quer durch die Republik wahrscheinlich nichts werden. Ich zeigte Svenja das Westgeld und schlug vor, dem Fahrlehrer einen Zwanziger zu geben.
„Sag ihm, dass er noch einen Zwanziger kriegt, wenn Bewegung in den lahmen Laden kommt."
Svenja schüttelte den Kopf. „Du bist verrückt, Felix, das ist Bestechung."
„Bestechung wäre es, wenn du ihm Mark der Deutschen Demokratischen Republik anbieten würdest. Erstens müsstest du viel mehr hinlegen und zweitens könnte man das dann als Korruption auslegen."
„Und bei Westgeld ist das anders", lachte Svenia.
„Total anders, denn du schädigst damit, dass du harte Währung verschenkst, den im Sterben liegenden Kapitalismus an seiner empfindlichsten Stelle, nämlich am Gleichgewicht zwischen dem Geldangebot und der Geldnachfrage. Das Geldangebot lässt sich über die Zentralbank steuern, die Nachfrage nicht. Der mit harter Währung angefütterte DDR-Bürger – auf den Geschmack gekommen – will mehr, mehr, mehr. Also, wird das kapitalistische System, auf dem oben genannten Gleichgewicht beruhend, empfindlich gestört."
Svenia schüttelte lachend den Kopf. „Du solltest vielleicht Sperling im Parteilehrjahr ablösen."

***

Ich hatte Blut geleckt. Ohne Westgeld bist du nichts als ein Hosenscheißer.
Ich wurde unzufrieden.
Das Problem war nur, was hatte so eine arme Paukerseele zu bieten, um an harte Währung zu kommen.
Nichts, und davon noch mal die Hälfte. Ich hatte keine hochwertigen Sanitärartikel wie blaue oder rosafarbene Waschbecken, keine Klobecken und keine modernen Badewannen zu bieten. Ich war kein Mitarbeiter eines Baustoffhandels, der mit Zement, Brettern oder Ziegeln seinen Bedarf an harter Währung hätte aufstocken können.
Kein Fleischerladen.
Kein Obsthandel.
Kein Werkzeugladen.
Absolut nichts, womit man an Westgeld kam.
Im März rief meine Mutter bei meiner Nachbarin, Frau Schulze, an.
Ich erledigte oft ihre Einkäufe und machte für sie die Hausordnung. Dafür durfte ich in Notfällen und zu besonderen Anlässen ihr Telefon benutzen.
„Ihre Mutter ist am Apparat, Felix."
Ich ging rüber und nahm den Hörer mit gemischten Gefühlen ab. Hoffentlich war nichts passiert.
„Hallo, Ma."
„Hallo, Felix."
„Geht`s dir gut?" In meiner Stimme schwang Unruhe mit.
„Ja, Junge, bei mir ist soweit alles in Ordnung. Weißt du, wer angerufen hat? Kommst du nie drauf."
Ich dachte sofort an Helene und mir wurde flau in der Magengegend.
„Werner, Felix, dein alter Studienkumpel."
„Waaaas? Das gibt's doch nicht."

„Doch Felix, Werner lässt ausrichten, dass er Samstag und Sonntag in Leipzig ist, zur Messe, und er würde sich gern mit dir treffen."
Mir fiel fast der Hörer aus der Hand.
Heute war Freitag. Ich hatte morgen vier Stunden, konnte also gegen Mittag einen Zug nach Leipzig nehmen.
„Bin irgendwann am Nachmittag bei dir."
„Werner hat gesagt, er will dich gegen 19.00 Uhr am Hauptbahnhof treffen."
„Alles klar, Ma, bis morgen."
Frau Schulze kam aus der Küche. Sie ging immer in die Küche, wenn ich bei ihr telefonierte.
„Ein Eierlikörchenchen?" Frau Schulze sah mich so an, dass ich auf keinen Falle nein sagen konnte, obwohl mir die Zeit unter den Nägeln brannte.

Eine Stunde später war ich bei Svenja. Sie hatte sich bereits zum Ausgehen schön gemacht.
„Kommst du morgen mit nach Leipzig?", fiel ich mit der Tür ins Haus.
„Ist mit deiner Mutter was passiert?"
„Nein, Ma ist gesund, und es geht ihr halbwegs gut. Mein alter Kumpel Werner ist Samstag und Sonntag in Leipzig."
Ich hatte Werner Svenja gegenüber schon mehrmals erwähnt.
„Der, den sie beim Abhauen erwischt haben und der gesessen hat?"
„Genau der", sagte ich. „Wir wollen uns Sonnabendabend in Leipzig treffen."
„Und was soll ich dabei?"
Das klang irgendwie merkwürdig. Wir hatten bisher Besuche bei Freunden immer gemeinsam gemacht.

„Ich dachte, du freust dich. Wir könnten den Samstagabend mit Werner verbringen und am Sonntag durch die Messehallen bummeln.
Svenja sah mich an und schüttelte den Kopf.
„Geht nicht, Felix."
„Warum nicht?"
„Mein Vater."
„Ich will doch nicht mit deinem Vater nach Leipzig fahren", lachte ich.
Svenja lachte nicht.
Ich sah sie verwundert an, dann dämmerte es bei mir.
„Westkontakte?"
„Du hast es erfasst, Felix. Weder Vater noch seinen nächsten Angehörigen sind Kontakte mit Westbürgern erlaubt."
„Was ist denn das für ein Scheiß? Klingt ja, als hätten die von Drüben die Lepra."
Svenja sagte nichts.
„Dein letztes Wort?", ich spürte, wie ich stocksauer wurde.
„Es geht nicht, Felix, ich würde meinen Vater in eine sehr unangenehme Lage bringen."
„Das ist einfach bekloppt. Du bist doch nicht in diesem Ku-Klux-Klan."
Die erste Sicherung war bei mir durchgebrannt.
„Bleib sachlich, Felix."
Das klang nach Oberlehrer und meine zweite Sicherung war im Eimer.
„Diese ganze Genossenschaft kann mich mal."
Die dritte und letzte meiner Sicherungen gab den Geist auf, als ich die Korridortür zuknallte.

***

Vor dem Hauptbahnhof sah ich mich nach Werner um.
Es war zehn nach sieben.
Ein großer, schwerer Mann rempelte mich leicht an der Schulter an. Ich wollte gerade `na he` sagen, da sah ich das Grinsen im Gesicht des Remplers, das ich so gut kannte.
„Werner!"
„Felix!"
Dann lagen wir uns in den Armen.
„Du bist ganz schön gewachsen, mein Lieber", sagte ich, als Werner mich von seiner Brust wegschob.
„Und du bist immer noch so fett wie ein Hering zwischen den Augen."
Der große, schlanke Werner hatte sich verdoppelt.
Wir fingen in der Nordstraße an.
Bier und Wodka.
Auf der Toilette fragte mich Werner: „Hast du Ostgeld dabei?"
„Willst du mich anpumpen?", grinste ich.
„Quatsch. Eure Genossen knöpfen uns zwar jetzt 20 D-Mark Eintrittsgeld ins gelobte sozialistische Land pro Tag ab, aber damit kommst du nicht weit. Heute lassen wir die Puppen tanzen, Alter, doch dafür werde ich doch keine D-Mark ausgeben."
Ich gab Felix 300 Piepen.
Werner drückte mir 300 D-Mark in die Hand.
„Bist du verrückt? Der Tauschkurs liegt zwischen eins zu fünf bis eins zu zehn."
„Aber nicht unter uns, Alter."
Ich steckte das Geld ein, aber wohl war mir dabei nicht.
Nach der vierten Runde war klar, dass ich hier nicht mithalten konnte. Ich stieg auf Kaffee um.
Gegen 22.00 Uhr kannte ich Werners Geschichte.

Er hatte ein Jahr und vier Monate in Bautzen gesessen, dann war er freigekauft worden. Ein Bruder seines Vaters, der in Frankfurt bei einer großen Bank arbeitete, hatte sich für ihn eingesetzt.
Er hatte dann so etwas wie Betriebswirtschaft studiert und arbeitete jetzt bei dieser Bank.
Gegen halb elf brachen wir auf und landeten im „Intermezzo".
Die Nachtbar war rammelvoll, aber als ein Geldschein von Werners Hand in die Hand des Einlassmannes wechselte, waren wir drin.
Irgendwann, weit nach Mitternacht hatten wir zwei Damen an unserem Tisch und irgendwann noch später standen wir mit den beiden Messenutten im Hotel, in dem Werner wohnte.
Plötzlich dachte ich an Svenja, und das war`s dann für mich.
„Ich bin total zu Werner, ich hau ab."
„Kein Problem Felix, ich nehm die beiden Bienen mit hoch, aber morgen früh halb zehn zum Frühstück hier.

Werner trank zum Kaffee Sekt.
Mir hob sich der Magen schon beim Anblick der Flasche.
Die Mixgetränke gestern hatten mir den Rest gegeben.
„Wie war die Nacht?"
Werner grinste. „War´n zwei flotte Mäuse, sag ich dir. Hättest deine Freude dran gehabt.
Ich holte die 300 D-Mark aus meiner Jackentasche und streckte sie Werner entgegen. „Nimm`s zurück, das kann ich nicht annehmen, Werner."
Das Geld hatte mir in der Nacht Albträume verursacht, zumal wir bei dem Tausch schon nicht mehr ganz nüchtern waren. Eins zu eins ging überhaupt nicht.

„Steck das sofort wieder ein, Felix, wenn dir daran liegt, dass wir Freunde bleiben."
Er winkte der Kellnerin und bestellte für mich Kaffee, sah mich lange an und sagte dann: „Willst du hier versauern, Felix?"
Ich brauchte eine Weile, bis ich ihn verstanden hatte.
„Du meinst ..."
„Ja."
„Wie stellst du dir das vor. Soll ich mit 'ner Leiter zur Mauer gehen, hochsteigen, noch mal winken und mich abknallen lassen?"
„Quatsch, du stellst einen Ausreiseantrag, und ich kurble drüben alles an, dass du ..."
„Vergiss es, Werner. Ich meckere zwar bei jeder passenden und unpassenden Gelegenheit und mich kotzt das Geschwafel von der größten DDR der Welt maßlos an, aber abhauen, nee, ist nichts für mich. Außerdem hätte ich als Lehrer kaum eine Chance in meinem Beruf."
„Du hast Mathe studiert, Felix, du brauchtest nur 'ne Umschulung zu machen und könntest bei uns in der Bank anfangen."
„Ich hab mich hier eingerichtet, Werner."
„Überleg dir`s, Felix. Wenn es dir irgendwann reicht, gib mir Bescheid, am besten über deine Mutter. Ich muss."
Ich brachte Werner zum Bahnhof, ging zu meiner Ma, aß bei ihr noch zu Mittag und setzte mich dann in den Zug nach Dresden.
Svenja, verdammt, das war unser erster böser Streit.

***

Der zweite war heftiger und hielt länger an.
Abendessen bei der Bezirksleitung.
Es ging um den Sommerurlaub.
Ursula wollte zu einer Studienfreundin nach Berlin. Vater Kotzke verzog missbilligend das Gesicht.
Klarer Fall, Westfernsehen und RIAS. Dresden hatte die Arschkarte in der Republik gezogen. Trotz Riesenantenne auf dem Dach war im Dresdner Talkessell so gut wie kein Empfang möglich. Bei besonders günstiger Wetterlage konnte man hin und wieder nach Mitternacht Nero Brandenburgs Hit-Parade hören. Allerdings von häufigen Rauschgeräuschen unterbrochen.
„Da kann ich wenigstens wieder mal die Hitparade hören", sagte Ursula und summte eine Melodie vor sich hin.
„Bata Illic lässt grüßen", lachte ich.
„Für euch", wandte sich die Bezirksleitung, um Ablenkung bemüht, an Svenja und mich, „könnte ich einen Ferienplatz an der Ostsee im Neptun ..."
„Wir fahren zelten", unterbrach ich.
„Zelten? Hast du ein Zelt?" Svenja sah mich ungläubig an.
„Schon lange", log ich, „ein Viermann-Hauszelt."
„Aber Hotel würde ich lieber ..."
„Kannst du", sagte ich und legte die Betonung auf du.
Der Rest des Abendessens verlief in Kühlschrankatmosphäre.
Als Viola im Bett lag, drängte ich zum Aufbruch.
Auf dem Nachhauseweg sagte Svenja: „Vater meint es doch nur gut. Ich ...
„Diese ständige Einmischerei in unsere Angelegenheiten geht mir auf die Nerven", blaffte ich Svenja an, „die Kollegen an der Schule kriegen, wenn sie Glück haben, aller zehn Jahre einen FDGB-Platz und das ist dann

irgendwo in Hinterposemuckel mit Leberwurst und Mettwurst, und wer zu spät kommt, kann die Pellen fressen."
Ich war wütend auf die Bezirksleitung und ließ es an Svenja aus. Ich spürte, wie sie an meiner Seite stocksteif wurde.
Wir sprachen bis zu ihrer Haustür kein Wort mehr miteinander.
Ich ging nicht mit hoch.

***

Im Lehrerzimmer wurde in einzelnen Grüppchen heftig diskutiert. Mehrfach fiel der Name Guillaume. Hatte ich noch nie gehört. Was gingen mich so ein Franzosen an.
Ricarda klärte mich auf. Sie hatte irgendwo auf der Südhöhe eine Freundin und die kriegten dort oben Westfernsehen rein.
Guillaume hatte es als Offizier der Staatssicherheit der DDR nach seiner Umsiedlung in den Westen weit gebracht. Er hatte SPD-Karriere gemacht und hatte von 1972 bis 1974 als Persönlicher Referent von Bundeskanzler Willy Brandt gearbeitet. Vergangene Woche war er vom Sicherheitsdienst der BRD enttarnt und verhaftet worden.
„Für so was brauchen die Pfeifen dort drüben Jahre", lachte ich. „Die sollten Qualifizierungslehrgänge beim MfS absolvieren."
Aber was ging mich das an.
Mein Problem war Svenja.
Ich wusste, dass ich im Unrecht war. Vor mir konnte ich das zur Not zugeben, aber den ersten Schritt zu machen, war schon immer mein Problem gewesen.

In der dritten Stunde hatten wir beide frei. Ich wollte gerade das Lehrerzimmer verlassen, da sagte Svenja: „Mit zwei Kindern im Zelt stell ich mir nicht ganz einfach vor".
„Was für zwei Kinder?", entfuhr es mir.
„Viola und das hier." Mit dem Zeigefinger tippte sie auf ihren Bauch.
Mein Herzschlag setzte aus. Als er wieder einsetzte, dachte ich, jetzt musst du dich freuen, Felix. Konnte ich aber nicht, da ich vollkommen überrumpelt war. Ich dachte an Jo und an Christiane und in meiner Magengegend bildete sich wieder der bekannte Eisklumpen.
„Du hast Zeit, dich daran zu gewöhnen, Felix, bin erst im zdritten Monat."
„Mannomann, das haut mich auf die Bretter", sagte ich.
„Bei den Sachen, die du mit mir gemacht hast, solltest du dich aber nicht wundern", lachte Svenja.
Der Eisklumpen schmolz.
„Muss ich ja tatsächlich nächste Woche ein Viermannzelt kaufen."
„Du alter Lügenbold." Svenja drohte mir mit erhobenem Zeigefinger.

***

Der Sommer war wie ein D-Zug an mir vorbei gedonnert. Die letzten beiden Juliwochen hatten wir in Baabe auf Rügen verbracht.
Zelten hatte was für sich.
Anstellen beim Bäcker. Wenn du dran warst, waren die Semmeln alle. Nächster Ausstoß 10.00Uhr.

Bier war immer knapp.
Knäckebrot für Svenja war Glückssache.
Salz, Mehl, Zucker und verkeimte Möhren gab es immer.
Tomatensoße war schon wieder Glückssache.
Trotzdem war es ein herrlicher Urlaub. Svenja hatte einen unglaublichen sexuellen Appetit.
Die Schwangerschaft musste ihren Hormonhaushalt zu Gunsten ihrer Sinnlichkeit beeinflusst haben. Sie hatte es immer genossen und wir waren nach wie vor scharf aufeinander, aber hier oben am Meer zog sie mich fast jede Nacht, sobald Viola schlief, auf ihre Luftmatratze.
Vielleicht lag es auch daran, dass wir es sehr leise machen mussten.
Wenn ich in ihr war, bewegte ich mich langsam und vorsichtig, obwohl von einem Bauch noch keine Rede sein konnte.
Wenn wir so weit waren, bissen wir in ein Kissen.
Das völlig zerfranste Kissen nahmen wir mit nach Hause. Svenia steckte es in die Wäsche, ich bastelte einen einfachen Rahmen dazu, und so hängten wir es im Schlafzimmer an die Wand.
Wenn es Streit gab und den gab es später leider oft, nahm der, der ihn beenden wollte, den anderen bei der Hand, führte ihn ins Schlafzimmer und legte die Hand auf das Kissen.
Versöhnungen im Bett sind immer heftig und wild, lösen aber meist nicht das Problem.
Mitte August hatte ich Svenja einen Heiratsantrag gemacht.
Mit einem Strauß dunkelroter Rosen.
„Aber nicht mit dickem Bauch", hatte sie gelacht und war mir um den Hals gefallen.
„Und nur wir zwei", sagte ich.

Da war der Ärger vorprogrammiert.
Svenja wollte eine zwar nicht große Hochzeitsfeier, da es ihre zweite war, aber immerhin eine mit Eltern und einigen Verwandten.
Ich blieb stur wie ein alter Esel.
Ich war überzeugt davon, dass dieser Schritt nur uns beide etwas anging.
Irrtum, wie ich später feststellte.
Man heiratet keine Frau, sondern immer eine ganze Familie.

Wir bekamen einen Termin für Mitte Mai im nächsten Jahr.
Svenja hatte auf Mai bestanden.
Ende August betrat ich zum ersten Mal einen Intershop und den Geruch nach feinster Seife, Bohnenkaffee und Parfüm sollte ich nie wieder los werden.
Wir brauchten schließlich Ringe.
Es war Vormittag und nicht viel Betrieb. Vor uns kaufte ein elegant gekleideter junger Mann für ein blondes Mädchen irgendwelche Markenturnschuhe, Parfüm, Kaffee, Schokolade, Strumpfhosen und weiß der Teufel was noch. Manche Dinge hatte ich noch nie gesehen.
Nachdem der junge Mann bezahlt hatte sah ich, wie er beim Verlassen des Geschäfts seine Hand auf das pralle Hinterteil der Blondine legte.
Musst du sicher abarbeiten, Mädchen, dachte ich.
Ich hatte die 300 D-Mark von Werner und die 10 D-Mark von meiner Mutter einstecken. Wir liefen die halbe Etage des Hotels ab, und ich wusste von diesem Moment an, dass uns das Leben beschissen hatte.
Wir kauften uns einen Kassettenrecorder, auf den ich schon lange scharf war, zwei Ringe, die wir für Ostgeld nur gegen Goldabgabe gekriegt hätten, für Svenja ein wunderschönes

Armband aus bunten Steinen und für Viola zwei kleine Ohrringe, über die sich die Bezirksleitung mit Sicherheit ärgern würde.
Als wir das Hotel verließen, hatte ich noch 5 D-Mark.

***

Das neue Schuljahr begann mit Sperling als Schulleiter. Papa Mauli war aus gesundheitlichen Gründen in die Abteilung versetzt worden.
Überraschungsmoment: Erich war zum Stellvertreter avanciert. Was sich im Laufe der nächsten Monate als Gewinn für die Schule herausstellen sollte.
Svenja rundete sich zusehends und schien dann einen Kürbis verschluckt zu haben.
Ohne zu kauen.
An einem Freitag im Frühling kam Falk morgens zur Welt und bescherte uns ein neues Problem.
Die Wohnung.
Wir hatten beschlossen, dass ich meine Wohnung aufgeben würde. Aber zwei Erwachsene und zwei Kinder in Svenjas nicht sehr großer Zweiraumwohnung konnte nicht gutgehen.
Die Bezirksleitung mischte sich ein.
Vierraumwohnung in Johannstadt.
Familiennähe.
Neubau.
Fernheizung.
Ich war stocksauer.
Bonzenwirtschaft, tobte ich.

Neubauwohnungen waren nach wie vor absolute Mangelware in Dresden.
Wer keine Beziehungen und nichts zu bieten hatte, stand bei der Wohnungsvergabe auf dem Schlauch. Es wurde geschoben, was das Zeug hielt, und wer nahe an den Schalthebeln der Macht saß, nutzte diese Macht.
Ich fand die Einmischung der Familie Kotzke langsam zum Kotzen.
Svenja löste das Problem auf ihre Art.
Entweder die Neubauwohnung und eine stille Hochzeit zu zweit oder …
Ich gab mich geschlagen.
Die Bezirksleitung hatte einen Teilerfolg erzielt.

Doch der liebe Gott lässt keinen ordentlichen Atheisten im Stich. Genauso wenig, wie er die Bäume bis in sein Reich wachsen lässt.
Für Ordnung und Ausgleich sorgt sein Schicksal genannter Bumerang.
Den schleudert er solange, bis er trifft.
Meine zukünftige Schwiegerfamilie traf er an einer sehr empfindlichen Stelle.
Svenjas Schwester Ursula hatte sich verliebt.
Richtig verliebt.
Der junge Mann war Student.
Er hieß Admir.
Und war Albaner.
Ich konnte mich dunkel daran erinnern, dass es mit diesen Albanerkommunisten schon häufig politische Querelen gegeben hatte. Die mussten so Anfang der sechziger Jahre Chruschtschow heftig kritisiert haben und waren dann ein Bündnis mit den Chinesen eingegangen.

Unser großer sowjetischer Bruder hatte daraufhin die diplomatischen Beziehung zu diesem zänkischen Bergvolk abgebrochen.
Ende der sechziger Jahre hatte dann Albanien dem Warschauer Pakt die Freundschaft aufgekündigt.
Und so was begehrte Einlass in die Bezirksleitung.
Das musste mit allen Mitteln verhindert werden.
Schließlich unterstand das MfS dem 1.Sekretär, wenn auch nur pro forma (die machten sowieso, was sie für richtig beziehungsweise wichtig hielten). Schließlich war man die rechte oder linke Hand des 1.Sekretärs, und wenn der nicht helfen konnte, wer dann?
Aber natürlich konnte der helfen.
Admir hatte sein Studium abbrechen müssen, da seine Eltern in der Heimat schwer erkrankt waren und die Hilfe des einzigen Sohnes brauchten.
So stand es zumindest in dem Abschiedsbrief an Ursula.
Das verdammt kluge und mit den Gebräuchen und Machenschaften der Obrigkeit sehr gut vertraute Mädchen bekam Tobsuchtsanfälle.
Verweigerte Speise und Trank.
Weinte und schrie.
Schnitt sich die Haare ab.
Kratzte sich die Arme blutig.
Beschimpfte ihren Vater als Verbrecher.
Es wurde ernsthaft erwogen, das Mädchen vorübergehend als leicht geistesverwirrt in einem besonderen Sanatorium unterzubringen, wo man mit Arzneimitteln heftig überschäumende Emotionen dämpfen konnte.
Als dies zur Sprache kam, drohte Ursula mit einem Ausreiseantrag.
Schlimmeres konnte es für die Bezirksleitung nicht geben.

Die Mutter, die um ihr Kind bangte, aber gleichzeitig fest an der Seite ihres Mannes stand, fand die Lösung:
Es gab eine Reihe von Telefongesprächen zwischen der Bautzner Straße und einer kleinen Stadt in Albanien. Dann wurde von Berlin aus ein annehmbarer Betrag in D-Mark in besagte albanische Kleinstadt überwiesen. Man versprach die gleiche Summe noch einmal zu überweisen, wenn ein gewisser junger Mann eine gewisse junge Dame in Dresden anrufen würde.
Von übergroßer Liebe sollte die Rede sein.
Aber die Pflichten eines Sohnes gegenüber seinen schwer erkrankten Eltern hätten natürlich Vorrang. Sobald die Eltern auf dem Weg der Besserung wären, könne an Rückkehr zum Studium gedacht und die Liebe aufs Neue in Angriff genommen werden.
In unendlicher Liebe
Admir.

Die Mutter kannte ihre Tochter besser als diese sich selbst.
Ursula begann wieder zu essen und vor allem zu trinken – hochprozentig.
Die Haare wuchsen nach.
Die Kratzwunden heilten, und der Vater wurde wieder als Vater akzeptiert – wenn auch unter Vorbehalt.
Bei einer Tanzveranstaltung einige Wochen darauf machte sich ein junger, gutaussehender und kluger junger Mann an Ursula heran, eroberte zuerst ihren heißen, seit einiger Zeit vernachlässigten Unterleib und dann ihr Herz.
Der junge Mann war so lange nett und verliebt, bis Ursula nur noch selten an ihren Admir dachte und ihn dann ganz vergaß. Von da an gab es öfter Streit zwischen dem netten, jungen Mann und ihr. Nach einigen Wochen ständiger

Streitereien um Nichtigkeiten machte Ursula Schluss.
Der nette junge Mann konnte sich endlich wieder seiner staatserhaltenden Tätigkeit beim MfS widmen, und Ursula hatte bald den nächsten jungen Mann am Wickel.

***

Anfang Dezember bekam ich Besuch.
Der schwarze Mann stand wieder vor der Tür.
Ich hatte schon gedacht, die Brüder hätten mich vergessen, aber ich schien zu den Leuten zu gehören, die man nicht vergisst.
„Einen schönen, guten Abend, Herr Hohndorf."
„Ich bezweifle, dass ein Abend mit Ihnen schön werden kann", sagte ich.
„Darf ich?"
Ich trat einen Schritt zur Seite, da ich vom letzten Besuch vorgewarnt war.
Mummum ging Richtung Wohnzimmer, ließ sich in einen Sessel fallen, öffnete seine Aktentasche und stellte eine Flasche armenischen Kognak auf den Tisch.
„Wenn Sie noch zwei Gläser hätten?"
Hatte ich, denn wenn die Sicherheitsnadeln mit Schnaps kamen, wurde man sie so schnell nicht wieder los.
Mummum goss ein.
„Auf die Familie und die Freunde, Herr Hohndorf."
„Auf den Sieg des Sozialismus und Artikel 8", sagte ich.
Die Staatssicherheit sah mich missbilligend an. „Veraltet Herr Hohndorf, persönliche Freiheit, Unverletzlichkeit der Wohnung und das Recht, sich an einem beliebigen Ort

niederzulassen, waren gewährleistet, Herr Hohndorf, waren. Aber solange wie die Bonner Ultras mit ihren schmutzigen Kanonen Verleumdungs- und Hetzkampagnen am laufenden Band gegen unseren Friedensstaat abfeuern, solange, Herr Hohndorf, muss die Staatsgewalt diese Freiheiten einschränken oder außer Kraft setzen."
„Amen."
Der Mummum sah mich merkwürdig an.
„Schöner Recorder übrigens. Kann man wahrscheinlich bei guter Wetterlage Rias empfangen und Schlager aufnehmen."
Wo will der Heini hin, dachte ich, und mir wurde etwas mulmig. „Aufnehmen hat wenig Sinn, zu viele Störgeräusche."
Pause.
„Leute, die mit uns zusammenarbeiten, erhalten bei uns Musikkassetten in bester Qualität als Infomaterial."
Der hat `ne Meise, dachte ich.
„Unsre Leute müssen ja schließlich mitreden können, wenn Sie Vertrauen gewinnen wollen."
Mummum goss die Gläser wieder voll.
„Prost, Herr Hohndorf, auf die japanischen Recorder. Kriegt man ja leider noch nicht für unser Geld."
Ich spürte unterschwellig, dass sein Ton eine Nuance aggressiver wurde.
„Ist schon ein erhebendes Gefühl, wenn man Westgeld in den Taschen hat. Die Frage ist nur, wo man es her hat und was man dafür tun muss?"
Hier kommt noch was. Ich ging innerlich in Deckung.
„Viele Westbesuche sind tatsächlich harmlos", fuhr der Mummum fort, „aber leider gibt es auch eine ganze Reihe subversiver Kräfte, vor allem gehäuft, wie wir bedauerlicherweise feststellen müssen, unter den Leuten,

die die Deutsche Demokratische Republik verraten haben und die unser politisch sehr großzügig handelnder Staat wieder ohne Vorbedingungen einreisen lässt."
Ich hatte unwillkürlich die Luft angehalten, denn ich war sicher, dass er diesen Satz nicht ohne zu stolpern zu Ende bringen würde.
Aber er schaffte es.
„Wobei", erwiderte ich, „die in die Deutsche Demokratische Republik einreisenden Bürger aus dem nichtsozialistischen Ausland und der Bundesrepublik Deutschland ja letztlich einen nicht unerheblichen Teil an Devisen bereits bei der Einreise in Form eines Eintrittsgeldes zum Aufbau des Sozialismus, der ja auch irgendwann ihre Zukunft sein wird, beisteuern."
„Das mit der Zukunft haben Sie aber gut formuliert, Herr Hohndorf. Solche Leute wie Sie hätten schon eine Zukunft bei uns."
Der Mummum sah mich an.
Ich zuckte mit keiner Wimper, obwohl ich ahnte, dass der Kerl noch schärfere Pfeile im Köcher hatte.
„Prost, Herr Hohndorf, auf die Freundschaft."
Die Sicherheitsnadel hob ihr Glas.
„Wohl dem, der Freunde hat."
„Vor allem, wenn diese Freunde bei einer Bank arbeiten und großzügig mit ihrem Geld umgehen."
Bei diesen Worten sah er ostentativ zu meinem Recorder.
Plötzlich stand Hochstädter auf, baute sich breitbeinig vor mir auf und sagte in scharfem Ton: „Was hat er dafür von Ihnen verlangt?"
„Wer? Was?" Ich war im Moment leicht von der Rolle.
„Dieser Freund, mit dem sie sich in Leipzig getroffen haben", schnarrte der Oberarsch in feinstem Kasernenton.

Das brachte wieder Leben in mein leicht verschrecktes Inneres.
„Nichts Besonderes", sagte ich, „der wollte bloß, dass ich Informationsmaterial über einen gewissen Herrn Hochstädter von der Bautzner Straße an den Bundesnachrichtendienst liefern sollte."
„Herr Hohndorf", die Stimme war jetzt leise aber messerscharf, „Sie scheinen den Ernst der Lage, in der Sie sich befinden, zu verkennen. Kontakte zu Verrätern unseres sozialistischen Staates, Devisenvergehen und eine republikfeindliche Gesinnung. Das würde reichen, um Ihnen einige kostenlose Übernachtungen in unserem Haus zu bieten. Sollten wir genauer nachforschen, könnte es bei Ihnen vielleicht sogar für einige Zeit in Bautzen II reichen."
Ich erhob mich und stellte dabei fest, dass meine Knie um einiges weicher als gewöhnlich waren.
„Ich ..."
„Sparen Sie sich Ihre Worte. In diesem konkreten Fall würde Ihnen auch ihre familiäre Bindung an die Bezirksleitung nicht helfen. Die Bautzner Straße untersteht zwar dem ..."
Der Mummum zupfte plötzlich an seinem Jackett. „Wir wollen nicht im Ärger auseinandergehen, Herr Hohndorf. Sie sollten sich eine Zusammenarbeit mit uns aber noch einmal durch den Kopf gehen lassen. Unser Ziel ist einzig und allein, den Aufbau unseres sozialistischen Staates vor den Angriffen subversiver Element zu schützen. Manchmal sitzt der Feind an Stellen, wo man es nicht vermuten würde, schleicht sich in Kreise ein, die über allen Verdacht erhaben scheinen und legt Fallstricke aus, über die selbst ein unserem Staat treu ergebener Genosse stolpern kann."
Ich wusste, woher der Wind wehte. Die weiße Weste der

Bezirksleitung war durch die Albanergeschichte ein wenig angeschmutzt worden.
Vertrauen ist Schwachsinn, Kontrolle ist erste Bürgerpflicht.
Als sich die Tür hinter der Sicherheitsnadel schloss, goss ich mein Glas randvoll und kippte es auf einem Zug hinter.
Zum ersten Mal kam mir ernsthaft der Gedanke, Werners Angebot anzunehmen. Diese verdammten Arschlöcher ließen mich einfach nicht in Ruhe. Die wollten zu gern ein Ohr in der Bezirksleitung haben.
Ich hatte das unangenehme Gefühl, das ich eines Tages umkippen könnte. Die brachten es doch glatt fertig, einen zum Kriminellen zu stempeln, und was blieb dir dann anderes übrig, wenn du nicht im Knast landen wolltest.

***

Die Zeit wurde langsam knapp. Die Trauung war für 11.00 Uhr festgesetzt. Jetzt war es kurz vor 10.00 Uhr, und Svenja plus Mama spielten immer noch Spieglein, Spieglein an der Wand ...
Ich warf einen Blick auf das **Neue Deutschland**. Das Zentralorgan der Sozialistischen Einheitspartei Deutschlands lag jeden Morgen, seit wir hier wohnten, auf dem Frühstückstisch.
Svenja hatte es seit Jahren abonniert.
Kranzniederlegung am sowjetischen Ehrenmal.
Laut ND waren im Kampf gegen den Hitlerfaschismus nur Helden der ruhmreichen Sowjetarmee gefallen. Waren da nicht auch Amerikaner, Engländer und Franzosen beteiligt, dachte ich.

Saddam Hussein bei Erich Honecker
Durch den glorreichen Sieg der ruhmreichen Sowjetarmee über den Faschismus beginnt eine neue Etappe revolutionärer Weltbewegungen, die zu einem Aufschwung der Befreiungsbewegung in Asien und Afrika führte.
Hatte nicht Hussein, dachte ich, vor zwei oder drei Jahren die westlichen Ölfirmen verstaatlicht? Vielleicht konnte man Handgranaten, Sturmgewehre und Munition gegen Öl tauschen. Irak, Iran und Kuweit waren bekannterweise nicht die besten Freunde.
Hartnick Etappensieger
Endlich wieder Friedensfahrt. Aus einer elfköpfigen Spitzengruppe ...
„Wir können."
Mir blieb die Luft weg.
Svenja sah fantastisch aus. Sie trug einen wunder-schönen dunkelroten Hosenanzug, eine weiße Bluse und den Hauch eines Schleiers im blonden, aufgesteckten Haar. Ich erhob mich und überreichte ihr den Strauß aus kleinen gelben Rosen und lilafarbenem Lavendel.
Mama Kotzke hielt Falk auf dem Arm und Viola an der Hand. Unten wartete Großvater Kotzke im Wolga. Die Bezirksleitung hatte darauf bestanden, uns zu fahren. Ich hatte mich nach mehreren familiären Scharmützeln in einigen Punkten kooperativ gezeigt.
Minifeier nach der Trauung: Mittagessen im Szeged auf der Ernst-Thälmann-Straße mit Svenjas Eltern und Ursula. Mutter hatte sich eine Früjahrsgrippe eingefangen und konnte nicht kommen.
Nach dem Essen spazierten wir Richtung Hygienemuseum, bogen dann in die Hauptallee ein, machten am Palaisteich halt und fütterten Schwäne und Enten mit altem Brot.

Elena, meine Schwiegermutter ab sofort, die es gern gesehen hätte, wenn ich sie Mutti oder Mama genannt hätte, was ich aber nicht fertigbrachte, sagte ganz nebenbei: „Schwäne bleiben ein ganzes Leben lang zusammen."
Viola sah mich an: „Bleibst du immer bei uns, Felix?"
„Ich bin zwar kein Schwan", sagte ich lachend „aber da ich auch keine Flügel hab, wie sollte ich da wegfliegen?"
„Du könntest weglaufen wie mein anderer Papa." Sie sah mich mit ihren großen blauen Augen zweifelnd an.
„Kann er nicht", mischte sich Svenja ein.
„Warum nicht?", wollte Viola wissen.
„Weil wir Zauberringe haben", lächelte Svenja, „Felix hat einen und ich habe einen und die sind durch eine unsichtbare Kette miteinander verbunden, die auch der stärkste Riese nicht zerreißen kann."
Viola sah ihre Mama an, und ich sah, wie es in ihrem Kopf arbeitete. „Krieg ich auch so einen Ring?"
„Am Montag kauf ich dir einen, Viola", mischte sich Oma Kotzke ein.
„Ich möchte aber, dass Felix mir den kauft, dann muss er nämlich auch immer bei mir bleiben."
Ich nahm Viola hoch und schwang sie durch die Luft.
„Montag, Viola, versprochen."
„Und Falk musst du auch einen kaufen."
„Hartnäckig und gründlich wie der Großvater", grinste ich.
Die Bezirksleitung hatte den Wolga an der Tiergartenstraße geparkt und war zu Fuß mit Ursula zum Palaisteich gekommen.
Die beiden sahen irgendwie angeschlagen aus.
Mein Instinkt sagte mir, dass da was vorgefallen war und garantiert nichts, woran die beiden ihre Freude gehabt hatten.

War schon seltsam gewesen, dass Ursula nicht mit uns zu Fuß hierher gelaufen war.
„Wir sollten langsam ans Kaffeetrinken denken", sagte Schwiegermutter Elena.
Wir bummelten die Querallee Richtung Tiergartenstraße entlang, bogen in einen Seitenweg ein und landeten am Carolaschlösschen. Eine gute Bekannte von Elena war die Leiterin der HO-Gaststädte am Carolasee und hatte einen wunderschönen Tisch für uns reserviert und eingedeckt.
Das Kaffeetrinken verlief in einer seltsam angespannten Atmosphäre.
Da war was passiert zwischen dem schwarzen Schaf Ursula und ihrem Erzeuger, registrierten meine für Dinge, die mich nicht selbst betrafen, sehr sensiblen Antennen.
Nach dem Kaffeetrinken fuhr uns die Bezirksleitung nach Johannstadt zu unserer Wohnung.

***

Ich hatte mich nicht getäuscht. Am Ende der Woche erfuhr ich von Svenja, was passiert war – da saß Ursula bereits in Untersuchungshaft auf der Schießgasse.
Sie hatte mit irgendeinem ihrer neuen Stecher einen schwunghaften Handel mit Autoanmeldungen betrieben. Die Wartezeiten auf einen Trabant oder Wartburg lagen so zwischen 12 und 15 Jahren. Jeder Bürger konnte sich für ein Auto anmelden. Also meldeten sich die Leute auf Teufel komm raus an, egal, ob sie jemals das Geld dafür zusammenkratzen konnten oder nicht.
Die einen konnten es.

Die anderen konnten es nicht.
Die Verteilung des schnöden Mammons verläuft ja bekanntlich nach Ansicht des kleinen Mannes überall auf der Welt nach dem Gesetz der größten Ungerechtigkeit.
Die Einen konnten sich das bestellte Auto am Ende der Wartezeit leisten, die Anderen nicht. Manche hatten das Geld früher zusammen, aber ihre Anmeldung war noch zu jung. So entwickelte sich ein schwunghafter Handel mit Autoanmeldungen.
Ursulas neuer Galan hatte die Zeichen der Zeit erkannt.
Er kaufte Autoanmeldungen neueren und älteren Datums von Leuten, die schon längst wussten, dass sie das Geld für ihren Traum nie aufbringen würden, so im Schnitt für 1000 bis 2000 Mark auf, und besuchte dann mit der attraktiven Ursula die nobelsten Nachtbars der Stadt.
Man kam mit gut betuchten Leuten ins Gespräch, und schon wechselte eine Anmeldungen für den Freundschaftspreis von 2500 bis 3000 Mark den Besitzer.
Das Geschäft florierte und wurde geduldet, wie fast alles geduldet wurde, was nicht staatsgefährdend war.
Nur wenn der Handel zu kriminell wurde, ausuferte oder gute Freunde, vom Neid gepackt, die Staatsgewalt informierten, musste diese eingreifen.
Der Kripo war nichts Anderes übriggeblieben, als auch Ursula in Gewahrsam zu nehmen, da ihr Stecher versucht hatte, die Hauptschuld auf sie abzuwälzen.
Ursula saß jedenfalls auf der Schießgasse.
Die Bezirksleitung telefonierte sich die Fingerspitzen wund.
Schließlich war es sein Fleisch und Blut, was da hinter Gittern schmachtete. Es zeigte sich, und das muss zu Herrn Kotzkes Ehre gesagt werden, dass Blut dicker als die rote Soße war, in der die Genossen an ihren Arbeitsplätzen den

lieben, langen Tag herum rührten.
Nach zwei Tagen wurde Ursula entlassen.
Herrn Kotzke wurde nahegelegt, seinen Posten als Handlanger des 1. Sekretärs der Bezirksleitung zu räumen und den Stadtbezirk zu wechseln.
Zur Bewährung, versteht sich.
In der Familie gab es zu viele politisch unsaubere Personen und Vorkommnisse: Ein vom Lehrerdienst in die sozialistische Produktion abgeordneter Schwiegersohn mit indifferenter Haltung zum sozialistischen Staat, eine mehr als anrüchige Albanergeschichte und eine Tochter, die in kriminelle Machenschaften verwickelt war.
Da war Bewährung im Stadtbezirk sehr großzügig.
Svenja traf die Sache sehr schmerzhaft. Sie war der Liebling des Vaters, und das beruhte auf Gegenseitigkeit.
Ursula war für sie endgültig gestorben.
Die Schwestern sprachen kein Wort mehr miteinander.
Die Zeit verging trotzdem.
Falk ging mit reichlich einem Jahr in die Kinderkrippe und Svenja wieder arbeiten.
Viola liebte ihr blaues Halstuch und ihren Bruder über alles, glaubte jedes Wort, das ihre Lehrerin von sich gab, verabscheute jetzt schon die bösen Kriegstreiber, die im Westen auf dem Sprung saßen, die friedliebende DDR zu überfallen, und ich ging wieder regelmäßig mit Erich Weinhold in den Ratskeller.
Die Zeit rollte wie eine steinerne Walze mit vielen roten Zacken den Abhang des Hügels, der sich DDR nannte, hinunter, hoppelte, blieb kurz liegen und rollte dann weiter.
In Helsinki wurde die Schlussakte der KSZE unterzeichnet und weckte Hoffnungen bei den Leuten, die gern das gelobte sozialistische Land verlassen hätten.

Die Zahlen der Anträge auf dauerhafte Ausreise aus der DDR nahmen sprunghaft zu und das Ministerium für Staatssicherheit gründete die Zentrale Koordinierungsgruppe zur Bekämpfung von Westfluchten und Ausreiseanträgen, kurz ZKG genannt.
Im April 76 wurde der Palast der Republik in Berlin eröffnet. Die Berliner Schnauze machte daraus `Erichs Lampenladen`!
Honecker eröffnete darin seinen IX. Parteitag, und die ganze Welt sah voller Ehrfurcht nach Ostberlin. Das dachten aber nur Erich und einige Genossen des Zentralkomitees
Wolf Biermann wurde das Recht auf Aufenthalt in der DDR verweigert, und Robert Havemann erhielt Hausarrest.
Für rund 17 Millionen Menschen rollte die rote Walze trotz Freud und Leid unerbittlich weiter und sorgte dafür, dass Häufchen und Haufen nivelliert wurden.
Man nahm die Geschehnisse zur Kenntnis, arrangierte sich und passte sich an. Haufen, die der Walze widerstehen wollten, wurden gesprengt.
Ich gehörte zu den Angepassten wie der größte Teil der Leute im Lande.
Falk wuchs ohne Probleme heran, und Viola war als Gruppenratsvorsitzende der Sonnenschein ihres gebeutelten Großvaters, der jetzt um Rehabilitierung kämpfte und an allen Fronten der Beste sein wollte.
Das strahlte letztendlich bis in unsere Familie hinein.
Eines Abends fragte mich Svenja, ob ich mir vorstellen könnte, in die Sozialistische Einheitspartei Deutschlands einzutreten.
Sie hätte es gern gesehen, wenn ich Schulleiter geworden wäre.
„Der Wunsch deines Vaters?"

„Hm."
„Vergiss es, Svenja."
„Was spricht denn dagegen?"
„Dass es die Sozialistische Einheitspartei Deutschlands überhaupt nicht gibt."
Svenja sah mich an wie an den Abenden, wenn ich angeheitert aus dem Ratskeller oder einer anderen Kneipe kam.
„Es gibt eine Sozialistische Einheitspartei der DDR, aber nicht Deutschlands ..."
Es wurde ein ziemlich blöder Streit zwischen uns.

***

Die Liebe begann zu welken wie eine Rose, die zu wenig Wasser oder zu viel Dünger bekommen hat. Unsere Zerwürfnisse häuften sich, wir gingen uns tagelang aus dem Weg und kommunizierten über die Kinder.
Ende Oktober gab es eine heftige Auseinandersetzung während eines Abendessens bei den Schwiegereltern. Ich war kurz vorher in Leipzig bei meiner Mutter gewesen und hatte alte Kumpels getroffen.
Dort erfuhr ich von den Krawallen anlässlich des Tages der Republik auf dem Berliner Alexanderplatz. Es hatte Tote und über 200 Verletzte gegeben. Polizei und Staatssicherheit waren mit unglaublicher Härte gegen die Jugendlichen vorgegangen.
Ich brachte dummerweise gegen Ende des Abendessens das Gespräch darauf.
Schwiegervater Kotzke fuhr wie von der Tarantel gestochen

hoch.

Ausschreitungen von betrunkenen Jugendlichen, die, von Westpropanda verhetzt, die Staatsmacht angriffen, könne und werde man nicht dulden und mit aller gebotenen Härte dagegen vorgehen.

Ich warf ein, dass ich nicht begreifen könne, dass Jugendliche, die nahezu zwei Jahrzehnte in der DDR aufgewachsen seien, plötzlich gegen diesen Staat in äußerst aggressiver Form zu Felde zögen.

„Der größte Teil unsere Jugend", begann Kotzke zu dozieren, „die den Sozialismus gemeinsam mit der älteren Generation und unter Anleitung der Genossen der Sozialistischen Einheitspartei Deutschlands aufbaut und zum friedliebendsten Staat Europas, vielleicht der ganze Welt gestaltet, steht fest an der Seite der Arbeiter-und Bauernmacht. Das lass Dir gesagt sein, Felix. Wer gegen diesen unseren Staat rebelliert, kann nur von der rechten Idelogie des Westens infiziert sein."

Kotzke holte tief Luft.

„Diese von subversiven Elementen des Kapitalismus verhetzten Nietenhosenträger und Rock `n` Roll-Chaoten, deren von Alkohol und westlichen Parolen vernebeltes Hirn ..."

„Die haben aber immerhin als Kinder das Blaue Halstuch getragen", unterbrach ich meinen Herrn Schwiegervater, „und ab der achten Klasse dann das Blauhemd. Wie also kann eine Erziehung trotz der Zehn Gebote der sozialistischen Moral und Ethik derart nach hinten losgehen?"

„Das solltet besser ihr euch fragen", fuhr die Partei auf mich los, „ihr als Pädagogen legt doch den Grundstein für die Erziehung der jungen Generation zu aufrechten Patrioten und ..."

„Das reicht aber jetzt!" Meine Schwiegermutter sah unwillig in die Runde, doch Kotzke war in Hochform. Hier zu Hause konnte er all das von sich geben, was ihm in seiner Genossenschaft keiner mehr so richtig abnahm.
„Wenn man natürlich selbst als politisch indifferentes Individuum..."
„Leck mich am Arsch!", sagte ich ganz ruhig und stand auf. Ich sah Svenja an. „Wir gehen!"
„Du gehst", erwiderte sie, "oder du entschuldigst dich."
Ich sah Svenja an, tippte mir an den Kopf und war draußen, bevor Schwiegermutter Elena die Wogen glätten konnte.
Ich stürmte ziemlich aufgeladen in Richtung Pirnaischer Platz. Plötzlich tippte mir jemand auf die Schulter.
Ich drehte mich um.
Schwester Ursula.
„Geh`n wir was trinken, du indifferentes, oppositionelles Individuum?"
Sie grinste mich dermaßen unverschämt an, dass ich lachen musste.
„Selbst indifferent", sagte ich, „kann dir aber keine Autoanmeldung besorgen."
„Blödmann", lachte Ursula, „so wirst du mich nicht los."
Sie hakte sich bei mir unter und wir marschierten die Ernst-Thälmann-Straße hoch bis zum Altmarkt und rückten in den Altmarktkeller ein.
Verdammt, dachte ich, die Kirsche will doch garantiert nur ihrer vorbildlichen Schwester ans Bein pinkeln. War mir aber im Moment egal. Ich brauchte jemand, der mir dabei half, meine Wut zu ersäufen.
Radeberger und Brennmeister. Ursula stand auf Kaffee und Cordial Medoc.
Gegen halb zwölf reichte es.

Ursula hatte eine Zweiraumwohnung am Stadtrand. Als die Korridortür ins Schloss fiel, packte sie meinen Kopf, zog ihn zu sich herunter und küsste mich.
Einen kurzen Augenblick wollte ich mich zurückziehen.
Svenjas große, blaue Augen blickten mich für den Bruchteil einer Sekunde an, verschwammen dann aber und wurden zu Kotzkes Eiferervisage.
Ich packte Ursula an der Taille und zog sie an mich. Mein Meisel wurde vor Erregung so hart, dass ich damit eine Ziegelwand hätte aufstemmen können.
Das Liebesleben bei uns zu Hause war nicht mehr das, was es mal war. Svenjas anfängliche sexuelle Gier war nach Falks Geburt geschrumpft wie eine Aprikose, die vom Baum gefallen und tagelang in der prallen Sonne gelegen hatte.
Zwei Kinder, berufstätig, große Wohnung und einen Mann, der bei der Hausarbeit zehn Daumen hatte.
„Geh ins Bad." Ursula schob mich durch eine schmale Tür.
Hau ab, Felix, das gibt eine Brühe, in der du das Fettauge bist.
Aber meine Wut auf den Kotzbrocken Kotzke und Svenja war noch nicht verraucht. Ließ sich widerspruchslos von ihrem Vater herunterputzen.
Mir schoss die Galle bis in den letzten Hirnlappen, wenn ich so was wie: „Ihr als Pädagogen" hörte.
Als ich aus dem Bad kam, stand Ursula in einer vorn weit offenstehenden Bluse und einem langen Rock im Türrahmen. Der Rock war vorn an beiden Seiten bis zum Gürtel geschlitzt, und die Stellung des linken Beines entblößte den Oberschenkel bis zur halben Hüfte.
Schwarze Strapse.
Sonst nichts.

„Setz dich, bin gleich zurück." Sie verschwand im Bad.
„Hau ab, Junge,", murmelte ich wieder, aber das nackte Fleisch hatte mich so erregt, dass ich meinen Pulsschlag in der Hose spürte.
Zu spät.
Ursula stand unmittelbar vor mir. Sie zog mich hoch, und flüsterte: „Mach was Schönes mit mir."
Ich ging auf die Knie, schob den Mittelteil des Rockes zur Seite und drückte mein Gesicht in ihren schwarzen Busch.
Ursula machte einen Schritt zur Seite. Ich geriet aus dem Gleichgewicht und fiel nach hinten.
„Scheiß Alkohol", fluchte ich.
Ursula lachte, zog mich hoch und schubste mich in einen Sessel. Sie öffnete meine Hose, griff hinein, holte den Dudelsack heraus und begann zu blasen
Die ersten Töne ließen auf sich warten.
Ursula blies unverdrossen weiter und allmählich kamen die ersten Töne.
Kein sauberer Klang.
Mehr ein Grunzen.
Sie ließ von mir ab, erhob sich, entledigte sich ihrer Bluse und stieg aus dem Rock. Ich streckte meine Hände aus und begann ihre festen Oberschenkel zu streicheln, tastete mich mit den Fingerspitzen hoch zu ihrer Aprikose, legte dann meine Hände auf ihre Pobacken und drückte mein Gesicht wieder in ihr Dreieck.
Vielleicht solltest du doch lieber die Kurve kratzen, Felix, dachte ich für einen kurzen Moment, aber dann schoss mein überhitztes Blut mit aller Macht wieder in meinen Meisel zurück.
Ich begann Ursulas flachen Bauch zu küssen, bohrte meine Zunge in ihren Nabel, und umschschloss mit beiden Händen

ihre spitzen Brüste.
Ursulas Knie gaben nach, sie fiel auf die Liege und zog mich mit. Ich legte mich neben sie und ließ meine Hände erneut auf Erkundungstour gehen. Die Haut ihres Bauches war glatt und straff. Ich ließ eine Hand nach unten gleiten und begann sie zu streicheln.
Ursula gab leise zischende Laute von sich.
Als ich an ihren Brüsten zu saugen begann, wurden ihre Pfeifgeräusche lauter, sie zog mich auf sich und ließ den Meisel den Rest erledigen.
Leben, dachte ich, als es vorbei war.
Unter mir hatte das Leben gezuckt und geschrien.
Es hatte mich rasend gemacht.
Ich hatte gebissen und mich ins feste Fleisch gekrallt.
Zu Hause hatte ich in letzter Zeit meist Schuldgefühle danach. Svenja schien froh zu sein, wenn ich es geschafft hatte. Wenn ich dann ihr helfen wollte, hörte ich meist: „Lass gut sein, mir ist heute nicht danach."
Ich setzte mich auf und sah in Ursulas gerötetes Gesicht.
„War keine gute Idee von uns", sagte ich.
„Mir hat`s gefallen." Ursula grinste mich hinterhältig an.
„Das mein ich nicht. Mir hat`s auch gut getan, aber Svenja ist deine Schwester."
„Und deine Frau."
„Scheiße", sagte ich.
„Das sagt man nicht."
„Trotzdem ..."
Ursula hatte ihr Kinn in eine Hand gestützt und sah mich an.
„Das war das Beste, was mir passiert ist. Ich fühle mich meiner großartigen Schwester endlich mal nicht mehr unterlegen. Hab das Gleichgewicht wieder hergestellt und du hast mir dabei geholfen und dafür bin ich dir dankbar."

Sie sah mich mit einem teuflischen Funkeln in den Augen an. „Und schön war es außerdem."
„Trotzdem ist mir schlecht", sagte ich.
„Muss es aber nicht. Du hast ein gutes Werk getan und dafür wird dich Lenin im Himmel der Sozialisten besonders belohnen – falls du je dort hinkommen solltest. Aber im Ernst, ich kann ab sofort wieder mit meiner Schwester reden. Diese Nacht bleibt unser Geheimnis und in den nächsten Tagen besuche ich meine Schwester und schenke ihr einen Blumenstrauß.
Als ich die Korridortür hinter mir schloss, dachte ich: Weiber!

***

Ich hatte ein saumäßig schlechtes Gewissen und schlief im Gästezimmer. Die einzigen Wärmequellen unserer vereisten Beziehung waren Viola und Falk. Wenn es Krach zwischen Svenja und mir gab, schlossen die beiden sich noch enger aneinander als gewöhnlich.
Gegen Ende der Woche kam Tauwetter.
Svenja empfing mich im Korridor mit einem Schild um den Hals: **FRIEDEN!**
Sie trat ganz dicht an mich heran und gab mir einen Kuss.
Sie hatte Kuchen gebacken, es gab Schlagsahne und es roch nach frisch gebrühtem Kaffee. Falk und Viola sprangen von ihren Stühlen und drückten sich an mich.
„Wir gehen morgen in den Zoo, Papa", quietschte Falk.
„Und du sollst dir den Esel genau ansehen, hat Mutti gesagt." Viola strahlte mich an.

„Dann muss Mutti aber unbedingt zu den Trampeltieren", lachte ich.
„Was sind Trampeltiere?" Falk sah mich verwundert an
„Diese Tiere haben sehr große Hufe und trampeln manchmal was kaputt."
„Haben die keine Augen?" Falk war empört.
„Das reicht aber jetzt!" Svenja schob mich zur Küche, drehte sich zu den Kindern um und sagte: „Wir holen den Kaffee."
In der Küche drückte sie mich gegen den Tisch und flüsterte: „Trampeltiere haben nicht nur breite Hufe, sondern auch zwei Höcker."
Sie nahm meine Hände und legte sie auf ihre Brüste. Ich spürte sofort, dass sie keinen BH trug. Ich drückte sie und fuhr mit dem Daumen über ihre Spitzen, die sofort reagierten.
Svenja machte sich los, griff die Kaffeekanne und sagte: „Das Trampeltier hat großen Kaffeedurst."
Ich sah den rosigen Schimmer auf ihren Wangen und wusste, dass es nicht nur der Durst nach Kaffee war.
Nach dem Kaffeetrinken machten wir noch einen Spaziergang mit den Kindern. Während wir an der Elbe entlangschlenderten, berührte Svenias Brust immer wieder meinen Oberarm, und ihre Hand suchte meine.
In dieser Nacht ließ Svenia ihren animalischen Trieben endlich wieder einmal freien Lauf.

***

Ich hatte am Montag die zweite Stunde keinen Unterricht, saß im Lehrerzimmer und korrigierte Mathearbeiten.
Ricarda kam von zu Hause.
Ich sah auf und musste lachen. „Fasching ist aber vorbei, wenn ich mich nicht irre."
Ihr linkes Auge war wunderschön blau, und sie musste versucht haben, es mit Schminke zu kaschieren.
„Mir ist nicht nach Fasching," knurrte sie mich an.
„Bist du gegen einen Schrank gelaufen?"
„So könnte man es auch nennen."
„Erzähl."
Ricarda kam ganz dicht an mich heran, beugte sich zu mir und flüsterte: „Um fünf bei mir zum Kaffee."
Ich sah mich verdutzt um, aber wir waren allein im Lehrerzimmer.
Ricarda machte eine Rundum-Bewegung mit der Hand und griff sich ans Ohr.
„Soll das heißen, dass die Wände mithören?", flüsterte ich jetzt ebenfalls und kam mir gleich darauf ziemlich bekloppt vor.
Ricarda sagte nichts, ging zu ihrem Platz und kramte in ihrer Tasche.

Um fünf war ich bei ihr.
Falls sie an eine schöne Nachmittagsnummer gedacht hatte, würde ich sie enttäuschen müssen. Mir reichte der Ausrutscher mit Ursula. Das lag mir noch im Magen wie ein Pfund Schmierseife.
Ricarda hatte Kaffee gekocht und eine Flasche Nordhäuser Doppelkorn auf den Tisch gestellt.
„Gieß ein, ich hol den Kaffee."
Ich goss Korn in die Gläser. Ricarda kam mit der Kaffee-

kanne aus der Küche, stellte sie ab und drehte das Radio laut auf.

„Prost, Felix, auf die Internationale Gartenbauausstellung in Erfurt."

War das Weib noch vom Wochenende besoffen, dachte ich.

„Kannst du das Radio leiser machen, ich versteh dich kaum."

Wieder machte sie diese Rundum-Bewegung mit der Hand und griff sich ans Ohr.

„Wirst du abgehört?", fragte ich leise.

Ricarda zuckte mit den Schultern.

Wir tranken zwei Korn und eine Tasse Kaffee, dann sagte Ricarda: „Geh`n wir `ne Runde spazieren?"

Wir schlenderten Richtung Elbe, und Ricarda erzählte mir von ihrem Wochenende in Erfurt.

Sie hatte eine Freundin aus der Studentenzeit besucht und war mit ihr am Sonntag zum Pressefest gegangen. `City Rock`, eine Berliner Rock-Band, sollte spielen, der Auftritt verzögerte sich, und es kam zu Auseinandersetzungen zwischen Jugendlichen und der Polizei.

Das Ganze artete zu einer Massenschlägerei aus.

Polizei und Ordnungsgruppen schlugen mit äußerster Brutalität zu. Hunde wurden eingesetzt und es gab Verletzte durch Hundebisse, Scheiben gingen zu Bruch und Knüppel und Steine flogen.

Ricarda hatte im Gewühl einen Schlag aufs Auge erwischt, ohne dass sie mitbekam, von wem.

Es gab jede Menge Festnahmen. „In dem Staat schleift ein Rad im Dreck, Felix. Das in Erfurt ist kein Einzelfall, Krawalle auf dem Alex in Berlin, und am 1. Mai gab es schwere Zusammenstöße in Wittenberg zwischen der Bevölkerung und der Polizei.

Kein Wort davon steht im ND oder der Jungen Welt."
Ricarda war stehen geblieben und sah mich an.
„Oder hast du irgendwo etwas davon gehört?"
Ich schüttelte den Kopf.
„Wenn ein Staat derart brutal und aggressiv gegen seine Untertanen vorgeht, hat er Angst, Felix."
„Und was schließt du daraus?"
„Dass Vorsicht die Mutter der Porzellankiste ist, da bekanntlich angeschossenes Wild sehr gefährlich werden kann.
Ich machte die Rundum-Bewegung.
Ricarda grinste.
„Denkst du an Wanzen?"
„Ausgeschlossen ist es nicht. Ist doch komisch, dass unser alter Hausmeister in einen anderen Stadtbezirk versetzt wird, weil dort ein Hausmeister ausgefallen sein soll und wir kriegen einen neuen Hausmeister. Ich trau dem Heinemann nicht über den Weg, schleicht durchs Schulhaus und macht sich überall Liebkind."
Ricarda war stehen geblieben und sah mich an: „Kommst du noch mal mit zu mir, könnte eine kleine Aufmunterung gebrauchen."
„Tut mir leid, Ricarda, mir ist im Augenblick nicht danach."
„Macht nichts, Felix. Du weißt aber, dass meine Tür und alles Andere für dich immer offen stehen."
Wir kehrten um.
"Was macht eigentlich die Saunarunde?"
„Kannst gern wieder mal mitkommen. Die Herren sind älter und die Damen jünger geworden, hättest garantiert deinen Spaß." Sie legte ganz kurz ihre Hand auf meinen Schritt und lachte.
In der Straßenbahn wurde ich den Gedanken nicht los, dass

mit Ricarda was faul war. Die war nie und nimmer rein zufällig in Erfurt gewesen, und wieso wusste sie über Wittenberg Bescheid. Im Talkessel von Dresden kamen solche Nachrichten jedenfalls nicht an.
Scheiß der Hund drauf, dachte ich und wusste, dass ich im Notfall oder nach einer großen Dürre auf sie zurückkommen würde.
Im wahrsten Sinn des Wortes.

***

Das Ende des Schuljahres hatte es in sich.
Unsere oberste Chefin, der Lila Drache oder Miß-Bildung genannt, hatte zu Beginn des Schuljahres die Einführung des Wehrkundeunterrichts als obligatorisches Unterrichtsfach für die neunten und zehnten Klassen beschlossen.
Was bei uns auf wenig Gegenliebe stieß.
Stellvertreter Erich hatte man die Verantwortung dafür aufgebrummt. Er machte wunderbare Pläne für diesen Schwachsinn und kümmerte sich aber ansonsten nicht im Geringsten um deren praktische Umsetzung.
Im ersten Halbjahr war so gut wie nichts passiert.
Im zweiten Halbjahr wurden zwei ausrangierte Offiziere auf die Klassen losgelassen.
Käsebier und Mannschatz.
Und ausgerechnet Ricardas Klasse erwischte den Beelzebub Käsebier. Der ging auf die vierzig zu, war hoch aufgeschossen und hatte die weißlichen Augenbrauen und Wimpern eines sehr hellhäutigen Hausschweins.
Sein Auftreten in Uniform vor der Klasse werteten die

meisten Schüler als Provokation.
Hinzu kam, dass sich Käsebier derart arrogant benahm, dass er sich innerhalb der ersten Doppelstunde die geballte Ablehnung der Schüler einhandelte.
Einer meiner Achüler, der nach der zehnten Klasse zur EOS wechseln wollte, hatte in der zweiten Woche in der Nähe der Tür gestanden und gerufen: „Käse kommt."
Schwejk hätte wahrscheinlich gefragt: „Und wer bringt`s Bier?"
Offizier Käsebier aber hatte ein Fass aufgemacht.
Verunglimpfung seines Namens!
Missachtung der Uniform!
Negative Einstellung zu unserer Nationalen Volksarmee!
Fragwürdige Haltung zu unserem sozialistischen Staat.
Et cetera, et cetera.
Gespräch mit der Klassenleiterin.
Gespräch mit den Eltern und der Schulleitung.
Antrag auf Klassenleitertadel.
„Der Wechsel zur EOS erfolgt nicht zwangsläufig und auf Wunsch. Diese Vergünstigung unserer Deutschen Demokratischen Republik muss man sich verdienen".
Käsebier.
So wütend hatte Ricarda noch keiner von uns gesehen. Sie stand wie ein Stachelschwein vor ihrer Klasse, alle Stacheln bereit, diesen uniformierten Gockel aufzuspießen.
Es gab ein Gespräch zwischen Ricarda und Erich Weinhold.
Abwarten und Tee trinken, empfahl ihr Erich.
Ricarda biss die Zähne zusammen und hielt sich daran.
Zwischen Käsebier und der Klasse entwickelte sich eine Situation, die irgendwann zur Explosion führen musste.
Beim geringsten Anlass brüllte dieser Prototyp eines Kasernenhofschleifers die Schüler wie seine ehemaligen

Rekruten auf dem Exerzierplatz an. Sie mussten gerade sitzen, die Hände auf dem Tisch.
Die Eltern gingen auf die Barrikaden.
Käsebier blieb trotzdem.
Gegen Ende des Schuljahres sollte die große Wehrveranstaltung in der Dresdner Heide stattfinden.
Irgendwer hatte irgendwas verbockt, und so wurde vom Sportplatz aus Richtung Flutgraben nach Karte, Kompass und Marschrichtungszahl marschiert.
Eine Farce.
Wir sechs Klassenlehrer erzählten uns Witze und gönnten uns ab und zu einen Schluck aus der Pfeffipulle.
Käsebier und Mannschatz, das arrogante Arschloch und sein etwas großväterlicher Kollege nahmen am Eingang des Sportplatzes die Parade der Klassen ab.
Sie sollten an ihnen vorbei marschieren und ein sozialistisches Kampflied singen.
Meine Klasse kam angelatscht wie eine Gruppe fußkranker Enten und leierte so etwas Ähnliches wie `Brüder, zur Sonne zur Freiheit` herunter, wobei man, wenn man genau hinhörte, bei den Jungen das Wort Freiheit mehr als Geilheit verstand.
Käsebier brüllte: „Lauter!"
Meine Zehnte feixte und latschte durchs Tor.
Käsebier hatte bereits Farbe angenommen.
Dann kam Ricardas Klasse.
Uns blieb die Luft weg.
Die marschierten doch tatsächlich wie die Muschkoten anlässlich der Aufmärsche auf dem Roten Platz.
Käsebier straffte sich, zog seine Uniformjacke glatt und murmelte: „Geht doch."
Kurz bevor die Klasse ihn erreichte, begann die Truppe

lautstark zu singen.
Käsebier wuchs gute zehn Zentimeter.
Bis ... ja bis alle mitbekamen, was die Klasse sang: „Irgendwo im fremden Land ..."
Käsebier hatte gerade sein Fischmaul aufgerissen um "Lauter" zu brüllen, aber es kam kein Ton heraus.
Salzsäule.
Erst bei „Hundert Mann und ein Befehl" brüllte er mit sich überschlagender Stimme: „Aus! Aus! Aus!"
Ohne Erfolg.
Über das Gesicht von Mannschatz glitt für den Bruchteil einer Sekunde ein Grinsen, das ich als Schadenfreude definierte.
Käsebier war kreidebleich und schien einer Ohnmacht nahe zu sein. Er machte auf dem Absatz kehrt, stürmte über den Schulhof und verschwand.

***

Das neue Schuljahr würde ohne Ricarda und auch, Gott sei Dank, ohne dieses pädagogische Rhinozeros Käsebier beginnen. Ricarda war an eine andere Schule versetzt worden und Mannschatz würde die Stunden von Käsebier übernehmen.
Der von Sperling einberufene Pädagogische Rat war ein Riesentheater gewesen.
Käsebier wurde von den Eltern derart heftig angegriffen, dass ich sicher war, wenn die Knalltüte die Macht dazu gehabt hätte, wären sämtliche Eltern der 10a standrechtlich erschossen worden.

Selbst die Kollegen und Genossen der Patenbrigade ergriffen Partei für die Schüler, nachdem Anja, die FDJ-Sekretärin der 10a in ihrer herrlich theatralischen Art den Unterrichtsablauf bei Käsebier dargeboten hatte.

Der Herr Offizier Käsebier sah seine Felle wegschwimmen und suchte Zuflucht bei seinen Brüdern der ruhmreichen Roten Armee. Er schwafelte von Verbrüderung und gemeinsamen Manövern in der Sowjetunion, bis einer aus der Elternschaft rief: „Dann sieh zu, dass du schnell dort wieder hinkommst!"

Käsebier blieb der Mund offenstehen, dann steuerte er steifbeinig auf die Tür zu, drehte sich um und sagte mit vor Wut zitternder Stimme: „Das hat ein Nachspiel, das hat ein Nachspiel."